Anna Quindlen

Anna Quindlen est une célèbre journaliste américaine, récompensée par le prix Pulitzer en 1992 pour ses chroniques dans le *New York Times*. Elle est également l'auteur de sept romans, dont *Nature morte aux miettes de pain* (Belfond, 2016) et *La Ferme des Miller* (Belfond, 2017).
Anna Quindlen vit à New York avec sa famille.

Retrouvez toute l'actualité de l'auteur sur :
annaquindlen.net

NATURE MORTE AUX MIETTES DE PAIN

ANNA QUINDLEN

NATURE MORTE AUX MIETTES DE PAIN

Traduit de l'anglais (États-Unis)
par Silke Zimmermann

belfond

Titre original :
STILL LIFE WITH BREAD CRUMBS

publié par Random House, une marque et une division de Random House LLC, a Penguin Random House Company, New York

Nature morte aux miettes de pain est une œuvre de fiction. Tous les événements, dialogues et personnages, à l'exception de certaines figures historiques célèbres et personnalités publiques, sont le fruit de l'imagination de l'auteur et utilisés fictivement. Les situations, événements et dialogues concernant des personnages publics ou historiques sont complètement fictifs et ne sont pas destinés à dépeindre des faits réels ou à changer la nature fictive de cette œuvre. À tout égard, la ressemblance avec des personnes, réelles, vivantes ou mortes, est purement fortuite.

ISBN : 978-2-266-27117-2

À tous les professeurs
qui ont rendu mon travail possible,
et à ma préférée entre tous,
Theresa Quindlen

Pas de prise électrique

Peu après 2 heures du matin, Rebecca Winter fut réveillée par le bruit d'un coup de feu et se redressa dans son lit.

À vrai dire, elle n'avait aucune idée de l'heure. Lors de son emménagement dans le petit cottage délabré niché à flanc de montagne, elle avait rapidement dû se faire à l'idée que le sol au milieu de la cuisine montrait une élasticité préoccupante, que l'une des marches menant à l'arrière-cour se détachait, et que la chambre ne possédait aucune prise électrique. Son vieux réveil à la main, avec son câble inutile, elle avait tourné sur elle-même, comme si quelques rotations et imprécations allaient miraculeusement faire apparaître une prise. À l'image de ce réveil, beaucoup de choses dans la vie actuelle de Rebecca n'étaient ni récentes ni utiles.

Par la suite, elle se demanderait pourquoi elle n'avait jamais eu l'idée d'acheter un de ces réveils digitaux à piles qui brillent dans le noir, comme celui qu'on trouvait pour une bouchée de pain chez Walmart, à côté de l'autoroute, à une demi-heure au nord de la ville.

Mais ça, ce serait plus tard.

Quant au coup de feu, Rebecca ignorait totalement à quoi cela pouvait bien ressembler. Elle avait passé la plus grande partie de son enfance à New York, dans l'ouest de Manhattan, et ses vacances sur les rivages de Long Island ou, occasionnellement, en Provence ou en Toscane. C'étaient les endroits que l'on fréquentait dans son milieu, dont les membres s'extasiaient devant la beauté de ces villégiatures, leurs plages magnifiques et la splendeur de leurs vignobles. Ils disaient « Merveilleux ! » en tournant le mot dans leur bouche, exactement comme Peter, son mari, quand il goûtait du vin en se prétendant connaisseur alors qu'en réalité il en était loin ; parfois même, il renvoyait la bouteille juste pour le principe.

Pour sa famille, ces voyages n'avaient rien eu de merveilleux. (Enfant, elle considérait d'ailleurs que « famille » était un bien grand mot pour une cellule composée d'un père, d'une mère et d'une fille unique.) Ses parents nourrissaient une profonde méfiance envers tout ce qui s'apparentait à ce qu'on appelle la « nature ». Sa mère, avec sa phobie pathologique des insectes, ne cessait de convoquer le gardien pour qu'il la débarrasse d'une araignée ou d'une abeille égarée et récalcitrante. Son père, lui, souffrait de diverses allergies au pollen et, de mars à octobre, s'équipait d'un large mouchoir blanc comme pour parlementer avec ses sinus.

Bien entendu, il leur parvenait parfois un bruit depuis Central Park ou Riverside Drive ou Broadway.

Quelqu'un demandait alors : « C'était un coup de feu ? » À l'époque où Rebecca avait quitté l'université, cela était devenu plus fréquent, et les gens s'accordaient pour dire que la ville était devenue dangereuse, sale et invivable. Comme il était pour eux exclu de vivre ailleurs, les coups de feu devenaient pétarade ou bris de bouteille, éventuellement claquements de porte dans les sous-sols de l'immeuble où l'on entreposait les ordures.

Ce qu'ils étaient en réalité.

Mais là, c'était certainement un coup de feu… Rebecca, raide sur son lit dans une chambre sans prise électrique, en fut presque sûre. Elle tenta de lire l'heure sur sa montre, petite chose en or toute plate que ses parents lui avaient offerte pour son mariage, un peu comme s'il s'agissait d'un départ à la retraite. Au dos de la montre, ils avaient fait graver les initiales R. W. S, ses « nouvelles initiales », avait dit sa mère, bien que Rebecca n'eût jamais changé de nom. Elle y était néanmoins très attachée, parce que son père avait choisi la montre et la lui avait donnée avec un plaisir manifeste.

« C'est une pure merveille », avait-il dit quand Rebecca l'avait sortie de sa boîte en acajou ; à quoi sa mère avait ajouté : « Elle n'est pas étanche. »

Il était déjà difficile en temps normal d'y déchiffrer l'heure, alors dans la chambre plongée dans l'obscurité par les grands sapins derrière la maison et les lourds nuages de cette chaude, humide et orageuse nuit de mai, la tentative était vouée à l'échec. Il y faisait noir comme dans un four. Pour vérifier, Rebecca leva le poignet devant ses yeux et distingua à peine une vague forme blanchâtre.

Elle ne dormait pas bien dans ce lit étranger. Celui-ci était creusé en son milieu par une espèce de rigole, comme un fossé, et Rebecca y tombait chaque fois qu'elle changeait de position. Elle ignorait toujours le nom de la rue où elle se trouvait. La deuxième à droite en partant de la route 547 ; suivre l'allée après la station de pompage. (D'ailleurs, que pompait une station de pompage ? En passant devant, elle avait posé la question à haute voix, sans recevoir de réponse.)

Qui aurait pu vivre dans une maison sans connaître le nom de sa rue ? Qui aurait déménagé dans un endroit entrevu uniquement sur des photos flatteuses sur Internet ? Un jour, en attendant un éditeur de livres d'art avec qui elle devait déjeuner, elle avait surpris les paroles d'une femme assise à la table voisine :

« Tu entres et tu n'arrives pas à les repérer au bar parce qu'ils ne ressemblent en rien à leur photo sur le site. Rien. *Nada.* »

Le cottage était la version immobilière d'un rencard Internet, construit sur des mensonges, la pente du terrain menant tout droit à la désillusion. Ou à la capitulation. « Nous avons été très heureux ici », avait affirmé le propriétaire dans un courriel auquel il avait joint une photo de deux hommes se tenant par les épaules devant un grand arbre. Tellement heureux qu'ils en étaient partis en emportant tous les meubles confortables pour les remplacer par tout un bric-à-brac trouvé à l'Armée du salut.

En bonne et authentique New-Yorkaise, Rebecca eut la certitude de sentir les morsures des punaises.

Elle se retourna et tomba dans la rigole. Le coup de feu n'était plus qu'un souvenir, peut-être une illusion. Le calme était revenu, mais maintenant il y avait cette odeur. Plein d'odeurs, en fait : de la moisissure, des draps humides, des plantes écrasées ; des bananes dans un bol en verre sur l'égouttoir ; des effluves qui pouvaient provenir d'une moufette, ou peut-être du faux arum tout aussi pestilentiel. À son arrivée, dans la cour à l'arrière de la maison, elle avait respiré profondément : ça sentait comme si toute la forêt environnante était en train de pourrir.

Elle était toute seule dans cette maison isolée (et pouvait se permettre de porter, à la place d'un pyjama, un vieux tee-shirt commémorant une exposition de daguerréotypes à la New York Historical Society et une vieille culotte de coton) ; personne ne pouvait entendre ses reniflements. D'ailleurs, pourquoi n'était-elle pas plus effrayée que cela par le bruit d'un coup de feu ? En vérité, elle était terrifiée ; son corps prit conscience de sa peur avant son cerveau. (La même chose s'était produite après son divorce, quand elle s'était mise à avoir des problèmes de dos tout en étant certaine d'aller très bien.) Sous la couverture en laine, ses jambes étaient raides et tendues, de vrais bâtons de marche. Le silence était très perturbant, pas paisible pour un sou ; cela ressemblait plutôt à un vide, comme la télévision sans le son. Son téléphone ne fonctionnait pas dans la maison, pas plus que son ordinateur.

Quelle erreur grossière !

Elle était arrivée à cette conclusion bien avant le supposé coup de feu, et le vacarme au-dessus de sa tête qui commença peu après ne fit que la confirmer. On aurait dit une rame de métro aérien prenant un virage trop vite. Ou un tiroir d'argenterie qu'on viderait dans un seau métallique. Ou le placard à casseroles, empilées en équilibre précaire, qu'on ouvrirait sans précaution. Tout petit, Benjamin adorait jouer avec les couvercles, assis par terre. « Sommes-nous sûrs qu'ils sont propres ? » demandait son mari d'un ton flegmatique. Peter était anglais, son ton était toujours flegmatique. Il ne se proposait jamais pour laver les couvercles, et Rebecca ne songeait jamais à le lui demander. Elle était bien la fille de son père, adepte de la paix à tout prix.

Le fracas du train ou de l'argenterie ou de ce truc au-dessus d'elle, quel qu'il fût, retentit encore, et encore. La puanteur s'accentuait. Rebecca se redressa et regarda le plafond : allait-il s'effondrer sur elle et l'ensevelir sous un amas de lattes et de plâtre ? Elle s'imagina ainsi, enveloppée dans la mince couverture bleue, jonchée de débris tombés du ciel. « ENTIÈREMENT MEUBLÉ », prétendait l'annonce pour le cottage. Ha ! Deux chambres et une couverture – très insuffisante au demeurant.

Et c'était elle, elle entre tous, qui était tombée dans le piège de quelques photos amateurs : aucun cliché de la cuisine ni de la salle de bains, et deux de la vue extérieure. Elle aurait dû s'en douter en regardant la photo des arbres avec, au loin, ce qui semblait être la ligne sinueuse d'une rivière. On ne pouvait pas dormir dans une vue, ni y prendre une douche chaude ou y préparer un café. Dans cette fichue maison non plus, d'ailleurs. « Entièrement meublée ». Quatre fourchettes.

Ce n'était pas un coup de feu. Elle en prit conscience en repassant dans sa tête la journée écoulée. Elle avait dû dormir plus profondément qu'elle le pensait pour ne pas comprendre ce qui se passait, et devait maintenant reconstituer les faits au mieux, compte tenu de son ignorance crasse : premièrement, un piège en grillage qui se ferme brusquement ; deuxièmement, le levier qui se déclenche avec le bruit d'une détonation ; troisièmement, un animal furieux qui se démène dans le piège, le faisant basculer encore et encore. Boum ! Boum ! Boum !

À force de réfléchir, sa certitude se renforça. Quant à l'odeur, son imagination lui fit défaut. Elle émit un faible son, quelque part entre la prière, l'exclamation et le juron.

Tout avait commencé la veille par un bruit de frottement. Frottefrottefrotte.

« Il y a quelque chose dans mon grenier », avait-elle annoncé au préposé à l'éradication des nuisibles de la ville.

Celui-ci était très occupé par une infestation de tiques dans la maison de retraite. (Fausse alerte : ce n'était qu'un moustique gorgé de sang, écrasé sur le drap d'une vieille dame dont la nièce avait les nerfs fragiles.) Il lui avait conseillé de s'adresser à un couvreur.

« S'il y a quelque chose dans votre grenier, c'est parce que ce quelque chose en a trouvé le chemin. Ça ne sert à rien de l'en sortir puisqu'il vous faudra quelqu'un pour combler le trou », avait dit l'homme qui portait un tee-shirt avec l'inscription « J'AI UN CARACTÈRE DE COCHON », le mot « cochon » étant remplacé par une image.

« Il y a quelque chose dans mon grenier, avait répété Rebecca au couvreur. (Celui-ci se tenait sur une échelle métallique, dans la lumière de fin d'après-midi, avec à la main une petite lampe de poche.) Voudriez-vous que je vous tienne l'échelle ?

— Je passe pas mal de temps sur des échelles, avait répliqué le couvreur en changeant la lampe de main. Vous avez une trappe dans l'entrée ?

— Pardon ? » avait fait Rebecca.

« Bon, on a deux problèmes liés, avait dit le couvreur peu après en émergeant des combles par la trappe de l'entrée. Le premier, c'est un raton laveur qui s'est installé là-haut. Le second, c'est qu'il peut facilement entrer et sortir. Il y a un grand trou dans un coin de votre noue. Il monte sur le sapin derrière la maison et entre par le trou. À mon avis, il n'accède pas au rez-de-chaussée. Pas de bran, n'est-ce pas ?

— Je ne crois pas », avait-elle répondu d'un ton vague.

La conversation du couvreur était pleine de mystère. Qu'était-ce exactement qu'une noue ? Elle pensait avoir deviné le sens de « bran », vu le contexte. L'idée qu'un raton laveur vivait au-dessus de sa tête la mettait mal à l'aise.

« S'il y en avait, vous le sauriez », avait dit le couvreur.

Rebecca avait oublié son nom. Il était grand et blond, avec un teint rougeaud, des cils et sourcils très clairs, pratiquement invisibles. Quand il avait penché la tête pour ranger sa lampe de poche, elle avait vu la ligne de peau rose à l'endroit de la raie. Le préposé à l'extermination le lui avait recommandé. « Les couvreurs sont des voleurs », avait-il dit, faisant apparemment de celui-ci l'exception à la règle.

Le couvreur avait pris dans sa poche arrière un porte-cartes métallique esquinté et lui avait tendu une de ses cartes. Ses mains auraient mérité d'être photographiées. Elles étaient couvertes de poils très blonds et de cicatrices : des lignes fines, des cercles plus grands, une autre ligne rose pâle qui serpentait le long de sa paume. La dernière phalange manquait à l'index de sa main gauche. En fait, les cicatrices ressortiraient mieux en noir et blanc, les poils apparaîtraient comme de fines hachures entrecroisées…

« COUVERTURE BATES. ENTREPRISE FAMILIALE DEPUIS 1934 », disait la carte. Grand-père, père, fils. Un jour, cet homme serait trop âgé pour grimper sur une échelle, et un jeune homme blond viendrait pour examiner la noue à sa place. Elle-même serait partie depuis longtemps. Peut-être même que, dès le mois prochain, elle serait partie depuis longtemps. Son appartement en ville avait été sous-loué pour un an, et elle avait signé le bail du cottage pour la même durée.

Elle poussa un soupir et ferma les yeux. Un lit inconfortable, une chambre sans prise électrique, un raton laveur dans le grenier… Ne pourrait-elle pas trouver un poste de professeure associée dans une université à San Francisco, Seattle ou Chicago, quelque part où il y aurait un gardien pour se soucier à sa place de l'état des noues, quoi qu'elles fussent ?

« Donnez-moi une minute », avait dit le couvreur en accédant à l'arrière de sa camionnette.

Il avait choisi la banane comme appât pour le piège. Il aurait préféré du beurre de cacahuète, mais elle n'en avait pas. Son réfrigérateur contenait du fromage frais à tartiner, deux bagels achetés en ville et qui durcissaient à vue d'œil, un pack de Coca light, du poulet froid et de la laitue. Quant au garde-manger, il renfermait de la soupe et du thon en boîte, ainsi qu'une demi-miche de pain qui moisissait légèrement sur le bord de l'entame. Pendant que le couvreur disposait le piège dans le grenier, elle réfléchissait à la nécessité de trouver un supermarché.

Le piège, pensa-t-elle maintenant en fixant le plafond dans l'obscurité implacable. Là-haut, le tumulte cessa puis reprit. Quelle heure pouvait-il bien être ? Trop tôt pour se lever ? (Il était 2 h 08, trop tôt pour se lever.) La carte du couvreur était sur la table de la cuisine, à côté d'une liste de courses : ouvre-bouteille, ciseaux, sacs-poubelles, spaghettis. Il avait dit de l'appeler si elle pensait que le piège s'était refermé.

« Comment je peux le savoir ? avait-elle demandé.

— Vous le saurez », avait-il répondu.

Il avait raison. Le piège s'était refermé sur ses muscles, ses nerfs, le bout de ses doigts et la plante de ses pieds. La maison n'était qu'obscurité, odeurs, échos du raton laveur se démenant d'un côté à l'autre du grenier.

Peut-être que le couvreur s'en était douté en la regardant, car il avait ajouté :

« Vous savez quoi ? Je passerai demain matin,

au cas où on l'aurait attrapé pendant la nuit. Espérons que ce n'est pas une mère avec des petits. »

S'appelait-il Joe ?

Il y eut un grand moment de silence et elle ferma les yeux. Puis le tapage reprit de plus belle, au-dessus du salon aurait-on dit.

Comment ai-je pu en arriver là ? se demanda Rebecca. Comment ai-je fait pour me retrouver ici ?

Comment elle a pu se retrouver ici en quête d'inspiration

Le prix J. P. Bradley avait été créé en 1982 par l'inventeur de la clôture électrique. Le brevet et la manufacture avaient permis à celui-ci de réaliser son rêve le plus cher, c'est-à-dire s'adonner à sa passion pour la peinture. Il peignait en majorité des scènes campagnardes, des maisons et des granges. Ces œuvres, suffisamment réussies, se vendaient ; pour pas très cher, certes, mais rien, ni la maison sur l'île de Nantucket, ni la propriété aux îles Vierges, ni même son avion ou son bateau, ne procurait à l'auteur autant de plaisir qu'une lettre d'une petite galerie d'art contenant un chèque de 500 dollars et le nom du nouvel acquéreur d'un Bradley à accrocher au-dessus de la cheminée ou dans la salle à manger.

Ce prix donc, aujourd'hui géré par ses deux fils, devait récompenser un ou une artiste dont l'ensemble de l'œuvre « éclaire la condition humaine ». Ce devait être l'apothéose de l'œuvre de toute une vie, et le prix était par conséquent fréquemment attribué à des personnes d'un âge avancé. Il n'était pas rare de voir les gagnants monter sur l'estrade à l'aide d'une canne, voire d'un déambulateur. Quelques années auparavant, le lauréat avait été un peintre muraliste qui avait démarré sa carrière en peignant les décors des bureaux de poste, et qui avait par la suite créé des fresques murales pour des bâtiments publics partout dans le monde. Il était mort d'un infarctus trois semaines avant la remise du prix et son partenaire, de quarante ans son cadet, avait réceptionné la récompense à sa place, pleurant pendant son discours. Les fils Bradley avaient été choqués.

Cela expliquait peut-être leur plus récent choix.

L'annonce officielle, imprimée sur un épais papier soyeux, avait atterri sur la desserte de Rebecca deux mois avant son soixantième anniversaire. Elle avait retourné plusieurs fois la lettre dans ses mains avant de l'ouvrir. La liste qu'elle contenait était sans nul doute pleine de distinction : des peintres, des sculpteurs, un architecte, un décorateur de Broadway. Tout en bas figurait son propre nom : Rebecca Winter, photographe. « La première femme à remporter le prix Bradley, et la plus jeune de tous les lauréats », voilà ce que dirait le *New York Times*.

Aux yeux de Rebecca, ce prix sonnait le glas de sa carrière. Elle appartenait désormais au passé. Pendant vos beaux jours, on vous accorde de l'attention ; à l'heure de la sénescence, des prix. Qui avait dit cela, déjà ? Oscar Wilde ? Benjamin Franklin ? (Rebecca avait l'habitude d'imputer ses pensées les plus originales à quelqu'un d'autre.) Pour ne laisser subsister aucun doute, elle s'était fait la remarque à haute voix en se regardant dans la glace : « Tu appartiens officiellement au passé. »

Il y avait eu des signes avant-coureurs : les royalties en baisse, les sollicitations et invitations de plus en plus espacées, les réactions des gens rencontrés dans des soirées. Elle avait appris que le chemin parcouru par une personne connue se mesurait à l'aune de ces réactions, qui allaient de la surprise, voire de la stupéfaction (« Rebecca Winter ? Vraiment ? *La* Rebecca Winter ? »), à un certain trouble (« Photographe, n'est-ce pas ? Les trucs de cuisine ? Oh ! J'adore ce que vous faites ! »), jusqu'à l'incompréhension totale. Lorsqu'elle intervenait dans les universités, elle avait pris l'habitude de proposer un court résumé de sa carrière, chose inutile, voire impensable, vingt ans auparavant. C'était l'époque des posters, des cartes postales, des expositions à guichet fermé, des titres honorifiques et des ventes aux enchères.

« Tout le monde attend. Ils veulent tous voir ce que tu vas faire maintenant », avait dit dix ans plus tôt son agent, une femme du nom de Tori Grzyjk, que l'on appelait TG, sauf ses concurrents qui l'avaient surnommée « Tori Sans Voyelles » ou TSV. Elle possédait le métabolisme d'un colibri et le faciès d'un toucan. Tout le monde la craignait, en premier lieu ses clients et personne plus que Rebecca.

Le soir de la remise du prix Bradley, Tori se trouvait à Londres, à la recherche de « nouveaux talents ». Rebecca faisait partie des anciens, bien que moins ancienne que certains des talents rassemblés dans le salon du Manhattan Arts Club. Elle portait son pantalon de crêpe noir et une veste kimono noir et or, elle avait soumis son carré caractéristique à un brushing professionnel et elle s'était ornée de bracelets indiens et d'énormes boucles d'oreilles en onyx. Son amie Dorothea, la créatrice des boucles d'oreilles, l'accompagnait, ce qui avait grandement inquiété les frères Bradley jusqu'à ce que quelqu'un les rassure en leur disant que les deux femmes étaient amies et non amantes.

« Elle a su capter sur des images inoubliables les impedimenta et menus détails de la vie des femmes », avait dit l'aîné des frères Bradley lors de la présentation, en butant légèrement sur la prononciation du mot « impedimenta ».

« C'est tout ? » avait chuchoté Dorothea en découvrant le paysage dans un cadre doré portant une plaque gravée. Les fils Bradley possédaient tout un stock des tableaux paternels, et chaque année le gagnant du prix se voyait remettre une de ces œuvres. Rebecca avait reçu une peinture anodine d'une grange rouge, avec quelques taches censées figurer des vaches dans un pré lointain, bref, le genre qui aurait parfaitement trouvé sa place dans la salle à manger d'une auberge campagnarde. Dorothea avait aussi écarquillé les yeux en découvrant l'enveloppe scotchée au dos.

« Quoi, 1 000 dollars, c'est tout ? avait-elle commenté.

— C'est quand même le prix Bradley », avait répondu Rebecca qui glissait l'enveloppe dans son sac à main en essayant de garder sa dignité.

Elle pouvait difficilement avouer à son amie que jamais elle n'avait été plus heureuse de recevoir un chèque de 1 000 dollars.

Dans son sac, près de l'enveloppe, se trouvait le bristol qu'elle avait découvert sur le tableau d'affichage du Manhattan Arts Club. « À LOUER, CHARMANT COTTAGE CAMPAGNARD ». En dépit des commentaires de son ex-mari, pour qui « charmant » signifiait « trop petit, aux canalisations insuffisantes », Rebecca avait fait ses calculs dès le lendemain matin tandis qu'elle contemplait par la fenêtre de sa cuisine la vue sur les citernes d'eau. Elle avait calculé que, en louant son appartement de Manhattan au prix exorbitant du marché new-yorkais, elle pouvait à la fois louer le cottage, régler les frais de la maison de retraite de sa mère et les primes pour sa propre assurance maladie, verser un peu d'argent sur son plan d'épargne retraite, aider son père, donner un coup de pouce à son fils Ben quand il se trouvait à court et mettre quand même de l'argent de côté pour les imprévus et les urgences qui ne manquaient jamais de se présenter. Dans sa jeunesse, elle avait vécu de très peu, mais maintenant, tant de gens dépendaient d'elle, et d'innombrables factures surgissaient chaque mois : l'assurance de la voiture, l'assurance-vie, l'assurance pour la maison… Et puis, un petit séjour dans un cottage à la campagne ne nuirait pas à son inspiration, se disait-elle. On prétendait que les changements de décor avaient cet effet-là. Et d'ailleurs, tout le monde en attendait un.

Pas tellement inspirée

« Rebecca Winter, murmura la femme, rosissant à vue d'œil. (Ça ressemblait à une prière, un soupir, comme au bon vieux temps.) C'est un honneur. »

Elle tendit la main pour prendre celle de Rebecca. Elle avait le genre de mains toujours chaudes et un peu moites, comme celles des bébés, avec des fossettes sur les articulations. Rebecca remarqua d'autres fossettes sur les joues et le menton. Et où encore ?

Puis la femme gâcha tout en ajoutant :

« Ma mère avait une affiche de vous sur notre frigo. »

L'espace d'un instant, Rebecca avait eu de nouveau quarante ans. Maintenant, elle en avait soixante. Non, elle en avait au moins cent. Prisonnière de son propre passé.

« *The artist formerly known as Rebecca Winter*[1] », avait dit Ben un jour, elle ne se souvenait pas à quel

1. « L'artiste autrefois connue comme Rebecca Winter » ; référence à un des noms de scène de Prince : *The Artist Formerly Known As Prince. (Toutes les notes sont de la traductrice.)*

sujet. Et en voyant son expression il avait très vite ajouté : « Une blague, une très mauvaise blague. »

Rebecca ressentait le besoin de retrouver un semblant de routine dans cette étrange petite ville qui avait chamboulé son quotidien. À New York, elle avait pris l'habitude de pédaler une demi-heure par jour sur le vélo elliptique de la salle de gym de son immeuble en regardant les informations sur l'écran mural. Quand elle avait demandé à l'employé de la station-service où elle pouvait trouver une salle de gym, celui-ci l'avait dirigée vers le lycée du coin. Pour compenser, elle avait décidé de marcher, mais les trottoirs étaient inexistants et, le premier jour, un camion avait dû faire une embardée à la sortie d'un virage pour l'éviter. Le chauffeur lui avait fait un doigt d'honneur par la vitre arrière tandis qu'il s'éloignait dans un nuage de gaz d'échappement. Quelques instants après, une femme à la permanente blanche et compacte s'était arrêtée à sa hauteur et lui avait proposé de l'emmener. Quand les gens du coin voyaient un piéton, ils supposaient aussitôt que sa voiture était en panne.

La femme aux fossettes lui souhaitait la bienvenue dans ce qui, ici, s'apparentait le plus à un café. Rebecca s'étonnait d'en trouver un parmi les commerces locaux : le salon de coiffure (« Coupe et permanente, 20 dollars le mercredi » ; l'idée même l'avait fait frissonner), la quincaillerie, l'agence d'assurances/de voyages/d'expertise comptable, le magasin de meubles d'occasion qui semblait toujours fermé. Un jour, alors qu'il la conduisait à une conférence dans un patelin quelconque, le directeur d'un programme artistique avait fait une remarque au sujet de l'uniformité actuelle de l'Amérique. Il avait eu sous les yeux une vaste étendue d'enseignes nationales aux couleurs criardes. Mais si cette partie-ci de l'Amérique ressemblait à d'autres, c'était d'un autre point de vue : ses rues principales délabrées, les anciennes banques transformées en restaurants désespérément vides, les ambitieux projets de nouvelles boutiques de vêtements ou de librairies voués à l'échec avant même leur ouverture. Et voilà qu'elle découvrait un salon de thé baptisé Tea for Two[1] (Ou Plus), à l'enseigne d'une joyeuse petite théière anthropomorphe qui agitait sa poignée en souriant et exhalait de la vapeur par son bec recourbé. Rebecca ne trouvait pas la parenthèse à son goût, et cela semblait être l'avis général puisque la femme s'en expliqua immédiatement et avec force détails. Sarah Ashby, propriétaire. C'était indiqué en bas du menu.

« Mon mari a dit : "Eh bien, Sarah, si tu l'appelles Tea for Two, les gens vont penser que tu ne peux pas servir plus de deux personnes", raconta la femme aux fossettes pendant qu'elle posait une théière, deux scones et un sucrier devant Rebecca. Je ne sais toujours pas si j'ai pris la bonne décision. Mais Kevin est du genre – Kevin, c'est mon mari –, il est du genre à insister. Tous les jours j'aurais eu droit à, vous voyez : "Ne venez pas si vous êtes cinq parce qu'il n'y a du thé que pour deux" ou à : "Quatre c'est trop, il n'y a pas assez de place" ou encore à : "Vous aurez peut-être de la place mais pas de thé", ce genre de

1. Thé pour deux : référence à la célèbre chanson de la comédie musicale *No no, Nanette.*

remarque. Et j'aurais été obligée de répondre : "Oh arrête… Ne l'écoutez pas, il plaisante, il dit toujours des choses comme ça." Il est du genre à ne pas lâcher le morceau. Je lui dis : "Kevin, je n'aime pas ça", et lui dit : "Ah, sois pas si susceptible." Il n'aurait pas arrêté avec Tea for Two, alors j'ai rajouté la parenthèse. C'était un souci en moins, mais je ne sais pas si j'ai vraiment pris la bonne décision.

— Hé ! Sarah ! » réussit à placer un client.

Sans quoi la femme aurait sûrement continué longtemps. Elle devait être du genre à ne pas supporter les silences. Comme sortie d'un tableau de Botero – toute en courbes amples, cheveux ondulés, peau rose et yeux ronds –, elle avait dû s'entendre dire toute sa vie combien elle pourrait être jolie si elle perdait un peu de poids (c'est-à-dire une quantité certaine).

Deux hommes attendaient au comptoir. Le plus jeune se retourna et dévisagea Rebecca jusqu'à ce que le plus âgé lui donne un coup de coude. Ils partirent avec deux cafés à emporter et un grand sac constellé de taches de gras. Rebecca feuilleta l'hebdomadaire local : une élève de terminale avait obtenu une bourse pour l'école d'agriculture de l'État ; elle posait à côté d'une vache noir et blanc et exhibait un ruban bleu tandis que la vache tournait la tête vers elle et semblait lui jeter un regard affectueux. Rebecca ne s'était jamais réellement approchée d'une vache. Les vaches l'avaient toujours intimidée, comme des espèces de machines agricoles à la personnalité imprévisible. Ce serait peut-être l'occasion…

Sarah se laissa tomber sur le siège opposé.

« Un autre scone ? J'en ai au cheddar et à l'aneth.

Ou au babeurre. (Elle se pencha vers Rebecca.) À vrai dire, je n'avais plus de babeurre, alors j'ai pris du yaourt. Pour ma part je préfère le yaourt, ça donne un meilleur goût et une meilleure texture, vous savez. Mais si on dit aux gens qu'on a mis du yaourt dans les scones, ils filent chercher des friands bacon-œuf à la station-service aussi vite que des courants d'air. »

Rebecca regarda son assiette. Ses deux scones – framboise et citrouille au sirop d'érable – avaient disparu. Elle ne se souvenait pas de les avoir mangés. D'ailleurs, elle ne se souvenait pas de la dernière fois qu'elle avait mangé.

Le couvreur était revenu à 8 heures du matin. Rebecca était debout depuis des heures. Le couvreur aussi, semblait-il, mais sur lui cela avait un effet positif : les cheveux blonds comme les blés humides portaient les traces d'un peigne ; le tee-shirt marqué de plis sentait l'adoucissant ; sur un coupe-vent vert foncé, on pouvait lire « COUVERTURE BATES » brodé avec du fil doré. Il avait sans doute une femme aimante qui pliait ses tee-shirts, les lissait avec la main et décrochait son coupe-vent de la patère de l'entrée pour le lui tendre. Son cottage à elle puait, des odeurs qu'elle se refusait à analyser de plus près, et de temps en temps lui parvenait depuis le grenier un cliquetis sans conviction. Le raton laveur allait peut-être mourir d'épuisement. Avec un peu de chance…

En entendant le bourdonnement de moteur du camion qui gravissait la colline, elle était sortie dans l'air frais et agréable, exhalant une bonne odeur d'herbe, de fleurs et de terre humide. Pourquoi l'arrière de la maison sentait-il donc la pourriture alors que le devant ensoleillé embaumait le parfum du printemps ? Un rai de lumière venant du bas de la colline l'avait éblouie ; elle avait levé la main pour se protéger et le couvreur, croyant qu'elle le saluait, avait fait de même.

« Je crois que je n'ai pas besoin de demander si vous avez bien dormi », avait-il dit en descendant du camion.

Était-il arrivé à cette déduction à partir des cernes sous ses yeux ou de l'odeur qui provenait de la maison ?

« Comment donc allez-vous faire pour sortir cette bestiole du grenier ? avait-elle demandé d'un air las.

— D'abord le raton laveur, ensuite la cage, avait-il annoncé en attrapant un long fusil posé sur le siège du passager.

— Vous allez le tuer ?

— À moins que vous n'ayez une autre idée.

— En voyant la cage, j'ai cru que vous alliez le relâcher. »

Il tenait le fusil par le canon. La crosse était gravée d'une scène de chasse, un homme et un cerf, tous deux figés et peu convaincants mais embellis par le lustre du bois et le léger voile qui patinait la gravure et le vernis. Un vieux fusil qui avait bien servi. Grand-père, père, fils. Un fusil de famille.

« Je vais vous dire deux ou trois trucs au sujet des ratons laveurs. Ce sont des bêtes à habitudes. Si vous en attrapez un et que vous lui faites une croix sur le derrière avec de la peinture avant de le relâcher, vous pouvez être sûre que cette même croix vous narguera la semaine suivante. Alors, oui, si vous voulez, je peux le relâcher, mais à moins de le conduire jusque dans le Maine, il reviendra et essaiera de trouver le chemin de votre grenier. Et vous devrez tout recommencer de zéro.

— Non merci, avait dit Rebecca en fermant les yeux.

— Sage décision, avait-il commenté en ouvrant la porte moustiquaire. Des fois, je crois que les gens de la ville regardent trop de Walt Disney. Ils pensent que les animaux sont comme dans les dessins animés.

— Je pourrais jeter un œil avant ? avait-elle demandé.

— Quoi, au raton laveur ?

— Je suis photographe.

— Pas de problème. »

Elle était montée à l'échelle, avait passé la tête et les épaules par la trappe en appuyant les coudes sur le rebord du plancher sale du grenier. La cage était immobilisée dans un coin au-dessus de la cuisine, contre une pile de vieux grillages et de cartons. Le raton laveur la regardait avec de petits yeux fous de peur et de rage. Il avait bien l'air d'un personnage de dessin animé, version avant-gardiste créée par de jeunes artistes et que Ben affectionnait, avec un titre du genre : *Sven, le raton laveur possédé.* Elle crut entendre un sifflement. Au centre de l'espace triangulaire, une ampoule nue jetait des ombres profondes, et l'odeur de déjections et de désespoir n'était supportable qu'à petites doses. Elle avait pris plusieurs photos du raton laveur qui faisait avancer la cage vers elle à force de culbutes. Il s'était arrêté près de la trappe et elle avait pu réaliser quelques gros plans de sa tête pointue.

« Il a mangé la banane, avait-elle annoncé en redescendant l'échelle.

— Je pense que c'est une “elle”. Les mâles sont moins agressifs. Un mâle serait probablement à moitié endormi à l'heure qu'il est. Une femelle, par contre, peut vous mettre en pièces si vous lui en donnez l'occasion. »

Il avait demandé à Rebecca d'attendre dehors, bien qu'elle ne sût pas exactement pourquoi. Le silence s'était fait, puis : Boum ! Boum !

Il était réapparu et avait porté le fardeau dans une bâche vers son camion.

« C'est un gros morceau, avait-il dit. Votre grenier aura besoin d'un bon coup de désinfectant.

— Je pourrais jeter un œil ? » avait-elle demandé de nouveau.

Il avait haussé les épaules et posé la bâche par terre. Le plastique bleu était taché de sang, mais moins qu'elle ne l'avait craint. Les pattes avant du raton laveur étaient étonnamment petites, noires et luisantes, jointes comme pour une prière. Une impression immédiatement annihilée par la rangée de dents jaunes aiguisées. La lumière matinale donnait un éclat doré à la fourrure.

Le bruit d'un pistolet à clous avait couvert le faible déclic émanant de son appareil photo. Dans sa jeunesse, Rebecca appréciait le déclic plus bruyant des anciens appareils. Ou peut-être aimait-elle être jeune… Au moment où elle s'agenouillait devant le raton laveur, tombant presque à la renverse à cause de l'odeur, le couvreur juché sur une échelle avait dit :

« Ne vous approchez pas trop. Elle a probablement des puces ou des poux ou quelque chose comme ça. »

Rebecca avait ressenti des démangeaisons ; elle les ressentirait sûrement pendant les douze prochains mois, jusqu'à son retour dans l'appartement sur la 77e rue Ouest. Si elle y pensait trop, elle allait craquer.

Le couvreur avait hissé un drapeau sur un coin du toit, un petit rectangle tout blanc.

« C'est pourquoi, ça ? avait-elle demandé tandis que les mouches commençaient à se poser sur le museau pointu du raton laveur.

— Pour les avions qui volent bas », avait-il répondu sur un ton péremptoire qui avait mis fin à la conversation.

Pendant quelques minutes, Rebecca avait photographié le museau et les mouches tout en sachant qu'elle n'en serait pas satisfaite. Le passage à la photo numérique l'avait enthousiasmée plus que certains de ses collègues, mais elle devait admettre que la pellicule argentique offrait l'avantage d'entretenir un suspense optimiste jusqu'au moment où les contours apparaissaient sous la surface iridescente du liquide révélateur. Là, elle savait qu'elle perdait son temps. Quand même, quelques clichés du raton laveur pourraient être intéressants, surtout les gros plans de ses pattes aux coussinets rembourrés.

« J'ai entendu dire que vous aviez une bestiole dans vos combles, dit Sarah Ashby tandis qu'elle apportait les scones au babeurre (au yaourt, plus exactement).

Oh là là, ça sonne un peu douteux, ça. Désolée, j'ai l'habitude de dire ce qui me passe par la tête. Mon mari prétend qu'il ne s'écoule pas une journée sans que je dise quelque chose que je ne devrais pas. Et en plus à Rebecca Winter. Quand je raconterai ça à ma mère, elle en mourra. »

Rebecca plongea la main dans son énorme sac et en sortit un carnet.

« Pourriez-vous me dire où se trouve le supermarché le plus proche ? demanda-t-elle.

— Alors là, j'aurais pensé que vous auriez posé toutes ces questions à Jim. Il connaît la région comme sa poche. Demandez-lui où cueillir des mûres sauvages au milieu de nulle part et il vous y emmènera dans la seconde. Je le sais parce que, en juillet, je fais des scones avec des mûres qui viennent d'un roncier que personne d'autre ne connaît. C'est lui qui me l'a montré quand j'ai ouvert ce salon. Pendant la saison de la chasse, il y a des gars qui suivent le camion de Jim pour voir où il s'installe, parce que c'est là qu'il y aura du gibier… Une petite seconde, je vais me laver les mains et on fera une liste.

— Jim ? fit Rebecca.

— Jim Bates ! Le couvreur qui vous a débarrassée du raton laveur, dit Sarah en reniflant avant de se précipiter vers l'arrière de la boutique. Désolée, mes scones au caramel ! »

Dans son carnet, Rebecca nota « Jim Bates ». Pourquoi avait-elle autant de mal à retenir un nom aussi simple ? Jim Bates. Elle le souligna deux fois. Combien allait-il demander pour ses services ? Pouvait-elle faire payer le propriétaire ? Prise de panique, elle ouvrit son porte-monnaie qui contenait deux billets de 20 et quelques billets de 1 dollar. Au moins, elle pourrait payer les scones.

« Ah non ! Hors de question ! s'exclama Sarah quand Rebecca demanda l'addition. Pas pour votre première visite – c'est cadeau. Bon, pas vraiment pour les gens de passage, vous savez, ceux qui sortent de l'autoroute pour trouver un truc à manger et utiliser les toilettes ; ceux-là, je les repère à un kilomètre – ça fait à peu près ça, un kilomètre de l'autoroute. Mais un nouvel habitant a toujours droit à un premier repas gratuit, peu importe ce qu'il mange ; je ne veux pas dire que vous avez beaucoup mangé, honnêtement, vous avez l'air de pouvoir supporter quelques kilos de plus. Kevin dit que je fais la réflexion à tout le monde parce que, moi, je pourrais en supporter quelques-uns de moins, mais il veut juste se rendre désagréable. (Elle s'arrêta pour reprendre son souffle. Jusque-là, Rebecca avait en vain essayé de glisser un compliment sur les scones, qui étaient délicieux.) Mais je vais vous dire une chose, continua Sarah en se penchant vers elle. Un jour, vous pourriez me dédicacer votre affiche. Ou à ma mère. Mon Dieu, elle va devenir folle. C'est son œuvre d'art préférée, je vous jure. Je vais faire ça. Je vais m'en procurer une et vous la faire signer. »

Comment elle a pu en arriver là
La version financière

Rebecca ne possédait aucun exemplaire de son affiche. Elle n'en avait pas vu depuis des années, sinon quelques secondes dans un film sur des femmes qui partageaient une maison et découvraient leur propre valeur grâce au yoga et au sexe. (Pour sa propre défense : le film était diffusé dans l'avion et elle n'y avait pas prêté beaucoup d'attention.) Cette affiche, avec ses rééditions, ses franchises et une réputation d'électron libre dans le monde de l'art, l'avait toutefois fait vivre pendant des années. Elle avait permis de payer les frais de scolarité de Ben et de financer le spacieux appartement dans lequel ils avaient emménagé après le divorce (et qu'elle venait de louer), ainsi que les voyages à Paris (pour le musée d'Orsay) ou à Londres (pour la Tate Modern). Grâce à elle, elle avait mangé au restaurant et donné des pourboires généreux à sa coiffeuse, sans savoir au juste combien elle lui rapportait avant que la source ne se tarisse puis disparaisse pour de bon.

Sa série du *Plan de travail*, titre de sa deuxième exposition de photos, avait été saluée comme un instant emblématique dans l'art féminin. À vrai dire, tout ce que Rebecca avait ressenti au moment de prendre cette photo était de la fatigue, celle que peuvent éprouver les femmes qui ont un enfant, un mari, une maison, un boulot et une vie, et qu'elles finissent par considérer comme une maladie bénigne mais chronique. Rebecca avait alors trente-six ans, son fils marchait à peine, et son mari méprisait les hommes qui mettaient la main à la pâte pour les tâches ménagères. « Peter est tellement européen », disaient les femmes de son entourage ; par la suite, Rebecca se demanderait si c'était leur façon de lui faire comprendre que Peter avait des aventures.

Mais ça, ce serait plus tard.

Un soir, alors que Benjamin souffrait d'une otite et qu'elle avait enfin réussi à lui faire prendre ses antibiotiques au goût de chewing-gum et à le coucher dans son petit lit, Peter était rentré en compagnie de deux professeurs assistants et leurs épouses. C'était un de ses trucs, à Peter, de se pointer avec des invités surprises ; le plus souvent, ceux-ci s'excusaient mais Peter pas du tout, comme s'il voulait la mettre à l'épreuve et tester ses limites.

« Je ne vais quand même pas demander la permission d'inviter des gens chez moi, non ? » avait-il dit un soir où elle avait osé protester.

Quand leurs hôtes en état d'ébriété s'étaient finalement retirés, non sans l'avoir longuement complimentée sur son osso-buco (congelé, justement pour des imprévus comme celui-ci) et le gâteau au chocolat sans farine (*idem*), Peter était allé directement se coucher, croyant une fois de plus que la cuisine se rangerait toute seule, comme par magie, dans les petites heures entre le cognac et le petit déjeuner. Rebecca avait eu besoin de s'allonger un bref instant avant de s'attaquer à la vaisselle et elle s'était effondrée sur leur nouveau canapé de style moderne, à l'ossature tubulaire et aux lignes nettes, si inconfortable qu'il fallait être à bout de force pour réussir à s'y endormir. Un fin rayon de soleil l'avait réveillée à l'aube, avant même que Benjamin pût manifester en hurlant son désir d'être libéré. Elle avait pris son nouveau Hasselblad, cadeau de son père, et commencé à prendre des photos.

Elle ne savait pas pourquoi, pourquoi ce sujet, pourquoi ce moment. Elle ne l'avait jamais su. Un artiste parlant de son art se devait de paraître déterminé et sûr de lui, ce qui n'avait jamais été son cas. Au fil des années, elle avait inventé une foule de raisons, le public ne se satisfaisant guère de l'arbitraire de la vie. Il n'acceptait pas non plus qu'elle eût pu simplement capter sur ces photos ce qui était présent : une bouteille renversée au goulot de laquelle brillaient quelques gouttes d'huile d'olive ; des fourchettes graisseuses réfléchissant la lumière des spots ; et, bien sûr, ce qui plus tard prendrait le nom de *Nature morte aux miettes de pain*, unc composition vaguement flamande de verres à vin sales et d'assiettes empilées, avec les entames de deux baguettes et un torchon roussi par la cuisinière à gaz.

Son agent de l'époque était un homme d'un certain âge, calme et réfléchi, du nom de Stephen.

TG était son assistante, caustique et toujours mal habillée, perpétuellement sur la sellette, jusqu'au jour où elle avait pris les rênes pendant que Stephen se remettait d'un infarctus. Stephen n'avait pas été franchement intéressé par les photos, ni par l'exposition d'ailleurs, mais, en lisant les critiques et en entendant les réactions, il avait dit doucement :

« Je pense que tu tiens quelque chose, là. »

La chance lui avait souri quand un professeur d'art de l'université avait qualifié les photos d'« imagerie de femme au foyer ». En réponse, la responsable de la section des études féministes l'avait traité de misogyne ; s'étaient ensuivies des manifestations, pendant lesquelles les étudiantes portaient des tee-shirts figurant la photo. Elles lui avaient fait une sacrée publicité. Six mois plus tard, Rebecca Winter était devenue une icône, et les critiques et essayistes voyaient dans sa série du *Plan de travail* une sublimation aussi bien qu'une dénonciation de la vie et du travail des femmes. On assistait à une prolifération de contrefaçons, sous la forme d'os de poulet, de passoires, voire de couches ou de tétines, mais pendant des années les photos de Rebecca avaient tenu le haut du pavé, apparaissant sur des couvertures de magazine, des cartes postales, des tee-shirts, et même sur une publicité ironique pour la fête des Mères. L'affiche, une idée de Stephen, était toute simple : l'image, le titre et le nom de Rebecca.

Un jour, Rebecca avait lu l'essai d'une théoricienne féministe qui affirmait que *Nature morte aux miettes de pain* qualifiait la funeste vacuité de l'existence de la femme américaine moyenne, que les miettes de pain renvoyaient à Hansel et Gretel, une piste tracée pour que quelqu'un vous trouve, vous sauve et vous empêche d'être dévoré. Rebecca était sidérée par le nombre de déductions qu'on pouvait tirer d'une photo prise spontanément, sans réfléchir, dans un brouillard de fatigue et de colère sous-jacente, et d'un titre qu'elle avait inventé sur le moment parce que le galeriste pensait qu'un simple numéro serait insuffisant. La théoricienne aurait peut-être tenu des propos différents si elle avait su que Ben avait commencé à hurler : « Du jus ! » depuis sa chambre à peine l'appareil photo posé, qu'elle l'avait installé devant la télé et *1, rue Sésame* tandis qu'elle nettoyait la cuisine et lançait une machine de serviettes. Et pendant ce temps, son mari dormait ; il ne s'était levé que pour se rendre à son séminaire intitulé « Imagerie de la séduction dans l'art de la Renaissance ». « Café ? » avait-il demandé en nouant sa cravate ; et il s'était collé à elle alors qu'elle se tenait près de l'évier, d'une manière qui n'avait rien de romantique ni même de sexy, qui faisait plutôt penser à des corps pressés dans une rame de métro bondée. C'était cette nonchalance qui l'avait séduite chez lui, au début, quand toutes les attentions qu'il lui portait étaient des marques de sa propre valeur.

Bizarrement, personne n'avait jamais demandé ce qu'étaient devenus les plats, restes et miettes. Rebecca avait utilisé le même torchon roussi jusqu'au jour où l'une des épouses conviées à dîner l'avait soulevé tel le saint suaire en s'exclamant : « Oh mon Dieu ! »

Pendant un moment, l'affiche avait été exposée partout : dans les vitrines des boutiques d'encadrement, sur les murs des cafés, dans les bureaux d'organisations féministes à but non lucratif et dans des chambres d'étudiantes qui n'avaient jamais préparé un repas ni lavé une assiette de leur vie.

La série du *Plan de travail* avait été suivie d'une autre, composée de photos de Ben, prises de si près qu'elles en devenaient géographiques : la vallée de la pliure d'un bras potelé, la colline d'une épaule ronde, saisies pendant qu'il dormait, tout nu. (Réticent à se soulager dans cet état, il était devenu propre par la même occasion.) On disait que cette série du *Petit Garçon* influençait la notion de maternité comme la série du *Plan de travail* l'avait fait pour les travaux ménagers, la nature de cette influence variant selon l'auteur de l'assertion. Un groupe de mères avait appelé au boycott de son travail, arguant que Rebecca transformait les enfants en objets. Sans succès ; la série se vendait très bien. Les reproductions se vendaient. Les reproductions de la série du *Plan de travail* se vendaient, encore et toujours.

« Je vous en prie, laissez les assiettes. Ma femme se fera une joie de les immortaliser après votre départ », disait son mari pendant les dîners, suscitant l'hilarité générale.

Il se réjouissait beaucoup moins du succès de sa femme que Rebecca ne l'avait espéré. Il lui avait fallu quelques années avant de se rendre compte que Peter était un homme en colère, comme quelqu'un qui rêve d'un avenir brillant sans jamais l'atteindre. Leur mariage souffrait de cet avenir brillant qui s'était matérialisé pour elle.

« Eh bien, tu t'attendais à quoi ? » avait rétorqué sa mère quand elle s'en était plainte après le divorce.

L'ironie de la chose, c'était que sa confiance en elle avait diminué en même temps que sa réussite se consolidait, jusqu'à ce que toute entreprise, même couronnée de succès, lui semblât du réchauffé. Avec les années, elle trouvait fréquemment à ses œuvres un air de plagiat. « Retour vers le futur », grinçait TG, servant des aphorismes comme de savoureuses petites bouchées. Mais Rebecca ne pouvait plus revenir en arrière, ni refaire ce qu'elle faisait auparavant. Son fils n'était plus un bébé tranquille, son mariage arrivait à son terme inévitable dans une tempête d'adultère, d'abandon, de colère réprimée et de jalousie de la part de son mari. Les restes de dîner avaient disparu, de même que le petit garçon.

Le succès possède sa propre impulsion, qui dépasse l'instant de la création. L'auteur d'un unique roman à succès sera toujours considéré comme une sorte de célébrité vingt ans après. Mais Rebecca vivait le revers de la médaille : la notoriété paie de moins en moins à mesure que le temps passe. Au fil des années, ses revenus avaient diminué tandis que ses dépenses ne cessaient de croître, jusqu'à la contraindre à sous-louer un endroit au prix fort, à en louer un autre contre une somme modeste et à œuvrer pour s'assurer un retour vers le premier.

Cette situation la prenait par surprise ; et pourtant, elle était familière des revers de fortune, ayant grandi dans une famille qui s'était estimée pleine aux as jusqu'au moment où la réalité avait prouvé le contraire.

Être pauvre à New York est une chose terrible, c'était du moins ce qu'elle avait entendu dire.

Sa propre expérience de la pauvreté se limitait à la collecte de boîtes de conserve, durant ses années de lycée, pour une distribution caritative de nourriture pendant les fêtes (ainsi appelait-on Noël dans une ville dont la population se composait en grande partie de juifs, de musulmans et d'athées).

Rebecca savait fort bien qu'elle ignorait tout de la pauvreté, en ville ou ailleurs, mais elle avait fait connaissance avec le manque d'argent. Elle refusait des invitations au restaurant, sachant que l'on partagerait l'addition et que certaines de ses connaissances ne trouvaient rien de plus naturel qu'un repas à 100 dollars. Elle n'acceptait que les dîners à l'issue desquels un homme allait à coup sûr prouver sa virilité en posant ostensiblement sa carte American Express sur le petit plateau d'argent. Elle arrivait aux fêtes avec non pas une bouteille de vin ou un bouquet de fleurs, mais une petite photo dans un cadre ordinaire – mais signée. Signée ! Une authentique Rebecca Winter ! En échange, elle recevait un courriel chaleureux de son hôtesse fortunée : ils allaient louer un petit endroit en Italie en septembre, les tournesols seraient splendides, réclamant d'être pris en photo (comme s'ils ne l'avaient pas déjà été des milliers de fois pour finir en cartes postales, affiches ou aimants de frigo, produits de base des boutiques touristiques de Sienne ou de Montalcino).

« Oh ! J'aimerais beaucoup, mais je ne pourrai pas me libérer », répondait-elle invariablement, faisant une croix sur ces vacances parce qu'elle n'avait pas les moyens de payer l'avion.

Elle s'était remise à prendre le métro – n'était-ce

pas tellement plus rapide que le taxi coincé dans les embouteillages ? En fait, ce n'était pas si mal. Quand elle était jeune étudiante aux beaux-arts, subsistant grâce aux petits fours proposés aux vernissages, le métro était un endroit sale et dangereux, où des hommes se masturbaient en marmonnant derrière les piliers ; les stations à l'éclairage cru étaient carrelées comme d'immenses bains turcs répugnants. Aujourd'hui, le métro était plus propre, moins effrayant et plus fréquenté, d'après ceux qui, lors de fêtes dans certains quartiers, en faisaient la réclame alors que leurs limousines noires et leurs chauffeurs désœuvrés encombraient la rue.

New York était cruelle envers les personnes avec des découverts bancaires, peu importait si elles y vivaient depuis de longues années. Ceux qui disposaient de sources de revenus intarissables s'y trouvaient très bien, mais Rebecca n'en faisait plus partie. Pour elle, une assiette de scones gratuits était une manne tombée du ciel. Pour elle, les frais engendrés par l'enlèvement d'une bestiole dans son grenier représentaient un souci.

Elle avait conclu un marché avec elle-même : elle allait vivre en exil jusqu'au moment où elle aurait de nouveau les moyens d'habiter New York. Elle n'avait aucun plan pour y parvenir. Selon un article lu dans la salle d'attente du médecin, les femmes ayant dépassé la cinquantaine étaient obsédées par la mort. (En effet, on prenait un ton particulier et qui se voulait discret pour parler de l'ami d'un ami qui avait reçu un diagnostic terrible, ou à qui il ne restait que peu de temps, ou qui venait de mourir.) Rebecca, quant à elle, y pensait rarement. En revanche, elle pensait constamment à l'argent. Elle craignait de vivre pour toujours démunie, sa carrière réduite à une simple note de bas de page dans un essai que personne ne lirait.

Elle le reconnaît quand elle le voit

Rebecca aimait prévoir. Même dans cet endroit bizarre, elle décida de s'imposer une certaine routine. Elle l'avait fait pendant ses séjours à l'étranger, en école d'art à Florence ou lorsque, le temps d'un semestre, elle avait vécu avec Peter à Rome. Là, ses pas l'emmenaient invariablement et suivant un itinéraire fixe à 10 heures au Campo pour un café, entre 11 et 14 heures au musée ; elle prenait ensuite un déjeuner tardif, puis arrivait le moment réservé à l'exploration.

Elle faisait de même ici. Le désordre dans le cottage la perturbait : des livres de poche aux pages manquantes, des bocaux sans couvercle, des clés orphelines au fond des tiroirs. D'habitude, quand Rebecca découvrait une clé, elle l'essayait sur toutes les serrures et, en l'absence de correspondance, elle jetait la clé à la poubelle, parfois après l'avoir photographiée. Il lui était évidemment impossible de faire pareil dans une maison qui ne lui appartenait pas, mais elle déposa toutes les clés dans un des bocaux et les livres les plus abîmés dans une boîte sous le lit.

Elle regrettait certaines choses qu'elle avait laissées derrière elle : son duvet de plumes, les oreillers bien fermes, les œuvres de Shakespeare en attente d'être lues un jour, la poêle en fonte dont elle se servait déjà à l'université puis pour les innombrables petits déjeuners de Ben. Cette poêle symbolisait le foyer – confortable, fiable, solide, familier. Le cottage, lui, en comptait deux – une minuscule, l'autre énorme, les deux de mauvaise qualité.

Au moins avait-elle réussi à établir une routine quotidienne. Le Tea for Two ouvrait à 6 heures du matin. Il possédait une connexion wi-fi, alors elle commençait sa journée par le Scone de la Semaine de Sarah et un espresso. Dès qu'elle allumait son ordinateur, Sarah faisait le geste de fermer sa bouche comme une fermeture Éclair et disparaissait dans l'arrière-boutique où elle s'affairait au bruit du batteur et des portes du four tandis que, sur l'écran, apparaissaient les messages d'un autre monde. Ce matin, une invitation au vernissage de la nouvelle exposition d'Iris Cohen, autrefois décrite comme la nouvelle Rebecca Winter ; elle s'était fait une réputation et se consacrait actuellement à des photos de tatouages. En dépit des conditions de vie dans le cottage, Dorothea tenait à passer la voir avant de partir enseigner à l'université. Ben avait été embauché comme machiniste caméra sur un tournage dans le Queens et à Long Island. « Youpi ! » répondit-elle. Elle écrivait toujours « Youpi ! » quand Ben trouvait un travail, et elle le disait sincèrement.

Le locataire de l'appartement new-yorkais avait détecté une panne de climatisation ; il avait appelé le gardien ; il avait découvert le disjoncteur ; la climatisation marchait ; il s'excusait pour tous les messages précédents. C'était un cadre à la retraite, un homme habitué à voir d'autres faire le travail à sa place. Ses messages de doléances étaient péremptoires et il ne s'en excusait manifestement qu'à contrecœur.

Rebecca détestait l'idée que lui et sa femme pussent dormir dans son lit. Sur le pas de la porte de l'appartement, sa voiture remplie de valises et de boîtes, elle s'était rendu compte que c'était la deuxième fois qu'elle quittait un lieu contre sa volonté. Le souvenir de la première fois était une blessure toujours à vif : la nuit blanche passée à laisser libre cours à sa colère contre son mari, à lui hurler de dégager, et l'humiliation de se voir rétorquer qu'il s'agissait d'un appartement de fonction de l'université et qu'elle n'avait donc plus qu'à partir elle-même.

Rebecca avait acheté des draps neufs pour ses locataires, corrects mais de moins bonne qualité que les siens. Pour finir, la femme avait apporté son propre linge de maison, de même que les oreillers et couvertures, de leur demeure de Palo Alto. « Il est très important de s'approprier l'espace », avait-elle dit d'un ton solennel. Elle était praticienne de reiki et avait placé une statuette du Bouddha sur le rebord de la fenêtre donnant sur Central Park.

Rebecca n'allait pas jusqu'à dire qu'elle s'était approprié l'espace du cottage avec ses toilettes récalcitrantes, son réfrigérateur ronflant et ses murs en bois pleins d'échardes. Devant la maison, une étendue de gazon se transformait en prairie qui dévalait une colline boisée en pente raide. Quand elle se tenait au bord, elle pouvait voir le toit plat d'une petite maison en contrebas. Parfois, elle voyait un éclat brillant, comme les rayons du soleil réfléchis par une clôture métallique ou une plaque de mica.

En revanche, la forêt commençait directement derrière la maison. À cause de l'orientation du cottage et de ses petites fenêtres ridicules, sa chambre et la petite chambre d'ami étaient plongées dans une obscurité perpétuelle ; le salon ainsi que la cuisine recevaient un peu de lumière vers midi avant de s'enfoncer à leur tour dans les ténèbres. Dommage qu'elle n'eût plus besoin d'une chambre noire, car la chambre d'ami s'y serait très bien prêtée sans grands aménagements. Elle y avait installé son imprimante sur une petite table. La pièce possédait, elle, une prise électrique et Rebecca avait fait l'acquisition de plusieurs rallonges. Elle avait également rangé sa belle montre dans un tiroir du bureau (qui coinçait même après avoir été enduit de savon) et l'avait remplacée par une montre digitale bon marché qui fonctionnait mieux, brillait dans le noir et ne nécessitait pas d'être remontée. En plus, elle était étanche.

Le cottage ne donnait pas envie de traînasser, pas comme son appartement avec sa belle lumière d'est et les ombres en constant mouvement du parc devant les grandes fenêtres du salon – la plus belle des œuvres d'art. Elle était tombée amoureuse de cet endroit dès qu'elle avait franchi le seuil et découvert ces fenêtres et la vue qui s'offrait à elle. Il était hors de question de le vendre, mais comment faire pour le garder ? Ce souci était comme un point de côté opiniâtre. L'appartement avait pris tant de valeur depuis qu'elle l'avait acheté qu'elle ne disposait plus vraiment des moyens d'y habiter. Sa maison, sa vraie maison, sa maison bien-aimée ou, dixit son expert-comptable, son plus important actif illiquide… Ça lui faisait une belle jambe : quelqu'un d'autre y habitait maintenant. La nuit précédente, elle avait même rêvé du hall d'entrée de l'immeuble. « Heureux de vous revoir, mademoiselle Winter », lui disait Mike, le portier de jour, et pourtant les portes de l'ascenseur restaient closes.

« Il n'y a aucune de vos œuvres ici ? » avait demandé la praticienne de reiki en regardant les murs. Le ton de sa voix laissait à penser qu'elle s'était vantée auprès de ses amis du privilège d'habiter l'appartement de Rebecca Winter, et qu'elle aurait aimé faire remarquer à ses invités : « Oh, ça ? Oui, c'est un Rebecca Winter. De la série du *Petit Garçon.* »

Rebecca n'accrochait jamais son propre travail chez elle. Cela aurait été comme soliloquer – chose qu'elle faisait pourtant assez fréquemment ces derniers temps dans le cottage. Sans cela, elle n'aurait jamais prononcé le moindre mot.

Au lieu d'aller marcher sur les routes sinueuses, elle avait décidé de faire de la randonnée, ce qui était plus difficile mais offrait plus de possibilités photographiquement intéressantes. Elle emportait son appareil dans un sac à dos en nylon. Il y avait un muret de pierre sèche qu'elle avait pris sous tous les angles et dans lequel elle avait placé quelques espoirs, ainsi qu'un vieux nid de guêpes accroché à un arbre qui l'avait galvanisée une matinée entière. Plus tard, en regardant les photos sur son ordinateur, elle n'avait ressenti aucune émotion, aucune envie de s'y attarder.

Ces photos nécessitaient des explications et étaient par conséquent ratées.

Une des vérités majeures sur son propre travail lui avait été révélée des années auparavant, lors d'un dîner, par le biais d'un homme fort sympathique, un sociologue prénommé Richard (elle avait oublié son nom de famille), qui avait cité un juge de la Cour suprême s'exprimant sur la pornographie :

« Je la reconnais quand je la vois. »

Peter avait agité la main d'un geste dédaigneux en répliquant :

« Pur sophisme, et tellement américain. »

L'assemblée s'était tue, puisque Peter était censé être l'expert en la matière, le plus grand expert mondial de l'art érotique médiéval, surnommé « Professeur Porno » par le journal estudiantin de son université. Pour Rebecca, en revanche, cette remarque avait été l'évidence même, comme le sont fréquemment les petites choses, et elle y repensait souvent en regardant son travail. Elle le reconnaissait quand elle le voyait. Et quand ce n'était pas le cas, elle le reconnaissait aussi.

Elle trouva la première croix lors d'une randonnée en juillet, le jour le plus chaud de l'année. Elle était montée tout droit, contournant les arbres et affleurements sur la vieille piste de cerfs, et était tombée sur un faon tacheté et sa mère, juste sous le torrent qui se déversait dans un bassin en contrebas d'un amoncellement de rochers. Le silence nocturne de la maison la décontenançait encore, au point qu'elle s'était sentie réconfortée par le bruit si urbain d'une sirène d'ambulance qui, une nuit, l'avait tirée du sommeil. Dans les bois, en revanche, ce n'était pas tant la quiétude que la puissance des sons qui la fascinait. Très différents des symphonies de la ville, c'étaient ici des notes individuelles : des cris d'oiseaux comme des gammes de piano, le coup sec d'une branche d'arbre qui se cassait puis glissait dans un bruissement pour tomber lourdement au sol, le chuintement de l'eau émergeant de la montagne.

Depuis deux mois qu'elle était là, elle s'était endurcie, elle avait le pied plus sûr. Ses bras étaient bronzés jusqu'aux épaules et des taches de rousseur constellaient son long visage tanné. Maintenant, ses pantalons flottaient sur ses hanches étroites ; son métabolisme aussi semblait s'être modifié, s'adaptant au passage de l'agitation constante de la ville à quelque chose de plus lent et doux. Elle n'avait que faire de la plupart des vêtements qu'elle avait apportés, se sentant trop habillée dans ce qui était considéré comme décontracté et pratique à New York, et elle avait acheté au supermarché deux jeans, une salopette, un lot de tee-shirts d'homme et une paire de chaussures de marche. Ses crèmes et onguents, une fois épuisés, avaient été remplacés par des crèmes ordinaires achetées au même supermarché. Elle se regardait rarement dans la glace. Auparavant déjà, elle ne se maquillait guère, en dehors d'un peu de rouge à lèvres pour des occasions spéciales et d'un baume protecteur.

(« Elle ne fait aucun effort », disait sa mère à ses partenaires de bridge.

Elle avait l'habitude de faire connaître son opinion

comme si Rebecca était absente, alors que celle-ci se trouvait bien là ; c'était comme si Rebecca avait été éduquée en écoutant aux portes. Sa mère avait le don de baisser la voix tout en restant parfaitement audible, telle une comédienne qui mime la retenue :

« Elle va à Holyoke. Elle n'a pas été acceptée à Radcliffe, mais il paraît qu'à Holyoke on peut amener son cheval.

— Ah bon, elle monte ?

— Qui ? Rebecca ? Bien sûr que non. »)

En contrebas du torrent, il y avait une clairière avec un arbre tombé au sol, qui s'était fracassé avant de se désintégrer en un amas de poussière pâle. Tout autour poussaient des plantes aux feuilles lancéolées, et parmi elles il y avait une croix blanche d'environ un mètre de haut. Quelque chose brillait au pied de la croix, et en s'approchant Rebecca découvrit une sorte de trophée d'un doré tapageur en forme de fille posée sur un socle en faux marbre, soulevant ce qui semblait être un ballon de basket. (En fait, c'était un ballon de volley. Au lycée, Rebecca avait fait l'impasse sur les activités sportives pour suivre des cours sur l'art.)

Dans un premier temps, elle manqua son angle d'approche, perdant l'image en cherchant la lumière. Après quelques minutes et plusieurs tentatives, elle trouva la bonne position sur un côté, agenouillée, accroupie, penchée en avant. Comme tant de fois auparavant, elle n'aurait pu dire exactement ce qui retenait son attention dans cet assemblage d'une simple croix blanche et d'un trophée bon marché au milieu du feuillage. C'était comme ça : un instant de pureté délicate, où tout le reste disparaissait. Elle oublia que les soucis d'argent l'avaient tenue éveillée la moitié de la nuit, qu'elle se demandait comment finir l'année avec une petite réserve pour la suivante. Elle le reconnaissait quand elle le voyait. Là, elle le voyait, et son cœur battit à se rompre.

L'image n'aurait-elle pas été plus révélatrice avec le trophée à la verticale ? D'ailleurs, elle n'avait aucun moyen de connaître sa position initiale. Mais elle avait toujours refusé ce qu'elle appelait le tripatouillage (sauf pendant ses conférences, où elle qualifiait cela de « manipulation de la réalité », qui sonnait plus intelligent et s'adaptait aux sensibilités parfois affectées de ses auditeurs). Sa façon de photographier ce qui existait, sans arrangement ni ingérence, et que les critiques appelaient son esthétique, faisait partie de sa légende. La croix et le trophée seraient photographiés tels qu'elle les avait trouvés.

Quand elle se remit debout, elle vit le faon et sa mère qui la regardaient à travers le rideau de verdure. Leurs oreilles se déployaient pour capter les sons, leurs naseaux se dilataient pour capter les odeurs. Elle ne prit pas la peine de lever son appareil. La photographie naturaliste n'était pas son truc. Elle regarda la croix et le trophée. Peut-être, pensa-t-elle. Peut-être pas. Peut-être. Oui.

Il le reconnaît quand il le voit

Deux jours plus tard, Jim Bates traversa la même clairière. Sa main avait reçu une autre blessure juste sous les articulations et il l'avait bandée comme le fait un boxeur avant d'enfiler ses gants. Il se coupait si souvent qu'il parvenait à se soigner avec une seule main et en s'aidant parfois de ses dents. Une trousse de premiers secours se trouvait à l'arrière de son camion.

Il marchait tête levée, à la recherche d'oiseaux, et faillit trébucher sur la croix. Quelques feuilles de peuplier s'étaient éparpillées autour du trophée, et la croix penchait un peu à cause d'une taupe qui creusait son tunnel en dessous. À moins d'avoir vu les photos de Rebecca, personne n'aurait pu se rendre compte de ces changements, et Jim ne les avait pas vues.

Ça, ce serait plus tard.

Il baissa les yeux et vit ce que Rebecca n'avait découvert qu'en regardant les photos sur son ordinateur : les lettres RIP finement crayonnées au centre de la croix, là où les deux morceaux de bois avaient été cloués de façon rudimentaire.

« Oh ! Merde merde merde ! » s'exclama-t-il.

Il arracha la croix du sol et la coinça sous son bras, puis il ramassa le trophée. Sa blessure se rouvrit et le sang traversa le bandage. Il redescendit la pente, glissant parfois sur la mousse humide dans sa hâte.

« Oh ! Merde merde merde ! » répéta-t-il, et cela sonna comme un seul mot, un cri de reconnaissance et de détresse, un cri animal.

Un échange

Les photos du muret de pierre étaient bonnes. Peut-être auraient-elles été encore meilleures en couleurs. La palette allait du gris pâle au très foncé, presque noir, en passant par la rouille et le brun veiné d'ocre, un amas de nuances atténuées et complémentaires. Une fois auparavant elle avait cédé à la pression du marché en coloriant à la main une série de photos des figurines de Ben : des soldats lavande, des robots vert pomme, un sorcier en robe orange pâle ; pas de teintes vives, plutôt des couleurs d'aquarelle. Toutes les photos s'étaient vendues le soir d'ouverture de l'exposition. La couleur avait du succès, mais Rebecca la trouvait gênante et elle ne s'en était plus servie.

Ses propres vêtements étaient noirs, gris et blancs. Un de ses souvenirs d'enfance les plus douloureux était celui de la bar-mitsva du fils d'un associé de son père, et d'une robe rose vif que sa mère avait achetée deux tailles trop grandes : « Comme ça, tu pourras la mettre longtemps. » Sa mère avait soupçonné Rebecca d'avoir intentionnellement taché la robe avec du poulet à la Kiev pour ne plus jamais être obligée de la porter. Pour une fois, elle avait eu raison.

Si les photos du muret étaient prometteuses, ce fut toutefois celle de la croix que Rebecca ne cessa de scruter, qu'elle accrocha même sur le mur de sa chambre pour la voir dès qu'elle levait la tête. Les murs en planches de cèdre pourries et pleines d'éclats étaient si délabrés qu'elle n'hésita pas à y enfoncer des punaises. Le cliché possédait une qualité particulière, qui tenait aux lignes simples et puissantes de la croix blanche et à l'aspect pathétique de l'athlète triomphante levant haut son ballon, droite et néanmoins de travers.

Elle fut convaincue que la photo était bonne, puis elle changea d'avis. La photo était-elle vraiment de qualité ou le souhaitait-elle à cause de ses problèmes d'argent ? Quelques années auparavant, on lui avait proposé un poste de professeure associée dans une école d'art de Savannah mais elle n'avait pas sérieusement envisagé d'y donner suite. Il y avait peu, elle avait adressé un message à TG afin de savoir si le poste restait disponible pour l'année à venir. « Économie en berne, poste pas attribué », avait été la réponse laconique que TG avait fait envoyer par son assistant. Ses aphorismes antagoniques aussi faisaient manifestement l'objet d'économies.

Rebecca reçut la facture de la maison de retraite, et elle la posa au bout de la table à manger qui lui servait de bureau. Elle avait trouvé une belle pierre ovale qu'elle utilisait comme presse-papiers et sous laquelle elle la glissa, par-dessus d'autres factures en attente. Elle se demanda pour la énième fois combien de temps encore elle pourrait les payer sans rentrées d'argent. Devait-elle appeler l'agent immobilier en vue de vendre son appartement ? Elle préféra sortir plutôt que d'y réfléchir.

La deuxième croix était posée dans un champ, peut-être du blé, là où la forêt s'éclaircissait sur une butte surplombant la route sinueuse. Pour la photographier, Rebecca dut chercher un angle d'approche car le livre relié de cuir bleu posé au pied de la croix était entouré d'une touffe duveteuse d'herbes jaunâtres. Ses pages étaient bien plates ; il ne pouvait pas être là depuis longtemps, autrement la rosée les aurait fait gondoler. Un emblème doré gravé dans un coin capta le soleil : « CENTRAL VALLEY HIGH SCHOOL », pouvait-on y lire. L'inscription RIP était plus nette, écrite au stylo plutôt qu'au crayon. Rebecca prit quelques clichés de près, s'éloigna, puis se rapprocha de nouveau. Elle pensa à l'autre croix, celle avec le trophée. Serait-elle différente maintenant, plus dégradée ? Elle tenta alors de retrouver le chemin de la clairière. C'était bien là, elle en était presque certaine, mais l'endroit était vide. Elle continua à marcher pendant une demi-heure, traçant des cercles, mais plus elle regardait, plus elle était sûre que la croix et le trophée avaient disparu. Cela la mit en colère, pas seulement pour son projet de réaliser une série qui suivrait le lent processus de dégradation, mais parce que quelqu'un avait déposé ces choses ici dans un but précis, et que quelqu'un d'autre s'en était emparé.

Elle retourna à la deuxième croix et posa son appareil sur un rocher plat, puis elle inspecta les lieux, les yeux rivés au sol. Ce genre d'album de lycée portait le plus souvent le nom de son propriétaire en couverture, mais pas celui-ci. Les deux branches de la croix étaient fixées par un petit clou décentré, et l'un des bras était plus long que l'autre. Lors de son premier passage, elle s'était contentée de prendre des photos, mais cette fois elle prit le temps d'étudier le tableau. Il lui fit penser aux lieux commémoratifs le long des routes, érigés à la mémoire d'un adolescent – il s'agissait toujours d'adolescents – mort au volant, écrasé contre un arbre. Pourtant, ces croix-là portaient des inscriptions avec un nom et une date et étaient généralement entourées d'objets disposés en hommage au défunt, comme des fleurs ou des peluches. Rien de tel ici.

Elle récupéra son appareil pour quelques photos supplémentaires, puis grimpa sur la butte pour voir la perspective d'en haut. La végétation occultait le livre, alors elle continua de monter. Son sac était lourd et une tache humide s'étendait depuis le milieu de sa colonne vertébrale. Quand elle repoussa ses cheveux, ils étaient brûlants. La pente devint plus raide et elle dut forcer pour continuer.

Dans sa tête, elle faisait des calculs, les mêmes que tous les autres jours. Revenus de la location de son appartement : 5 800 ; de cela il fallait déduire 1 000 pour le cottage, 1 400 pour l'entretien de l'appartement, 1 900 pour la maison de retraite, 1 000 pour le loyer de l'appartement paternel, près de la maison de retraite. Cela lui laissait 500 dollars par mois pour vivre. Elle espérait que les pneus de sa voiture tiendraient le coup, qu'aucun de ses appareils photo ne nécessiterait de réparation. Elle espérait aussi pouvoir produire un travail de qualité qui la remettrait en selle et lui rapporterait de l'argent.

« Regarde Jane Ann Bettison, avait dit Dorothea quand elle lui avait annoncé la mise en location de son appartement. Immense carrière, puis plus rien, puis tout d'un coup le marché secondaire s'est emballé et elle a retrouvé le dessus du panier.

— Jane Ann Bettison est morte l'année dernière.

— D'accord, mais elle est morte riche. »

Rebecca s'arrêta sur la crête de la montagne – enfin, la première crête. Durant tout le mois de juillet, elle s'était fait la promesse d'atteindre le sommet, qui restait aussi inaccessible que sa solvabilité, aussi hors de portée qu'un mirage. Son regard traversa les arbres mais il y avait toujours plus de montagne, toujours plus haute. Au-dessus de sa tête, elle perçut un mouvement, un pygargue à tête blanche qui traversait la portion de ciel visible. Elle en eut le souffle coupé : cet aigle, c'était de l'argent. L'oiseau fit un piqué et, en le suivant des yeux, elle découvrit le canon d'un fusil braqué sur lui depuis un énorme érable, alors elle se mit à courir, son sac à dos bondissant sur ses omoplates.

« Qu'est-ce que vous faites ? hurla-t-elle tandis que l'aigle virait et disparaissait. Qu'est-ce qui vous prend ?

— Eh merde ! » dit une voix qui provenait du branchage touffu de l'arbre.

Elle leva la tête et aperçut d'abord les semelles d'une paire de chaussures de marche qui dépassaient d'une plateforme, puis un visage rouge à l'expression belliqueuse.

« Jim Bates ! dit-elle d'une voix forte.

— Madame Winter, fit-il.

— J'ai toujours pensé qu'il était illégal de chasser le pygargue, lança-t-elle. Si ce n'est pas le cas, ça devrait l'être. »

Il glissa le long du tronc, son fusil en bandoulière. Il portait un tee-shirt vert comme les feuilles d'été, avec les lettres OFS sur la poitrine. Sous les aisselles, le vert était plus sombre, couleur forêt profonde. Il lui serra poliment la main, mais ses lèvres étaient pincées.

« Il est en effet interdit de chasser le pygargue, et même si ça ne l'était pas, je serais le dernier à le faire. Ceci n'est pas un fusil, mais un dispositif de pistage qui lit les données sur la puce insérée par l'Office de la faune sauvage dans la bague que portent les grands oiseaux. Celui que vous venez de voir est le mâle d'un couple qui niche à quelques centaines de mètres d'ici. Les scientifiques aiment suivre ses habitudes. Je travaille pour eux pendant mes week-ends. »

Rebecca inspira profondément, puis dit :

« Je suis désolée, j'ai gâché votre travail. »

Jim Bates haussa les épaules. La dure ligne de sa bouche se détendit.

« Il reviendra. Il revient toujours.

— Le même oiseau au même endroit ?

— Ils s'accouplent pour la vie, expliqua-t-il. Pas comme les humains.

— Vous pourriez me montrer leur nid ?

— Pour être franc, je préfère éviter. J'essaie de ne pas les déranger chez eux. Je n'en ai pas vraiment besoin. Généralement, je réussis à capter chacun d'eux quand ils vont chercher de la nourriture pour les petits.

Là, c'est le mâle qui est de sortie, la femelle reste au nid. Quand il rapportera sa proie, ce sera son tour à elle. »

Il baissa le regard sur elle. Rebecca était plutôt grande, mais il était plus grand qu'elle et plus costaud, taillé dans la masse. Sa peau rose pâlissait-elle en hiver ? Elle recommença à s'excuser, alors il leva une main et posa l'autre sur son épaule, la faisant pivoter légèrement en pointant le ciel. L'aigle planait au-dessus d'eux, tenant dans ses serres le corps inerte d'un écureuil mort. Avec sa tête blanche, son bec jaune et ses yeux pâles, il ressemblait à une gravure.

« Oh ! Le voilà !

— On ne s'en lasse jamais », dit Jim Bates.

Elle tenta d'attraper son appareil, mais il était déjà trop tard. Jim secoua la tête.

« J'ai essayé, dit-il, mais vous savez, vous prenez une photo, vous la regardez et ce n'est pas pareil. Quelque chose se perd.

— Cela dépend de la photo, je suppose, répondit-elle.

— Je ne voulais pas vous vexer. Sarah dit que vous êtes bonne photographe. (Il lui tendit de nouveau sa main enveloppée d'un bandage sale.) Vous devriez faire poser un isolant en fibre de verre dans vos combles avant l'hiver. »

La calculatrice mentale de Rebecca se mit à cliqueter furieusement : 5 800, 1 000, 1 400, 1 900, 1 000… Et le propriétaire du cottage ne faisait qu'opposer un silence obstiné à sa demande de prendre en charge l'enlèvement du raton laveur et les réparations de la maison.

« Ça ne sera pas très cher, dit Jim Bates, comme s'il percevait le cliquètement dans la forêt silencieuse. C'est surtout du matériel.

— J'ai une photo du raton laveur qui pourrait vous intéresser.

— Ah, une photo d'un animal mort ! Alors là, c'est différent. On fait l'échange, d'accord ?

— D'accord, répondit-elle.

— Bon, je retourne au travail », dit-il en se hissant sur la plus basse branche de l'érable, et elle le regarda disparaître peu à peu.

Elle le savait

Voici les événements du mois d'août.

Sarah accrocha l'affiche de *Nature morte aux miettes de pain* sur le mur de Tea for Two.

Rebecca en avait signé deux exemplaires et Sarah les avait fait encadrer. Elle offrirait l'un à sa mère pour son anniversaire et elle plaça l'autre sur le mur en face de la porte.

« Un peu d'art ne fera pas de mal », dit Sarah.

« C'est vraiment très bon », remarqua Jim Bates en voyant la photo des pattes du raton laveur, prises de si près qu'on distinguait à peine le sujet.

Il posa deux couches d'isolant dans le grenier. Un rayon de soleil venant du bas de la colline effleura le côté de l'échelle posée sur le camion. Cela arrivait fréquemment, cette lumière bizarre venant d'en bas.

« Où est le drapeau ? » demanda Jim Bates.

Rebecca alla chercher le rectangle blanc appuyé contre la porte arrière.

« Il est tombé pendant l'orage », expliqua-t-elle.

Jim Bates remit le drapeau, qui s'agita dans la brise

en provenance de la montagne. À quoi ce bout de tissu pouvait-il bien servir ?

Les éclats de lumière avaient disparu.

Rebecca trouva deux autres croix. Au pied de la première était posé un ruban bleu qui pendait tristement, ramolli par la pluie et le soleil. La gravure dorée bon marché proclamant « Premier prix » s'estompait et une partie du tissu délavé avait pris une teinte gris militaire. Au cours de la semaine qui suivit, il se détériora plus encore, et elle continua à prendre des photos. Personne ne déplaça la croix. Elle envisagea de demander à Sarah si elle saurait pourquoi quelqu'un disséminait des croix dans la forêt, puis elle y renonça : Sarah en discuterait avec tout le monde dans un rayon de dix kilomètres, et celui qui avait ôté la première croix ferait pareil pour les autres. Ce n'était pas ce qu'elle souhaitait.

L'autre croix était accompagnée d'une carte d'anniversaire ouverte encadrée de chicorées sauvages aux fleurs bleues. « Ma fille chérie/Depuis le premier jour/je remercie le ciel/pour ce merveilleux amour », était-il écrit en rose. C'était signé, d'une écriture ronde : « Maman ». (La mère de Rebecca, quant à elle, n'avait jamais signé autrement que « Mère ».) Que pouvait bien figurer la couverture de la carte ? Elle était immaculée, hormis une file de fourmis rouges qui traversaient le bord décoré de roses d'un rose brillant. Rebecca prit des photos avec les fourmis, puis sans elles.

Le lendemain, la croix tout comme la carte avaient disparu, et elle décida à contrecœur qu'il était temps pour elle de rendre visite à ses parents.

Origines familiales

Anthropologie 101 / Université de Mount Holyoke
1er semestre
Exercice : Étude des origines familiales

Rebecca Grace Winter

Mère : Beatrice Sophia Freeman, née en 1925 à New York. Enfant unique de Morris Freeman (né à Cracovie, Pologne) et de Bertha Freeman (née à Varsovie, Pologne). Études à l'école Fieldstone et à l'École de musique de Manhattan.

Père : Oscar Winter, né en 1920 à Brooklyn, New York. Fils de Jacob et Leah Winter (nés à New York). Études au lycée Evander Childs.

Profession de la mère : Femme au foyer

Profession du père : Entrepreneur

Frères : aucun

Sœurs : aucune

Sa famille

À l'instar de nombreuses maisons de soins, le Foyer judaïque pour les personnes âgées et infirmes était situé dans le coin le moins attrayant d'un quartier plutôt séduisant, dans une rue passante où personne n'aurait voulu voir grandir ses enfants. Les résidents ne s'en rendaient guère compte, et les familles en visite faisaient semblant de ne rien voir. Derrière la maison, des rues tortueuses s'enorgueillissaient de vieux arbres et de grandes maisons de style Tudor sur la façade desquelles grimpaient des rosiers. Depuis le toit de la maison de soins, on pouvait voir la rivière qui coulait lentement vers le port de New York, baignant au passage les pieds de la statue de la Liberté. C'était une belle vue, ignorée de tous hormis de deux hommes qui travaillaient aux cuisines et grimpaient sur le toit pour leur pause cigarette. Le règlement interdisait d'y faire monter des patients, comme s'ils eussent été en mesure de gravir l'escalier métallique. D'ailleurs, le toit était tout aussi interdit aux employés, mais les deux hommes gagnaient à peine le salaire minimum et s'en fichaient.

La maison elle-même, située sur un boulevard commerçant, ne jouissait d'aucune vue. Elle possédait en revanche une cour, qui faisait plus ou moins office de conduit d'aération, agrémentée de chaises de jardin et de quelques pots de lierre poussiéreux posés dans les coins. En règle générale, les chaises étaient réservées aux visiteurs, les résidents se déplaçant en fauteuil roulant ou, pour les plus chanceux, avec un déambulateur.

Dans le solarium donnant sur une tour d'habitation de briques blanches, une femme minuscule aux fins cheveux blancs était penchée sur une table de jeu. Rebecca dut se faire violence pour l'approcher, bien qu'il fût improbable qu'elle levât la tête. Dans le cas contraire, il était tout aussi improbable qu'elle reconnût sa propre fille. D'ailleurs, son regard morne quelque peu soupçonneux différait à peine de celui qu'elle jetait à Rebecca quand celle-ci était jeune.

« Il y a des gens qui ne devraient pas faire d'enfants », avait dit un jour sa grand-mère, et Rebecca avait longtemps partagé cette opinion.

Au cours des années, elle avait fini par admettre que le sujet était plus compliqué que ça. Les gens de la génération de sa mère tenaient pour acquis qu'une fille devait se marier et avoir des enfants ; cela avait été le cas de toutes les filles avec lesquelles Bebe avait grandi ou qu'elle avait fréquentées plus tard. Dans certains cas, elles y avaient trouvé leur compte, dans d'autres non. C'était difficile à prédire : la vieille amie de Bebe, Ruth Wetzel, par exemple, avait été une épouse mesquine et n'avait aimé que son premier enfant, son fils, pour qui rien n'était jamais assez bon.

Quant à son deuxième enfant, une fille, c'était une tout autre histoire.

Pour la génération de Rebecca, les choses en allaient différemment. Certaines femmes avaient délibérément évité de mettre des enfants au monde, parmi lesquelles des personnes que l'on considérait pourtant comme de futures mères exemplaires ; d'autres avaient procréé à contrecœur et pleines d'appréhension pour découvrir que la maternité les comblait au-delà de toute espérance.

Rebecca pensait se trouver quelque part au milieu. Elle n'était pas certaine de pouvoir affirmer qu'elle avait adoré être mère et que trois ou quatre enfants auraient enrichi sa vie. Mais elle avait adoré Benjamin Freeman Symington, son petit Ben si drôle, depuis le moment où elle avait posé sa petite tête déformée sur son sein ; elle l'avait aimé encore plus en se rendant compte qu'il grandirait avec un parent et demi, compte tenu de la vie dissolue et capricieuse de son père, et qu'elle serait le parent entier. Ou peut-être s'était-elle simplement abandonnée avec le temps.

Bebe Winter, pour sa part, ne s'était jamais abandonnée à quoi que ce fût, surtout pas à la maternité. Elle avait été aussi péremptoire, inflexible et sombre que paraissait l'être la disgracieuse statuette d'Artémis qu'elle avait placée sur une table dans l'entrée de leur ancien appartement. Elle n'avait rien de Dr Jekyll et Mr Hyde, de Dorian Gray ou d'une mère douce-amère selon les jours ou l'humeur ; elle se contentait de correspondre à ce que Peter appelait « le rôle de Bebe », en se montrant dédaigneuse, hautaine, mécontente. Le mariage de Rebecca avec un Anglais l'avait fait jubiler. En présence de Peter, il lui arrivait de prendre l'accent anglais, qui, dans sa bouche, évoquait un caramel collé sur les molaires. Bebe adorait le caramel, ainsi que les cocktails au cognac et à la crème de cacao, la mousse au chocolat et la glace au miel de chez Gigi's, le restaurant français « bien comme il faut » à deux pâtés de maisons qu'elle fréquentait régulièrement. « Le poulet que j'ai pris la dernière fois, Franco », commandait-elle d'un ton désinvolte en faisant glisser sa veste de ses épaules étroites sur le dos de sa chaise, laissant le pauvre homme chercher à se souvenir du poulet en question.

Sa mère aurait été consternée par le pull bleu en acrylique dont les aides-soignantes l'avaient affublée, moins toutefois que par le fait de vivre dans un endroit dont le nom contenait le mot « judaïque ».

Bien entendu, Bebe jouait du piano. Elle jouait toujours du piano. Rebecca observa ses mains, ses bras, son dos, et la manière forcée, voire agressive, dont ses épaules osseuses se mouvaient sous le pull tandis que ses mains couraient sur le plateau de table au revêtement imitation bois. Du Bach. Quand elle jouait du Bach ou du Beethoven, Bebe Freeman se balançait d'avant en arrière comme si elle priait, à l'instar de ses ancêtres mâles si commodément tombés dans l'oubli. Son exercice d'anthropologie avait à l'époque causé des sueurs froides à Rebecca : devait-elle écrire que ses grands-parents maternels avaient un jour porté le nom de Friedman ? Elle avait craint la colère de sa mère, si celle-ci découvrait qu'elle s'était ouvertement déclarée juive, ne fût-ce que sur une feuille d'exposé. Bebe Freeman – Freeman ! – était une experte de l’antisémitisme décomplexé du juif new-yorkais riche et assimilé.

C’était certainement du Bach, elle le voyait comme s’il y avait réellement des notes, des temps et des clés au lieu du son assourdi des doigts de sa mère frappant la surface de la table. (Quand elle jouait des morceaux de Chopin ou de Mozart, sa mère se balançait d’un côté et de l’autre, d’une manière plus souple.) Bebe avait toujours préféré Bach à Beethoven. À la seule mention de ce dernier, elle assénait un catégorique : « Sourd ! », comme s’il s’agissait d’un défaut de caractère et d’un signe de moindre talent. L’ouïe de Bach, certes, était restée intacte, on pouvait se demander si la même chose était vraie de celle de Bebe, sa capacité à ignorer les commentaires d’autrui s’étant développée dès son plus jeune âge.

Une aide-soignante fit son entrée en poussant un fauteuil roulant dans lequel une autre femme était avachie, sa tête maintenue droite à l’aide d’un appareil orthopédique. Ici, les patients étaient en règle générale de fragiles petites choses et les aides-soignantes de grandes femmes robustes avec de gros bras et de grosses jambes. Des haltérophiles, les patients faisant office de poids. Les travailleuses sociales et les infirmières, souvent des Indiennes, étaient généralement plus menues, alors que les aides-soignantes étaient des femmes noires des Caraïbes, pragmatiques et un peu brusques.

« Elle passe une mauvaise semaine », n’hésitaient-elles pas à dire, ou même : « J’en ai ma claque de ses caprices aujourd’hui. »

Les Indiennes avaient des voix mélodieuses, elles étaient gaies et optimistes.

« Un jour, elle regardera et dira : “Ah, voici ma fille !” » avait assuré l’une d’elles à Rebecca lors de sa dernière visite.

Rebecca s’était retenue de répondre : « Elle ne l’a pas fait quand j’avais huit ans, pourquoi le ferait-elle aujourd’hui ? »

Dans l’ensemble, l’endroit était convenable. Il avait englouti tout ce qui restait de la vente de l’ancien appartement de ses parents, après le passage d’une multitude de créanciers assoiffés. C’était dix ans plus tôt, avant que la vente d’un appartement comme celui où avait grandi Rebecca ne fût devenue synonyme de gros lot. Le revenu des investissements était insuffisant et le capital entamé ; l’argent fuyait inlassablement, et chaque mois Rebecca faisait un chèque de complément, en priant pour une flambée du marché et la stagnation des frais de la maison de soins.

L’aide-soignante fit un signe de la tête en direction de Bebe.

« Ne vous avisez pas de l’interrompre, dit-elle.

— Loin de moi cette idée », répondit Rebecca.

Elle resta une heure à côté de sa mère dont les doigts ne cessaient de parcourir la table.

« J’aurais aimé l’entendre jouer avant, dit l’aide-soignante. Vous l’avez entendue ?

— Oh oui ! »

Rebecca regarda sa petite montre en or. Malgré l’insensibilité de sa mère, elle n’avait pas osé porter la montre digitale en plastique, pourtant si pratique. Elle prétendait que celle-ci appartenait à une vie, la montre en or à une autre, tout en entendant dans sa tête, aussi limpide qu'une étude de Chopin, la voix aux intonations aiguës si caractéristiques de sa mère : « D'où peut bien te venir l'idée de porter ça ? » La syntaxe de Rebecca était elle-même du genre rigide et vieillot, car sa mère considérait la moindre contraction, le moindre mot d'argot comme une obscénité. Un jour, Dorothea lui avait dit :

« Allez, chérie, tu peux laisser tomber un participe de temps en temps », sur quoi Rebecca avait rougi d'embarras.

Sa mère s'arrêta, arrivant peut-être à la fin du morceau, puis recommença. Que ce fût pendant son enfance, son adolescence, les vacances ou ses visites actuelles, Rebecca avait toujours entendu la même litanie : « N'interromps pas ta mère quand elle joue. » Dans sa jeunesse, le piano à queue se trouvait dans un coin du salon, mais dès l'entrée on pouvait sentir ses vibrations sous les lattes du parquet. Quelquefois, Rebecca posait simplement son cartable par terre et se rendait directement dans la cuisine à l'arrière de la maison, dont les fenêtres donnaient sur le conduit d'aération. Assise à la grande table en Formica sur une chaise assortie, elle recevait un biscuit, une limonade ou une tasse de thé des mains de Sonya, la gouvernante.

Sonya avait bien vieilli. Elle avait un de ces visages aux traits slaves qui changent très peu entre dix-sept et soixante-dix ans. Sonya en avait dix-sept quand elle était venue travailler pour la famille Winter, et Rebecca, sept. Déjà à l'époque, Sonya tirait ses cheveux en arrière si fort que cela faisait office de lifting. Elle n'avait pas pris une ride depuis.

En dépit de toutes ces années à faire des courses au supermarché et à hurler sur le teinturier au téléphone, l'anglais de Sonya était resté au mieux approximatif.

« C'est bien que tu venue », dit-elle en ouvrant la porte de l'appartement, situé dans une des rues arborées derrière la maison de soins et qu'elle partageait avec le père de Rebecca.

Cette proximité reflétait aussi bien l'idée que le monde se faisait de la relation entre Bebe et Oscar Winter que le désir de Rebecca de rendre les visites à ses parents plus commodes.

« Ah ! Te voilà ! Viens t'asseoir », dit son père.

Il était allongé dans le fauteuil relaxant, un verre à thé sur une table à côté de lui. Ce même enthousiasme dans sa voix nasale avait fait que Rebecca, dans son enfance, s'était sentie aimée. Lorsqu'elle entrait dans la salle à manger le matin pour le petit déjeuner, le salut de son père évoquait la visite d'un dignitaire :

« Ma beauté ! Prends un toast ! Sonya ! De la confiture pour ma princesse ! »

Puis, à sa première visite dans les bureaux de son père, elle avait découvert qu'il s'adressait ainsi à tout le monde. « Irving ! Quel plaisir de te voir ! » disait-il à une connaissance croisée à la banque. « Ramona, chérie ! » lançait-il à la serveuse du traiteur casher, en commandant du corned-beef comme s'il venait de l'inventer et voulait en faire la réclame. Il était apprécié de tout le monde, mais Rebecca avait été déçue d'apprendre qu'elle n'était pas si spéciale que cela.

« Comment va ta mère ? demanda-t-il. Bien ? »

Comme toujours, il supposait qu'elle avait d'abord rendu visite à sa mère, préséance qui lui semblait tout à fait normale. « C'est une bonne fille », avait-il l'habitude de dire aux gens. Sonya posa un verre de thé près de Rebecca, ainsi que deux cookies sur leur fond de papier sulfurisé. (La voix de sa mère se fit entendre dans la tête de Rebecca : « Comme c'est ordinaire ! Sonya, rapporte ça à la cuisine et pose-le sur une assiette. »)

« Aujourd'hui, c'était Bach, dit-elle en haussant les épaules.

— Je n'ai jamais beaucoup aimé Bach, commenta son père. Les *Variations Goldberg*, peut-être, mais pas le reste. C'est trop… trop… Sonya chérie, c'est quoi le mot déjà ?

— Allemand, répondit Sonya avant de disparaître dans la cuisine.

— Elle déteste les Allemands, confia son père en chuchotant.

— Je sais, papa.

— Il paraît que la boutique qui vend des bagels va fermer. Sonya l'a lu dans le journal. Quel dommage ! Leurs bagels étaient très bons, pas trop moelleux. Un bagel ne doit pas être trop moelleux. »

Son père croyait qu'elle vivait toujours dans son appartement en ville. C'était mieux ainsi, pas besoin d'explications. Il n'aimait pas parler au téléphone, et ce depuis toujours. Cela restreignait son registre émotionnel, comme il disait. Sonya, elle, envoyait des courriels à partir du petit ordinateur hérité de son neveu et sur lequel elle jouait au poker en ligne.

Elle n'avait jamais été très loquace. Son dernier message avait été : « Papa défib ». Deux palettes et un stent avaient fait l'affaire.

« Ah ! Ce vieux palpitant ! Bientôt vieux d'un siècle ! » avait dit son père en se frappant la poitrine, lors de leur entrevue suivante.

Il lui manquait presque une décennie, mais il avait toujours eu l'habitude d'arrondir – d'où le sort connu par l'entreprise familiale.

« Tu as l'air en forme, papa. »

Comparé à sa mère, c'était le cas. Comparé à sa mère, tout le monde avait l'air en forme.

« Que veux-tu ! » fit-il.

Voilà un autre souvenir d'enfance. Que veux-tu ! Ta femme ne s'intéresse pas beaucoup à toi, ou en tout cas nettement moins qu'aux déjeuners avec ses amies et à son piano. L'entreprise que son père t'a transmise, qui semblait marcher à l'habitude et à l'inertie en crachant de l'argent comme la banque centrale, se met à décliner avant de faire faillite. Le grand appartement avec vue sur le parc se délabre. Que veux-tu ! Ta femme commence à perdre les pédales, et au lieu de jouer du piano elle joue du couvre-lit en satin le matin et de la table à manger le soir. Ta fille trouve un endroit pour sa mère et un acheteur pour l'appartement. Elle aide autant que possible, mais que veux-tu, les enfants ne devraient pas avoir à prendre soin de leurs parents, tu l'as toujours dit depuis que tu t'es retrouvé avec tes propres parents sur les bras. Mais tu as de la chance ! La gouvernante repère un appartement à trois pâtés de maisons de là où se trouve ta femme ! Sonya ! Tu es une sainte, une bénédiction, le havre dans la tempête !

Quelles fonctions exactes remplissait donc Sonya ? L'appartement comptait deux chambres… Son père et Sonya couchaient-ils ensemble ? Avaient-ils toujours couché ensemble ? De toute façon, en quoi cela la concernait-il ? Ses parents avaient toujours fait chambre à part. Celle de son père avait été petite et vert mousse ; celle de sa mère, spacieuse et bleu-vert.

« Il ronfle, disait sa mère. Il aurait dû se faire enlever les végétations quand il était enfant. Maintenant, il est trop tard. »

« Il faudrait que j'aille rendre visite à ta mère un de ces jours », remarqua Oscar.

Avec un clin d'œil, il montra les cookies puis sa bouche. Ses grands yeux pâles étaient opaques. Il avait porté des lunettes toute sa vie, seule la forme changeant avec la mode : rondes avec une monture en fil de fer pendant son enfance, une monture en plastique noir au début de son mariage, puis les soucoupes géantes du temps du disco et des pattes d'eph. À quel moment avait-il cessé de les porter ? Que pouvait-il bien voir maintenant ? À ses yeux, Sonya était-elle belle, sa fille jeune, et l'appartement spacieux et élégant ?

Rebecca lui tendit un cookie, qu'il enfourna tout entier dans sa bouche.

(« Où donc es-tu né, dans une étable ? avait l'habitude de dire sa mère à propos des manières de table de son époux.

— Non, à l'hôpital de Kings County, service caritatif !

répondait celui-ci d'un ton triomphant, et sa mère de rétorquer avec un mouvement de la main :

— Il n'y a pas de quoi être fier. »)

« Sonya ! appela Oscar. Il faudrait que je rende visite à Mme Winter un de ces jours ! »

Rebecca crut entendre un grognement en provenance de la cuisine.

Dans l'entrée, elle contempla le tableau accroché au-dessus du vieux bureau sur lequel son père examinait autrefois ses livres de comptes. Elle espérait que, parmi les membres calculateurs de la vaste famille polonaise de Sonya, personne ne savait qu'il s'agissait d'un Mary Cassatt. Une œuvre mineure, certes, mais quand même un Cassatt d'une valeur certaine. Le père de Bebe l'avait offert à sa fille pour son mariage. Pas à sa fille et à son nouveau gendre, non, à sa fille seule. Mais un avocat avait dit un jour à Oscar qu'il pourrait le vendre si sa femme était déclarée inapte.

« Ce gars-là ne connaît pas ta mère, avait dit Oscar à Rebecca. Inapte ? Elle me tuerait !

— Papa, elle ne sait même plus qui tu es.

— Peu importe ! Elle nous massacrerait tous les deux dans nos lits. »

Un jour, Rebecca avait posé la question :

« Est-il assuré ?

— Qu'est-ce que tu crois ? » avait rétorqué son père.

Tout compte fait, elle croyait que non.

Elle s'approcha du tableau, une aquarelle que l'on avait accrochée loin de la lumière, protégée par un verre adapté. C'était déjà ça.

Sonya émergea de la cuisine en se séchant les mains

avec un vieux torchon. Elle était vêtue d'un pantalon bleu clair et d'une tunique assortie. À ses débuts chez les Winter, elle mettait la version robe : bleu ciel une semaine, vert menthe la suivante, jaune la semaine d'après. Ses robes se fermaient par le devant avec des fermetures Éclair. Ses pantalons actuels étaient équipés de tailles élastiques, et ses chaussures étaient blanches, comme celles d'une infirmière. En toute discrétion et mine de rien, Sonya portait bien un uniforme.

Ensemble, elles regardèrent la jeune femme du tableau, le visage radieux tourné vers son bébé qui tendait la main vers elle. Sonya ne semblait pas particulièrement intéressée.

« Reviens bientôt, dit-elle sur le pas de la porte.

— Ça m'a fait grand plaisir ! » cria son père.

Rebecca entendit le clic du téléviseur qui s'allumait.

Le chien arrive, puis repart

Pendant que, sur la voie rapide, Rebecca fuyait le nord de New York à toute vitesse, puis s'arrêtait à un étal sur le bord de la route pour s'approvisionner en maïs, tomates et quelques haricots, un chien s'aventura dans la cour du cottage. Il renifla les fondations de la maison en s'approchant de la porte d'entrée qui sentait vaguement la soupe, puis fit le tour jusqu'aux marches à l'arrière où une miette de muffin subsistait dans l'herbe. Rebecca en avait mangé avant de partir, debout dans l'encadrement de la porte, en observant la forêt à la recherche de l'origine d'un craquement bizarre qu'elle avait entendu. Une famille de fourmis s'était assemblée sous la miette, prête à charger et emporter la trouvaille, mais le chien anéantit leurs efforts en avalant deux d'entre elles en même temps que la miette. Il n'était pas difficile.

Sa maîtresse attitrée du moment le nourrissait d'une manière quelque peu erratique, comme d'ailleurs tout ce qu'elle faisait. Un jour, c'était une boîte de thon et un demi-hot dog ; le lendemain, rien du tout. Un jour, des tapes affectueuses et des grattouillis derrière les oreilles ; le lendemain, une absence complète d'attention, voire, à l'occasion, un coussin jeté dans sa direction ou une tentative de coup de pied facile à esquiver.

Le chien était passé par plusieurs maisons depuis sa naissance, quatre ans auparavant, dans un cabanon à la frontière du comté. Sa mère était un croisement entre un chien de chasse et un labrador, son père moitié golden retriever, moitié berger allemand ; le résultat de cette combinaison donnait un chien hirsute et dépenaillé couleur sable, avec des sourcils agressifs et une queue recourbée, que les citadins identifiaient à des rôles comiques dans des films ou des sitcoms, mais que les gens de la campagne gardaient généralement pour des tâches spécifiques et dépourvues de sentimentalisme.

Son premier foyer avait été une maison délabrée à deux niveaux, où un jeune couple fabriquait de la méthamphétamine, activité qui exigeait la présence d'un chien pour les alerter face à tout débarquement intempestif de leurs concurrents ou de la police. Ils l'attachaient à une chaîne sur un côté du garage, et en hiver il ne cessait d'aboyer, tellement il avait froid. Par chance, une nuit la chaîne s'était cassée sous l'effet du gel, et il s'était enfui dans l'obscurité avec cinq chaînons qui traînaient entre ses pattes en cliquetant sur l'asphalte.

Un chauffeur de bus scolaire en fin de service l'avait ramassé et emmené au refuge. Une cage remplie de chiots tout mignons le séparait encore de l'injection létale quand il avait été adopté par une aide-soignante à domicile dont le père se remettait d'une intervention chirurgicale prostatique et avait besoin de compagnie. La maison était douillette et chaude, mais le vieil homme passait la plupart de son temps assoupi sur le canapé devant la télévision qui hurlait, et un chien a ses besoins. Il les avait faits une fois de trop à l'intérieur, et la femme l'avait ramené au refuge en se plaignant rageusement au réceptionniste : « Ce chien n'est pas propre ! » Et lui, vilain récidiviste, avait baissé la tête, la queue entre les pattes, tandis qu'on le reconduisait au chenil.

Deux jours plus tard, il l'avait de nouveau quitté en compagnie d'un homme qui déclarait vouloir un animal de compagnie. Le dossier du chien disait toujours « propre », ce qui était exact à condition qu'on lui ouvrît la porte plus d'une fois toutes les douze heures. En fait, l'homme voulait un chien pour chasser. Il arrivait de la banlieue et ne connaissait rien à la chasse, encore moins aux chiens de chasse, autrement il aurait su que ce chien était un candidat très médiocre : sa part golden retriever ne possédait aucune agressivité, sa part berger allemand en possédait trop ; diluées comme elles l'étaient, ses parts chien de chasse et labrador ne faisaient pas le poids, et de plus le chien avait peur du fusil. À la première tentative – infructueuse – de tirer un canard, il s'était carapaté dans les bois et avait couru jusqu'au moment où il avait senti que les battements de son cœur et les pulsations de son sang allaient faire exploser sa poitrine. Quand il était arrivé au mobile home auquel des volets noirs et des treillis donnaient l'air d'une petite maison, il s'était laissé tomber dans l'herbe et s'était endormi.

Compte tenu de l'état mental de la femme qui vivait là, il n'était pas surprenant qu'elle le prît pour son chien. Compte tenu de son historique à lui, il n'était pas surprenant qu'il n'eût pas d'opinion à ce sujet. Ce serait peut-être sa maison, peut-être pas : cela dépendrait des repas qu'on lui donnerait, de la fréquence des coups de pied, de l'ouverture de la porte, ou éventuellement de la permission de s'installer dans un coin du canapé, près du coussin qui sentait l'huile de noix de coco et la transpiration. Habitué à ne recevoir que très peu, il ne demandait pas grand-chose, et il avait appris à ne pas s'engager avant d'être fixé sur les conditions.

C'est pourquoi il avait suivi une série d'odeurs vagues – de l'humain bien chaud, du pain grillé, du fromage fait à point, des crottes d'oiseaux, de chevreuil et d'ours – jusqu'au cottage en haut de la colline. Son odorat étant mille fois plus développé que celui d'un humain, la vie dans la cuisine de méthamphétamines avait été une torture sans nom, même avant le froid. Ici, il captait les faibles effluves d'un raton laveur mort depuis longtemps, et même des résidus de poudre qui le firent frémir. Le parfum qui le calma, mais sur lequel il n'arrivait pas à mettre de nom, fut celui des pêches tièdes dans un bol sur la table, mélangé à celui d'un reste de scone.

Rebecca aurait proclamé ne pas être très portée sur les chiens ; cela dit, en dehors des quelques couples de citadins qui venaient pour le week-end, personne ici n'aurait compris de quoi elle parlait. À la campagne, un chien ne représentait guère un gros investissement, financier ou affectif. Il suffisait d'une corde à linge, d'un sac de dix kilos de nourriture générique et d'une niche placée assez haut pour ne pas se retrouver remplie de neige. Les gens du coin considéraient leurs animaux avec un pragmatisme que les citadins trouvaient sans cœur. Dans la salle d'attente du vétérinaire, à Tribeca par exemple, des couples patientaient avec un chat dans tous ses états pour le débarrasser des vers et de ses griffes, le faire vacciner et châtrer, bref, pour lui ôter tout ce qui faisait de lui un chat ; le vétérinaire entrait et disait à l'homme assis en face d'eux, le dos rond et qui montait et baissait la fermeture d'un vieux blouson :

« Monsieur Jensen, Rufus s'est cassé la patte en deux endroits ; pour l'arranger, ça vous coûtera pas moins de 600 dollars », et M. Jensen tripotait sa casquette et pensait aux gouttières, au prix du gaz et au manque de travail saisonnier avant de lâcher tristement :

— Alors, il va falloir le piquer. »

Les gens de la campagne, en revanche, ramenaient leur chien et le tuaient d'un coup de fusil en le prenant par surprise. C'était moins cher que l'injection. Puis ils allaient en chercher un autre au refuge et lui donnaient souvent le même nom, pour faciliter les choses.

Rebecca ne se considérait pas comme une femme à chien. Ayant grandi en ville, dans un immeuble habité par de nombreuses personnes âgées, elle avait connu deux sortes de femmes : celles dont les rides se repliaient sur elles-mêmes à la vue d'un chien dans le hall, qui se pressaient dans un coin de l'ascenseur ou refusaient d'y monter avec des chiens qu'elles auraient voulu voir relégués au monte-charge – surtout les gros bergers allemands, quelle horreur ! Et celles qui avaient des chiens de compagnie, ce qui les rendait franchement cinglées. Elles habillaient leurs toutous avec des manteaux en tissu écossais, s'adressaient à eux en langage de bébé avec une voix haut perchée, et se désignaient elles-mêmes comme « la maman de Ginger » ou « la maman de Poppy ». Leur voisine de palier avait aligné sur le manteau de sa cheminée les urnes de cuivre contenant chacune les cendres d'un pékinois. À sa mort, ses enfants avaient vidé l'appartement, abandonnant les urnes que le gardien avait mises dans un carton puis à la benne.

Benjamin, comme tous les enfants du monde, avait bien entendu demandé un animal (« Je m'en occuperai, promis, s'ilteplééé »), mais le destin avait voulu que Peter souffrît d'une allergie aux chiens. Lors de sa première visite en Angleterre, Rebecca avait découvert que cette affliction y était considérée comme tellement aberrante qu'elle en devenait honteuse. Quand Peter était petit, son père avait résolu le problème en ayant toujours à ses côtés deux labradors couleur chamois et en disant à son fils qu'il n'avait qu'à s'y faire ; à l'école, l'asthme de Peter lui avait valu le surnom de « Bronchouille ». Rebecca avait découvert avec surprise que tous les vieux amis de Peter continuaient à l'appeler ainsi ; elle avait vu alors son mari sous un jour différent et s'était montrée durant un certain temps pleine de sollicitude à son égard, jusqu'au moment où il lui avait demandé :

« Y a-t-il une raison particulière pour que tu aies choisi ce moment précis pour me traiter comme un malade en phase terminale ? »

La gentillesse avait tendance à rendre Peter revêche.

Quand Ben avait eu six ans, Peter était passé à autre chose – une autre femme, une nouvelle famille –, et l'idée d'avoir un chien avait de toute manière perdu son intérêt aux yeux du gamin, qui se passionnait dorénavant pour les jeux vidéo et les ordinateurs. Les matins d'hiver, Rebecca était bien contente de boire son café, bien au chaud à la table de la cuisine en lisant le journal, plutôt que de mettre ses bottes et son écharpe pour tirer un terrier récalcitrant derrière elle et devoir ramasser des crottes avec un sac en plastique.

Derrière ce chien-ci, personne n'avait jamais nettoyé. Au contraire, c'était plutôt lui qui avait l'habitude de nettoyer derrière les gens, comme laper le lait que le vieil homme faisait couler sur le comptoir de la cuisine ou les céréales qu'il laissait tomber. Ses relations étaient d'ordre transactionnel ; il faisait de son mieux, parfois même mieux, voire beaucoup mieux que ça. Les deux semaines dans la petite maison blanche avaient été rudes, et les os de son arrière-train saillaient nettement sous le pelage sable au-dessus de sa queue ; son ventre était comme un gigantesque bol concave alors qu'il le préférait un peu plus rembourré.

« Jack ! appela une voix depuis le bas de la colline, et les oreilles du chien se dressèrent en deux triangles aigus. Jack, viens ! Allez, viens ! »

C'était comme ça qu'il s'appelait, du moins pour l'heure. Il prit son temps pour descendre la piste de cerfs, leva la patte contre un sapin fluet à l'endroit où, la veille, un renard avait fait de même. Il dressa le museau et huma ce qu'il pensait être une boîte ouverte de nourriture pour chats. La femme achetait des boîtes pour chats aussi bien que des boîtes pour chiens, mais il s'en fichait, du moment qu'on le nourrissait. De plus, la maison était chauffée.

D'une certaine façon, il était dommage qu'il eût disparu lorsque Rebecca se gara sur le gravier à côté du cottage. Cette distraction lui aurait fait du bien.

« Je vous verrai bientôt, avait-elle dit à l'aide-soignante de la maison de soins.

— Je l'espère », avait répondu la femme, mais toutes deux savaient que c'était un mensonge.

Rebecca s'était rendu compte que son envie de rendre visite à ses parents était directement proportionnelle à la distance spatio-temporelle qui la séparait d'eux. Le scalp rose de sa mère qui perçait à travers ses fins cheveux blancs, les couches pour incontinents dans la salle de bains de son père… et la crainte de se trouver, un jour, affalée sur une chaise en plastique, portant à son œil une calculatrice ou un vieux téléphone portable comme un appareil photo imaginaire.

« Elle se croit photographe, celle-là », dirait une aide-soignante qui l'appellerait « ma chérie » ou « ma mignonne », de cette manière supposée gentille mais qui ne l'est pas. Avec un peu de chance, quelqu'un remarquerait : « On m'a dit qu'elle a été une photographe célèbre. » À la maison de soins, Rebecca avait entendu l'ergothérapeute philippine chuchoter au sujet de sa mère : « Une très célèbre pianiste de concert. » Elle avait eu envie de lui dire de parler tout haut : Bebe aurait été ravie d'une telle remarque, au cas où celle-ci aurait pénétré son esprit.

Rebecca sortit de la voiture, sentant en elle ce vide particulier qui remplace souvent la tristesse, comme si son corps savait qu'il valait mieux ne rien sentir plutôt que cette émotion qui naissait à l'idée du jeu de piano de sa mère, de la jovialité de son père et de son compte en banque en équilibre précaire. Elle avait honte, aussi, parce qu'elle n'arrivait à penser qu'à la douche chaude qui lui permettrait de se débarrasser de l'odeur qui s'insinuait toujours dans ses habits et ses cheveux pendant ses visites, l'odeur douceâtre de vieilles personnes, de vêtements trop portés, de féculents et de pommades médicinales. À la maison de soins, l'odeur était masquée par les émanations de désinfectant ; chez son père, elle s'estompait presque derrière le parfum des bains moussants de Sonya (bains auxquels elle préférait ne pas trop penser) et des lessives avec des noms comme Printemps de montagne ou Pluie d'automne. Mais l'odeur persistait malgré tout, et Rebecca pouvait encore la sentir longtemps après son départ. En voiture, elle avait appuyé sur l'accélérateur, espérant laisser derrière elle l'odeur, ses parents, ses propres angoisses pour l'avenir – qu'allait-il leur arriver, qu'allait-il lui arriver à elle ? Elle s'était fait la promesse d'y retourner seulement quand elle pourrait le faire proprement, quand elle aurait récupéré son appartement et trouvé un arrangement professionnel stable, quel qu'il pût être. Dans la nuit, elle se surprenait à s'imaginer tenant un salon de thé ou collectant de l'argent pour un hôpital, n'importe quoi avec un bulletin de salaire à la fin de chaque mois. Ou dans un bureau ? Elle n'avait jamais travaillé dans un vrai bureau.

Le temps d'arriver à la maison (qu'elle n'appelait toujours pas *sa* maison), elle était comme une bouteille de vin dans laquelle ne reste qu'un peu de lie grumeleuse. Rebecca ne pleurait pas souvent, même si elle savait que cela n'aurait pu lui faire que du bien. Le chien lui aurait remonté le moral, ou du moins l'aurait distraite de la pensée de ses parents et des soucis d'argent. Mais peut-être ne lui aurait-elle pas prêté l'attention voulue, vu son état d'épuisement. Peut-être n'aurait-elle pas remarqué la façon dont les yeux noirs brillaient sous les sourcils broussailleux, dont ses oreilles se dressaient au son de l'éternuement d'un cerf provenant de la forêt. Qui sait ce qui aurait pu arriver si le chien n'avait pas suivi l'appel d'en bas dans l'espoir d'un repas… Parfois, les choses doivent se passer quand vous êtes prêt à les recevoir. Rebecca Winter le savait, et elle était sur le point de faire bien d'autres découvertes.

Tad, grand admirateur

Un jour de septembre, Rebecca découvrit que 380 dollars avaient inespérément trouvé le chemin de son compte en banque. Ce devait sûrement être pour l'autorisation de réimpression de l'une de ses photos, ou peut-être des royalties de ses deux livres. Montant négligeable quelques années auparavant, c'était aujourd'hui une manne tombée du ciel. La journée était chaude, rafraîchie par une petite brise, et la vie lui sembla soudain prometteuse. Elle dépenserait un peu de cet argent à l'épicerie, puis elle ferait de la soupe qu'elle stockerait dans le petit freezer qui ne cessait de rétrécir à cause de la glace qui, elle, ne cessait de s'épaissir. Elle pourrait peut-être le dégivrer pendant qu'elle préparerait la soupe…

« Ça, c'est Tad, dit Sarah en lui apportant un scone au potiron. C'est un clown.

— Ça saute aux yeux, répondit Rebecca.

— Non, un vrai clown, un clown professionnel.

— Oui, je vois. »

D'énormes chaussures noires qui rebiquaient au bout ; une combinaison décorée à moitié de pois et à moitié de rayures et d'étoiles ; une perruque rouge qui laissait dépasser quelques cheveux sombres sur la nuque ; bien entendu, le visage grimé en blanc et le nez rouge. Tad semblait prêt à partir au travail.

« Je pourrais avoir six scones, s'il te plaît, Sarah ? demanda-t-il. Un assortiment ?

— Quelque chose à boire ?

— Non, merci… En fait, donne-m'en une douzaine. Ou non, plutôt six scones, deux cookies et deux sablés aux noix.

— Je n'ai plus de sablés.

— Alors six scones, les cookies et quelques croissants ? »

Rebecca baissa les yeux sur son ordinateur et observa les photos des croix, du trophée, de l'annuaire, du ruban, de la carte d'anniversaire. Dans le journal local, elle avait trouvé des articles sur d'étranges coutumes : les labyrinthes de maïs quand c'était la saison, les défilés de poussettes décorées, les danses en sabots. Au début, elle avait voulu se persuader que les croix n'étaient qu'une autre tradition bizarre, mais elle n'arrivait pas à leur attribuer un sens. Si elle voyait Jim Bates, peut-être lui poserait-elle la question. D'après Sarah, il savait tout.

« Ou peut-être que je vais prendre aussi un chocolat chaud, dit le clown. Mais pas de chantilly. Ou alors, juste un chouïa. »

Rebecca essaya de ne pas regarder Tad, mais il était difficile à ignorer, comme les mendiants dans le métro. Un jour, un magazine l'avait engagée pour illustrer un article sur les cirques en voie de disparition. Elle avait été mécontente du résultat : tout était trop évident, en particulier les acrobates dans leur costume à paillettes, ou les clowns avec leur maquillage extravagant et dont l'expression au repos était austère et vide. Quelques gros plans des yeux de l'éléphant l'avaient satisfaite, mais le magazine ne les avait évidemment pas publiés. « C'est un peu trop pour notre lectorat habituel », avait dit le directeur artistique. Pourquoi alors l'avait-on engagée ? Peut-être pour l'accroche : « Rebecca Winter va au cirque ». À l'époque, elle était en pleine gloire.

Elle ouvrit un courriel provenant de TG : « Comprends pas. » C'était la réponse aux photos du muret. Les Greifer, un couple du Colorado qui possédait la plus large collection privée de photos de Rebecca Winter, avaient toutefois montré de l'intérêt. Sylvia Greifer avait fait don du tirage original de *Nature morte aux miettes de pain* à l'université de Wellesley où elle avait fait ses études. Il était accroché dans le hall d'entrée du bâtiment administratif, orné d'une plaque de cuivre. À l'époque, les étudiantes avaient formé une chorale appelée Les Miettes de pain, qui ne chantait que des chansons écrites ou interprétées par des femmes. Leur répertoire comportait beaucoup de Joni Mitchell.

Si les Greifer n'achetaient qu'une seule de ses photos, Rebecca serait à l'abri pendant un moment. Elle pensa au Mary Cassatt dans l'entrée de l'appartement de Sonya. L'année précédente, Ben était sorti avec une employée de Sotheby's qui avait estimé le tableau à 100 000 dollars minimum, sans même l'avoir examiné.

« Tu ne penses pas qu'on devrait le faire expertiser ? avait demandé Ben.

— Ce n'est pas mon affaire, ni la tienne non plus, avait-elle rétorqué, bien qu'elle se fût elle-même posé la question plus d'une fois. Le tableau appartient à ta grand-mère.

— Je n'aurais rien contre un peu d'argent », avait dit Ben, sans se douter que les pensées de sa mère suivaient le même chemin.

Les enfants devraient être laissés dans l'ignorance des problèmes financiers de leurs parents, estimait-elle, même si elle-même avait trouvé utile, par le passé, de savoir que ses parents couraient droit à la faillite. Sa mère savait à peine ce qu'elle faisait lorsqu'elle avait signé les papiers de la vente de l'appartement dans lequel elle avait grandi avec ses propres parents, et que son père leur avait légué, à elle et son mari. « Tu as toujours été nul en affaires », avait-elle marmonné en quittant la pièce. « Elle a raison, comme toujours », avait dit le père de Rebecca. Assis sur la chaise sculptée, au bout de la table de la salle à manger, ses épaules tombantes et son visage rouge de dépit le faisaient ressembler à une crevette recroquevillée sur elle-même.

La nouvelle assistante de TG – elle en changeait régulièrement, la plus ancienne l'ayant quittée en larmes – transféra à Rebecca un courriel de l'université Carnegie-Mellon au sujet d'un poste de professeur associé pour la rentrée suivante. Un semestre à Pittsburgh, avec mise à disposition d'une maison et des honoraires qu'elle aurait autrefois jugés insuffisants, mais qui aujourd'hui semblaient éminemment adéquats. Elle écrivit au directeur des programmes pour lui obtenir plus de détails.

« Je peux me joindre à vous ? » demanda le clown.

Il s'assit sur une des chaises en bois courbé avant que Rebecca pût répondre. La chaise émit un sifflement, ou peut-être était-ce lui. Il devait être utile pour un clown d'être lourd, professionnellement parlant… La plupart de ceux qu'elle avait photographiés pour le reportage étaient ronds, à l'exception d'un très grand et maigre et d'un autre, nain. La journaliste du magazine l'avait appelé « personne de petite taille », mais le clown avait rectifié :

« Chérie, il faut appeler un chat un chat : moi, je suis un nain. Ma mère était naine, mon père était nain, et quand ils parlaient d'eux, ils disaient nain. Ce truc de personne de petite taille, c'est du n'importe quoi. »

L'éditeur du magazine n'avait pas publié la citation et avait gardé « personne de petite taille ». Il voulait aussi que Rebecca prenne des photos en couleurs.

« Theodore Brinks, se présenta le clown en lui tendant la main avant de fourrager dans le sac en papier à la recherche d'un scone jambon-fromage. J'ai tellement souhaité vous rencontrer. Je suis un grand admirateur de votre travail. »

Certains artistes de sa connaissance détestaient entendre ça de la bouche de la mauvaise personne, à savoir quelqu'un qui ne connaissait pas vraiment le travail mais à qui on en avait parlé. Combien de banquiers avait-elle vu investir dans l'art en tablant sur la plus-value, et de femmes de banquier qui cherchaient quelque chose à accrocher au-dessus de l'antique console ? Une fois, elle avait entendu une femme murmurer devant une œuvre de petit format : « Si seulement elle était un peu plus grande. » Certains artistes pouvaient se permettre de gentiment asticoter l'acheteur : si ça marchait pour eux, ils s'autorisaient un peu d'insolence. « Qu'est-ce qui vous plaît particulièrement dans mon travail ? » demandaient-ils alors d'un ton provocateur, obtenant en réponse les inévitables silences ou bégaiements.

Il aurait été si facile d'en faire autant avec cet homme aux doux yeux bleu pâle. C'était le genre de personne qui ne demandait qu'à être rudoyée et pour qui l'école avait ressemblé à une peine de prison.

« J'espère que vous ne m'en voudrez pas de dire que j'ai préféré les photos des figurines, ajouta-t-il en mettant un morceau de scone dans sa bouche.

— Merci. (Les gens se rappelaient rarement cette série, il devait réellement connaître son travail.) Vous êtes clown », dit-elle pour meubler.

Il hocha la tête et écrasa quelques miettes avec son index qu'il porta à sa bouche.

« Momo le Magnifique, répondit-il. Même les plus petits se souviennent de ce nom. Et les adultes semblent l'apprécier. En réalité, je traite la plupart de mes affaires avec des adultes. Aujourd'hui, je vais faire des animaux en ballons à l'inauguration d'un parking. (D'un geste désinvolte, il désigna la devanture du café.) J'ai de l'air comprimé dans la camionnette. Quand j'étais plus jeune, j'arrivais à les gonfler moi-même, mais aujourd'hui… Pour un petit chien digne de ce nom, il faut deux ballons.

— J'adore ses ballons ! intervint Sarah sans se soucier d'un quelconque semblant de discrétion.

Tu te souviens quand tu avais fait tout un tas de petits chiens pour l'ouverture ? Je ne voulais même pas les donner aux enfants avant que tu ne me dises qu'ils n'allaient pas durer. Les chiens, pas les enfants.

— Ils se dégonflent, dit Theodore à voix basse, comme s'il confiait à Rebecca un secret de fabrication, tout en attaquant un deuxième scone.

— Et les girafes ! Elles étaient géniales. Et les trucs avec le chapeau, les enfants avaient adoré. Tu as été super, Tad, quand tu as fait sortir des pièces de derrière leurs oreilles. Et comme entremetteur, tu te poses là. C'était qui la fille que tu avais trouvée ce jour-là ? Je ne connaissais même pas son nom, et voilà que j'apprends que tu lui as présenté le gars qui enseigne les sciences au collège, puis qu'ils sortent ensemble, puis qu'ils sont fiancés. Est-ce qu'ils se sont mariés ? J'ai entendu dire qu'ils allaient se marier.

— À la Saint-Valentin, l'informa Tad qui essuyait le coin de sa bouche avec l'extrémité de son auriculaire afin de préserver son maquillage. Je vais faire un numéro pendant la réception. (Il regarda Rebecca.) J'aime réunir les gens.

— Tu chantes à la réception ? » demanda Sarah en tirant une chaise pour s'asseoir avec eux.

Rebecca baissa les yeux sur son écran. Elle avait reçu une réponse de Carnegie-Mellon ; objet : Heureux et même enchanté.

Tad ferma le sac de scones et se leva en redressant son nœud papillon surdimensionné. Par la vitrine, Rebecca et Sarah l'observèrent tandis qu'il appliquait du rouge sur ses lèvres dans sa camionnette.

« Il n'aime pas quand on dit rouge à lèvres, dit Sarah, il préfère l'appeler couleur à lèvres.

— Il est aussi chanteur ?

— Il n'y a pas d'histoire plus triste dans toute la ville, confia Sarah sur le ton que prennent les gens quand ils ont l'occasion de raconter pour la énième fois une histoire dont ils ne se lassent pas. Quand il était enfant, il était soprano. On dit qu'il avait la plus merveilleuse des voix. Il avait même chanté au Vatican ! C'était pendant une tournée européenne avec la chorale, quand il avait douze ans. Et vous pouvez me croire, j'ai entendu la chorale à Noël et je les imagine mal en tournée européenne. Je veux dire, ils sont plutôt bien, mais c'est quand même pas les Petits Chanteurs de Vienne. En tout cas, ils avaient chanté à Vienne, tout ça grâce à lui. Il avait fait un disque aussi, et il était passé à la télé et à la radio, tout le toutim. Puis on l'avait invité à participer au concours des enfants chanteurs à New York. Au Carnegie Hall ? Ou peut-être à Radio City, un endroit comme ça. »

Rebecca pensait savoir ce dont parlait Sarah. Cela s'appelait le concours Rothrock. Les gens qui l'avaient créé habitaient l'immeuble de ses parents. Ils avaient un enfant de huit ans avec une jolie voix qui s'était noyé pendant une colonie de vacances dans le Maine.

« Vous ne pouvez pas imaginer ce qui est arrivé », continua Sarah.

Rebecca ne le pouvait que trop bien. La fin de carrière d'un petit garçon soprano arrivait encore plus vite que celle d'un top-modèle. Tandis que Sarah discutait, elle pouvait presque le voir, cet enfant aux yeux bleu pâle, debout sur scène, inconscient des hormones qui bouleversaient son corps. D'après Sarah, le directeur de la chorale avait choisi *Old Man River*, non pas la version rendue célèbre par la voix de basse de Paul Robeson, dans le dialecte d'origine, mais dans un registre d'aigus aux consonnes toniques.

(Pour rendre justice au directeur de la chorale, il faut dire qu'il n'avait jamais entendu la version de Robeson, ni vu le film *Show Boat*. Il ne connaissait que la version chantée par Frank Sinatra, qui n'était pas la meilleure.)

« Voilà, au beau milieu », dit Sarah, et Rebecca regarda les yeux bleus écarquillés dans le visage rond et rose.

À son avis, ce devait être plutôt vers la fin. Le passage le plus délicat était probablement celui de ces vers inoubliables : « Je suis fatigué de vivre et j'ai peur de mourir ». Elle pouvait sentir la voix du garçon qui forçait pour atteindre les aigus, où elle se brisait, dans une salle pleine, devant un auditoire et un panel de juges qui levaient leurs crayons à la fin du crescendo pour lui faire savoir que sa vie ne serait plus jamais la même. Le garçon qui avait été. Rebecca frissonna.

Cette histoire lui rappela la fois où elle avait engagé un clown pour l'anniversaire de Ben. Elle avait oublié son nom de clown, mais son vrai nom était Bob, et il était arrivé à l'appartement vêtu d'un pantalon kaki et d'un polo, traînant derrière lui une grande valise à roulettes.

« Je préfère m'habiller et me maquiller devant les enfants, avait-il dit. Vous seriez surprise du nombre de gens qui souffrent de coulrophobie.

— La peur des clowns ? avait demandé Rebecca.
— Exactement. »

Bob avait pris place sur le canapé devant les fenêtres du salon, et commencé à se grimer sous les yeux ébahis d'une bande de gamins de sept ans. Il avait appliqué du blanc, tracé une large bouche rouge et des triangles noirs autour des yeux, puis il avait mis une perruque blanche semblable à des cheveux de poupée après un lavage. Il avait ensuite distribué des nez rouges en mousse à tous les gosses et en avait lui-même mis un plus grand sur lequel il avait posé des lunettes à monture noire surdimensionnées. Quand il avait commencé son numéro grimaçant, un des garçons avait lâché un cri avant de courir s'enfermer dans la salle de bains. La mère du gamin avait dû se poster devant la porte pendant dix minutes (« C'est un clown, chéri, les clowns ne font pas peur, c'est juste un homme en costume de clown, c'est rigolo, allez, sors, c'est juste un clown, nom d'un chien, Nicolas, juste un fichu mec en costume de clown, c'est ridicule, ouvre la porte, ouvre cette porte tout de suite, je te jure que… ») avant qu'il ne se décidât à obtempérer.

« Il est parti ? » avait chuchoté le garçon.

« C'est un métier plus difficile qu'on ne pourrait le croire », avait dit Bob en remballant ses affaires.

« C'est l'histoire la plus triste de toute la ville, insista Sarah. Bon, peut-être la deuxième plus triste… Oh mon Dieu ! Il faut que je sorte les petits pains de la chambre de levage… Tad sait vraiment s'y prendre pour faire se rencontrer des gens ! cria-t-elle de derrière le comptoir. Il a trouvé je ne sais combien de maris pour les filles du coin.

— À condition qu'on cherche un mari, dit Rebecca.

— Une femme sans mari, c'est comme un poisson sans bicyclette, non ? C'est ce que ma mère disait toujours, après le départ de mon père. Quoique, pour être franche, j'aie toujours trouvé ça un peu bizarre. Je veux dire, je comprends, mais ça paraît un peu… je ne sais pas, trop bizarre. Poisson ? Bicyclette ? »

Rebecca était d'accord, mais elle garda son opinion pour elle.

Quelle pouvait bien être l'histoire la plus triste de la ville, et combien lui coûterait une nouvelle cafetière ?

[illegible]

Trouve-toi un boulot

Désormais, à cause de la chaleur, Rebecca partait en randonnée de bonne heure. Un matin, elle tomba sur une nouvelle croix. Celle-ci faisait peine à voir, plantée tout de travers. Depuis combien de temps pouvait-elle bien se trouver là ? La rosée perlait sur une photo posée au pied de la croix : une petite fille donnant la main à une femme, toutes deux vêtues de robes d'été à motifs, et toutes deux plissant les yeux. Des dents de devant manquantes laissaient à penser que la petite avait six ou sept ans. À l'évidence, la photo suggérait qu'elles étaient heureuses ; on pouvait imaginer que, après le clic du déclencheur, elles s'étaient tournées l'une vers l'autre, que la petite avait entouré de ses bras la taille de sa mère et que celle-ci lui avait caressé les cheveux.

(C'est exactement ce qui s'était passé. Au moment où son corps sombrait lourdement dans un sommeil apaisant, la petite fille devenue femme imaginait souvent sentir sur son dos ces bras surgis du passé. Il y avait eu des biscuits et de la limonade après, et une pataugeoire. Aujourd'hui encore, elle adorait le goût de la limonade à l'orange, et l'adorerait jusqu'au jour de sa mort.)

Cette fois, Rebecca prit énormément de photos et tenta de déterminer exactement où elle se tenait pour pouvoir retrouver l'endroit. Elle envisagea de dessiner un plan des lieux où elle avait découvert les croix. L'instantané de la fille et de sa mère était encore net, mais il allait bientôt commencer à s'effacer. La rosée ne l'avait pour l'instant que légèrement tacheté. La photo aurait-elle été déposée le matin même, juste avant son arrivée ? Elle regarda autour d'elle, mais il n'y avait personne, pas âme qui vive.

Au moment de partir, elle entendit un vague bruit de glissade derrière elle : la croix s'était disloquée et la traverse était tombée sur la photo. Elle retourna prendre d'autres clichés. Il y a quelque chose là, se dit-elle. Sans nul doute, il y a quelque chose. En regardant la photo, un sentiment de satisfaction la submergea en même temps qu'une tristesse indéfinissable. La petite fille plissait toujours les yeux pour se protéger des rayons d'un soleil d'un autre temps ; le visage de la femme, en revanche, avait disparu sous la traverse.

Rebecca n'avait jamais beaucoup fréquenté d'autres photographes ; Peter était contre, et à l'époque elle avait été assez stupide pour trouver cela flatteur. Lorsqu'elle se rendait à des tables rondes ou des vernissages, ses collègues masculins présentaient leur travail soit comme un labeur physique pénible (échelles, trekking, petits avions, innombrables heures à appuyer sur le déclencheur), soit comme une prodigieuse alchimie dont l'ingrédient principal implicite était leur génie créateur. Rebecca n'avait jamais envisagé son travail sous aucun de ces angles. Pour elle, ses réussites étaient principalement à mettre sur le compte du hasard et de l'immédiateté. Elle avait photographié le petit camion rouge de Ben, un presse-ail, la planche à découper, des parties du muret avec sa brèche, qui, sur la photo, ressortait noire et sinistre. Et, pour une raison ou une autre, parfois, cela fonctionnait.

C'était ce qu'elle ressentait devant les photos des croix. Elles ne lui avaient pas coûté d'effort, son coup d'œil ne les avait pas métamorphosées, pas à sa connaissance en tout cas. Elle les avait simplement senties. Si personne n'en voulait, elle irait à l'encontre de sa propre règle et les accrocherait sur ses murs. Si un jour elle regagnait ses murs… (5 800, 1 000… Les chiffres, si souvent affrontés, ne changeaient guère.) Elle espérait que quelqu'un en voudrait, de ces photos. TG avait beau dire : « Comprends pas », elle avait tort.

Le lendemain, Rebecca trouva un boulot.

Assis dans un arbre

Assis dans un mirador de chasse avec un dispositif de pistage ou une caméra, un seul élément permet de dire si vous attendez un cerf ou un rapace : la conversation. Vous ne pouvez pas faire la conversation quand vous guettez le cerf. Vous ne pouvez même pas fumer une cigarette, si tel était votre désir. Vous pouvez vous verser du café à condition de faire très attention à ne pas produire le moindre tintement avec la Thermos et en bougeant les bras très, très doucement. Mais vous êtes surtout assis à attendre que le cerf veuille bien apparaître dans la clairière et baisser sa tête ornée de sa ramure pour boire au ruisseau ; vous cherchez une ligne de tir dégagée afin de ne pas blesser la pauvre bête, qui disparaîtrait, ensanglantée, loin dans les fourrés pour y mourir, au lieu d'être emballée par le boucher dans des paquets sous vide bien propres et correctement étiquetés : longe, côtes, steaks, saucisse de gibier, bolognaise de gibier.

Ainsi parla Jim Bates.

« Maintenant, c'est complètement différent de quand mon père et ses frères chassaient, expliqua-t-il.

(Parler était apparemment acceptable, à condition de mettre la sourdine.) Ils vidaient la bête sur place, puis la transportaient jusque dans notre garage pour finir le travail. Sur un mur, mon oncle Fred avait installé une auge-évier qui s'écoulait directement dans notre fosse septique, et on y dépeçait et nettoyait les bêtes. Puis ils empaquetaient eux-mêmes la viande avec du papier d'emballage et de la ficelle. Aujourd'hui, c'est plus propre, mais quelque chose s'est perdu en chemin. Rien de tel que de manger un morceau de viande que vous avez dépecé vous-même. »

Rebecca ne savait que répondre. Tout ce qu'elle avait entendu durant les dix dernières minutes dépassait son entendement : le cerf, la mise à mort, le dépeçage, même le gibier qui, pour elle, apparaissait parfois sur le menu d'un restaurant trois étoiles mais qu'elle n'avait certainement jamais eu l'occasion de préparer elle-même. De la même façon, elle ne s'attendait pas à partager l'espace réduit d'un mirador de chasse avec un homme qui, à vue de nez, mettait du déodorant Old Spice et qui était capable de prononcer allègrement la phrase : « Rien de tel que de manger un morceau de viande que vous avez dépecé vous-même. »

Alors qu'elle cherchait une réponse (problématique, puisqu'elle ignorait tout du dépeçage), ils entendirent un bruit – quelque chose se frayait un chemin à travers les sous-bois à la lisière de la clairière. Un homme en veste de toile couleur moutarde et coiffé d'une casquette apparut, traînant derrière lui un jeune garçon. L'homme regarda dans l'arbre et le garçon renifla bruyamment. Son nez coulait que c'en était une horreur, et Rebecca dut se retenir pour ne pas sortir de sa poche un mouchoir et le glisser dans la main morveuse du gamin.

« Jim, dit l'homme.

— Bill », dit Jim.

L'homme enfonça ses doigts dans le dos du gamin, dont le visage se ferma comme l'obturateur d'un appareil photo. Il essuya son nez avec sa main. Le regard du père alla de Jim à Rebecca puis de nouveau à Jim, toute la tête entraînée par le mouvement des yeux. Rebecca n'en était pas sûre, mais elle crut l'entendre dire : « Hein ? »

« Janice va bien ? finit par demander Jim.

— Elle se remet d'un zona », répondit l'homme en détournant le regard.

Le canon d'un long fusil pointait derrière son dos.

« J'ai entendu dire que c'était vraiment douloureux », dit Jim.

Quand l'homme et le garçon eurent disparu, Rebecca demanda :

« Y a-t-il beaucoup de gens qui passent par ici ?

— Non. Ils explorent les pistes de cerfs pour savoir où s'installer pour chasser. »

Un monde totalement inconnu s'ouvrait à elle : vider, auge-évier… Pour elle, ce vocabulaire sortait tout droit d'un roman du XIXe siècle. L'homme à son côté le maîtrisait, c'était sa langue paternelle. Sa maîtrise différait de celle de Peter, qui y mettait un accent prononcé de condescendance. Après trois heures assise dans un arbre en compagnie de Jim Bates, elle comprit que c'était juste un gars qui savait des choses, comme l'avait dit Sarah. Rebecca soupçonnait que les choses qu'il ignorait étaient celles qu'il pensait ne pas avoir besoin de savoir.

Elle s'était rendu compte qu'il était plus difficile de grimper dans un arbre qu'on aurait pu le croire, bien plus dur que la posture du guerrier en yoga ou le vélo elliptique ou le banc de Pilates. Si personne n'y avait encore pensé, quelque citadin lancerait sûrement tôt ou tard la mode de l'ascension des arbres de Central Park et de Prospect Park, et ce serait le sujet de conversation numéro un pendant les cocktails : « As-tu essayé le grand chêne sur Sheep Meadow ? Je peux te dire qu'il a transformé mon corps. »

« Vous avez besoin qu'on vous pousse ? avait demandé Jim Bates.

— Non, merci, ça ira », avait rétorqué Rebecca en se hissant gauchement sur la branche la plus basse (et pourtant encore trop haute).

La semaine précédente, il l'avait attendue devant le cottage au retour de sa randonnée matinale. La raie dans ses cheveux était toute rouge. (D'après Sarah, il refaisait le toit d'ardoise d'une vieille église dans le Connecticut. « Quel travailleur ! » avait-elle commenté.)

« J'ai une proposition à vous faire, avait-il dit. Le gars de l'Office de la faune sauvage de l'État veut monter un dossier pour obtenir plus de subventions, et il pense qu'il aurait plus de succès si j'établissais quelques cartes avec des photos pour les accompagner. Je lui ai dit que je connaissais quelqu'un pour les photos.

— Est-ce qu'il sait qui je suis ? avait demandé Rebecca, pour aussitôt se sentir toute bête.

— J'ai simplement dit que vous aviez de l'expérience. Ils paient 200 dollars par jour. Le problème, c'est que je ne peux me libérer que les week-ends, à cause du boulot de couverture que je fais en ce moment. »

Le problème, c'est que c'était moins que la somme qu'elle dépensait autrefois pour l'entretien de sa voiture. Moins que ce qu'elle avait l'habitude de dépenser pour des pellicules, quand elle en utilisait encore.

« Est-ce que les droits d'exploitation me reviendront après qu'ils auront utilisé les photos ?

— Alors là, vous me posez une colle. Vous voulez que je demande ? »

Rebecca avait réfléchi un petit moment. 5 800, 1 000, 200, 200…

« Je le ferai », avait-elle dit.

Assise dans un arbre, ou plutôt dans un mirador de chasse, un autre terme de jargon qu'elle ne connaissait pas…

« C'est vous qui avez construit la cabane ? avait-elle demandé en atteignant finalement la plateforme.

— Vous n'êtes pas chasseuse, vous », avait-il dit en riant.

L'arbre se trouvait à la lisière d'une petite clairière coupée par un ruisseau. À côté d'un amas de rochers, la terre boueuse et piétinée marquait l'endroit où les cerfs venaient boire avant de traverser pour gagner la forêt plus dense. Le mirador abritait des pliants en toile.

« Parfois, vous devez attendre des heures avant

d'avoir votre mâle, expliqua Jim Bates. Autant le faire confortablement.

— Vous n'allez pas tenter d'abattre un cerf pendant qu'on attend les oiseaux, si ? »

Il sourit de nouveau.

« La saison de la chasse ouvre le lundi qui suit Thanksgiving. D'ailleurs, vous devriez rester chez vous le plus possible pendant cette semaine-là, et porter de l'orange quand vous sortez. Vous mangez du gibier ? Je pourrais vous en apporter. »

Rebecca n'avait jamais mangé de gibier, mais sa première pensée fut celle d'un repas gratuit ; la seconde, combien c'était humiliant d'avoir pensé cela en premier. Elle hocha la tête.

« Ce serait chouette, dit-elle.

— Vous n'êtes pas obligée », commenta-t-il.

Gênée, elle se sentit rougir.

« Non, j'aimerais beaucoup.

— Certaines personnes arrivent à passer tout un hiver sans acheter de viande au marché. »

Il se leva et pointa son dispositif de pistage sur le coin de ciel visible par l'ouverture qu'il avait créée en sciant une grosse branche. Rebecca se mit à son tour debout. Il y eut un cri, une seule note criarde et plaintive, et un faucon glissa au-dessus des arbres, de l'autre côté de la clairière. Tous deux visèrent et déclenchèrent.

« Je n'ai pas l'habitude de ce genre de photo », s'excusa-t-elle.

Il lui prit le bras et elle recula légèrement, avant de se rendre compte qu'il désirait juste lui intimer un moment de silence. Le premier cri s'effaça, un autre prit de l'ampleur et le faucon atterrit lourdement au bord du ruisseau. Il tourna la tête comme pour les regarder. Tandis qu'elle captait l'oiseau dans son viseur, elle songea que sa connaissance de nombreuses choses, comme les ratons laveurs ou les aigles, se limitait à une version en deux dimensions. Elle connaissait leur apparence sans pour autant savoir quoi que ce soit de leur vie en trois dimensions. Le faucon la regarda droit dans les yeux, et ce fut comme si elle voyait véritablement l'oiseau pour la première fois.

Jim Bates griffonnait dans son carnet.

« Celui-là est déjà enregistré, dit-il en consultant ses notes. Buse à queue rousse mâle, d'au moins trois ans. Et maintenant, on a même une photo de lui. L'argent de l'Office n'est pas jeté par les fenêtres. »

Le reste de la matinée n'offrit pas grand-chose à voir ou à photographier, hormis la même buse et le survol d'un épervier de Cooper.

« Autrefois, on l'appelait épervier à poulets, dit Jim. J'ignore pourquoi on a fait une fixation sur lui, puisque tous les rapaces attrapent des poulets quand ils en ont l'occasion, la plupart du temps sans même ralentir. »

Rebecca examina ses photos. Le plumage bistré de l'épervier de Cooper présentait un motif géométrique complexe qui ressortait parfaitement sur elles. Une fois de plus, elle eut la sensation d'être passée à côté de quelque chose, de voir le monde à plat alors qu'il n'était que rondeurs. Tranquillement assise dans le mirador, elle se demanda pour quelles raisons les photos de croix l'émeuvaient. Les croix elles-mêmes n'étaient-elles pas plus que des images, mais des histoires ?

Peut-être était-ce cela que les gens avaient vu dans la série du *Plan de travail* : une histoire. Mais alors c'était la leur, pas la sienne.

Un grand oiseau, que Jim identifia comme un balbuzard pêcheur, passa au-dessus de leurs têtes, mais l'absence de cri annonciateur leur fit rater leur prise. Ils partagèrent quelques scones et une Thermos de café. C'était la première fois depuis l'université qu'elle buvait du café sucré. C'était la première fois qu'elle comprenait comment les gens parmi lesquels elle vivait maintenant appréhendaient leur environnement. Depuis son perchoir dans l'arbre, elle s'appropriait tout, la terre, les arbres, les grands rochers caressés par l'eau du ruisseau, les oiseaux, les cerfs, les écureuils. Elle se trouvait à la bonne hauteur pour avoir la sensation de dominer. Dans un avion, elle ne se sentait même plus appartenir à la terre, qui se résumait à de petites virgules bleues pour les piscines, de grands rectangles pour les champs de maïs et des étendues pareilles à des plateaux de Monopoly pour les lotissements. Sur le sol, elle ne se sentait que partie d'un ensemble. Ici, en revanche, elle était au milieu de tout, et possédait tout.

« À qui appartiennent ces terres ? demanda-t-elle.

— À la compagnie des eaux. »

Deux heures plus tard, il posa une main sur son cœur, sortit un téléphone portable de la poche intérieure de son blouson, consulta l'écran et lui tourna le dos en marmonnant une excuse. Rebecca se sentit comme dans les transports en commun, à faire comme si elle n'entendait pas la conversation téléphonique de son voisin.

« C'est parce que tu laisses la fenêtre ouverte, dit-il à un moment, puis : Je ne peux pas y aller tout de suite, mais j'irai avant le dîner et je m'en occuperai. Ferme la porte de la salle de bains. Il a plus peur de toi que toi de lui. »

« Votre femme ? demanda Rebecca après qu'il eut terminé.

— Ma sœur. Je ne suis pas marié. Plus maintenant. Et vous ?

— Si j'étais mariée, ce serait un peu étrange de ma part de venir vivre ici toute seule.

— Mon père disait toujours que le monde est rempli de choses étranges… Je pense qu'on va s'arrêter là pour aujourd'hui.

— Je n'ai de bonnes photos que de deux oiseaux.

— Ils vous paient à la journée, pas à l'oiseau. »

La descente s'avéra plus difficile encore que la montée. Elle s'assit sur la branche la plus basse et regarda en bas. C'était comme nager depuis le bateau jusqu'à la plage, mais à l'envers : la plage semblait toujours plus proche qu'elle ne l'était en réalité, alors qu'elle était certaine que la distance qui la séparait du sol ne pouvait pas être aussi énorme qu'elle le paraissait.

« Laissez-vous simplement tomber. (Il l'attrapa et la posa doucement sur le sol.) Un peu de gibier ne vous ferait pas de mal, dit-il en s'éloignant dans la forêt tandis qu'elle tirait sur son chemisier et repoussait ses cheveux derrière ses oreilles. Ou alors un sandwich grillé. Je fais d'excellents sandwichs grillés au fromage. »

D'excellents sandwichs grillés au fromage

« Je fais d'excellents sandwichs grillés au fromage », répéta Jim Bates une heure plus tard.

Un peu mal à l'aise, Rebecca était assise dans la cuisine impeccable : des buffets agrémentés de dorures, un papier peint fleuri et du Formica jaune pâle, une cuisine figée en 1967. Tout comme le sandwich grillé au fromage de Jim Bates :

- Prenez deux tranches de pain de mie
- Appliquez une généreuse quantité de beurre sur chacune
- Garnissez de fromage reconstitué en tranches
- Faites revenir dans une poêle de chaque côté jusqu'à ce qu'il soit bien doré et suintant.

« Pas étonnant, dit Rebecca.
— Ça veut dire quoi ?
— Une telle quantité de beurre ?
— Pour éviter que ça accroche.
— C'est une poêle antiadhésive.

— Quand même, répliqua-t-il en décapsulant deux bouteilles de bière.

— Vous n'êtes pas inquiet pour vos artères ?

— Mes artères vont très bien. Vos artères vont très bien. Il n'y a qu'à vous regarder. Vous en voulez un autre ? Je pense que je vais en prendre un autre.

— Non. Non merci. Ne trouvez-vous pas qu'il est impossible de cuisiner correctement avec une cuisinière électrique ?

— Ce n'est pas ce qu'il y a chez vous ?

— Il y en a une dans la maison que je loue. C'est pour ça que je demande.

— Et dans votre vraie maison ? »

Votre vraie maison... C'était bien cela, n'est-ce pas ? Sa vraie maison ? Oh...

« Là-bas, j'ai une cuisinière à gaz. »

Une cuisinière en fonte émaillée blanche à six feux. Vu sa situation actuelle, Rebecca avait du mal à croire qu'elle avait un jour payé 6 000 dollars pour une cuisinière. Ce prix ne comprenait d'ailleurs pas les frais de démontage et de remontage puisque, bien entendu, la cuisinière avait été trop large pour passer la porte de la cuisine. C'était un problème récurrent à Manhattan, sujet de moult histoires drôles propres à meubler les fêtes et les déjeuners : Nous avons acheté ce canapé/cette armoire/ce bureau/cette cuisinière et ça ne passait pas la porte.

Vues d'ici, des tas de choses de sa vie passée lui semblaient saugrenues. L'homme qui se tenait en face d'elle aurait dit :

« Vous pouvez avoir une très bonne cuisinière pour

600 dollars, et la mesurer pour vérifier qu'elle rentre dans la maison. J'ai un mètre dans la camionnette. »

« Jusqu'à mes dix-huit ans, ma mère a cuisiné presque chaque soir des plats plutôt pas mal sur une cuisinière électrique, raconta Jim Bates en retournant son sandwich dans la poêle. Son pain de viande n'avait pas d'égal.

— Et après vos dix-huit ans ?

— Elle est morte. C'est à ce moment que j'ai commencé à faire des sandwichs grillés pour ma sœur.

— Je suis désolée, fit Rebecca.

— C'était il y a longtemps, dit-il en s'asseyant. Vos parents sont encore en vie ?

— Oui.

— Les deux ?

— Oui. »

Elle aurait voulu ajouter « en quelque sorte », visualisant sa mère en train de jouer la *Lettre à Élise* sur un plateau de réfectoire après avoir balancé la nourriture par terre au grand dam du personnel.

« Vous avez de la chance », articula-t-il, la bouche pleine.

Il avait l'air de quelqu'un de gentil, mais elle se méfiait des mots qu'il venait de prononcer. Elle s'en méfiait depuis le jour où, dans sa chambre universitaire sans air ni bruit, Hallie Cohen (qui était le troisième de quatre enfants, avec un jeune frère franchement sale gosse) lui avait dit : « Tu as de la chance. » Les années passant, sa circonspection s'était renforcée. Comment pouvait-on dire « Vous avez de la chance » au couple rencontré lors d'une fête d'anniversaire et qui s'adressait à peine la parole en privé ? Ou à la jeune mère qui pensait devenir folle en entendant une nouvelle fois son bébé pleurer dans son berceau ? Vu de l'extérieur, la chance était une illusion. Jim Bates avait perdu sa mère alors qu'elle marchait encore droit, que les mots « aphasie » et « incontinence » n'étaient que de vagues termes scientifiques et qu'elle s'occupait de lui et non l'inverse.

Tous ces sentiments se lisaient-ils sur son visage ? Quoi qu'il en soit, après s'être essuyé la bouche avec une serviette en papier, Jim Bates ajouta :

« Je ne devrais peut-être pas présumer. Mon père disait toujours qu'on ne doit pas présumer.

— Parce que présumer est le contraire de savoir, dit Rebecca.

— On dirait que mon vieux n'était pas le seul à le dire, hein ?

— Jusqu'ici, j'ai toujours présumé – eh ! voilà que je m'y mets moi aussi ! – que mon père était la seule personne au monde à utiliser cette expression. En fait, quand j'étais petite, je présumais qu'il l'avait inventée.

— Je suis sûr que non. Un jour, nous étions dans une de ces boutiques pour touristes aux chutes du Niagara et il y avait des sortes de petites plaques avec cette inscription. J'ai voulu en acheter une, mais ma mère a dit qu'elle était trop chère. Votre père vous disait-il que "l'union fait la force" ? Celle-là, le mien l'adorait.

— Non, répondit Rebecca en secouant la tête, mais parfois il chuchotait : "*Mann tracht und Gott lacht*", ce qui veut dire : "L'homme fait des projets et Dieu rit."

— Votre père parlait allemand ?

— C'est compliqué.

— D'accord, dit Jim Bates en avalant le reste de son sandwich. Vous êtes sûre que vous n'en voulez plus ? »

Des sandwichs au concombre

Sarah s'était employée à trouver une femme pour Jim Bates. Elle avait essayé avec la conductrice du camion qui lui livrait la farine et les matières grasses, et avec celle qui dirigeait une petite imprimerie à domicile et s'occupait des menus. Elle avait même essayé avec la fille qui travaillait le week-end au bar de Ralph, une esthéticienne assez vulgaire qui portait des shorts ultra-courts et des dos-nus. Puis elle s'était résignée, disant à Kevin :

« Peut-être que le pauvre gars a seulement besoin d'un coup d'un soir.

— Il a pas besoin de toi, avait dit Kevin, allongé sur le sofa, une tranche de dinde en équilibre sur son bedon. Est-ce qu'il serait possible d'avoir une simple tranche de pain dans cette maison ? »

Sarah adorait Jim Bates, mais pas de façon romantique puisqu'elle n'était attirée que par des hommes désagréables qui la traitaient mal. Jim était tout le contraire. Il avait été le seul à avoir pris la peine de lui dire pourquoi son affaire marchait mal, à temps pour qu'elle pût y remédier. Elle avait commencé par un salon de thé à l'anglaise, son rêve depuis que, toute jeune, elle avait lu une série de livres où trois enfants habitant dans un manoir anglais vivaient des aventures avec des animaux qui savaient parler. Diplomate, mélasse, saucisse en croûte – Sarah n'avait jamais oublié toutes les bonnes choses que ces enfants prenaient pour le thé, ni que le thé, pour eux, était un vrai repas.

Sa mère l'avait incitée à suivre des études de marketing à l'université de l'État, pour lui donner les moyens de subvenir à ses besoins (« au lieu de dépendre d'un homme », disait-elle avec aigreur après son divorce). Mais ce que Sarah voulait réellement, c'était partir en Angleterre où tout était mieux : la porcelaine, les jardins, les accents, les pièces de Shakespeare. Pendant sa dernière année à l'université, elle avait rencontré Kevin et avait changé ses plans : elle lirait les livres sur les enfants anglais à ses propres enfants et monterait une affaire anglaise, quelle qu'elle fût. Après un été passé à travailler dans une boulangerie près du campus, son choix s'était porté sur un salon de thé. Kevin avait trouvé un travail de vendeur de voitures près de l'autoroute, et ils s'étaient installés à Squamash, dont on disait que ce serait la prochaine villégiature à la mode. Sauf que ce ne fut pas le cas, pas vraiment ; seuls quelques citadins avaient acheté des maisons avec beaucoup de terres à l'extérieur de la ville, parce que c'était moins cher qu'ailleurs.

Sarah avait acquis des présentoirs à gâteaux en porcelaine fleurie et des théières avec leur couvre-théière en forme de vieille dame ; elle avait contracté un emprunt professionnel que, compte tenu de ses études supérieures en marketing, elle pensait pouvoir rembourser. La première semaine, elle avait distribué des échantillons gratuits aux gens souriants qui reniflaient les parfums devant la boutique d'un air appréciateur et lui affirmaient qu'ils reviendraient. Ce qu'ils avaient fait pendant deux semaines, puis plus rien.

« Je t'ai pas dit que tu devrais faire des burgers ? avait râlé Kevin. Tout le monde aime les burgers.

— Je n'ai rien à faire des burgers », avait rétorqué Sarah.

Au bout de trois semaines, Jim Bates était entré et s'était assis sur une de ses fragiles chaises en bois. Elle l'avait déjà vu deux fois, sans remarquer sa grande taille ou la disparité entre celle-ci et la chaise. C'était un amateur de sucre, et il avait commandé du chocolat chaud et un scone noix de pécan - sirop d'érable.

« Vos scones sont très bons, l'avait-il complimentée.

— Merci, avait-elle répondu, puis son menton s'était mis à trembloter et les larmes avaient commencé à couler sur ses joues.

— D'accord, c'est comme ça, hein ? » avait-il fait en regardant autour de lui les petites tables et les minuscules chaises, toutes vides.

Ce n'était pas ses mots qui l'avaient apaisée, loin de là, mais la façon calme dont il les prononçait.

« Tu sais pourquoi, non ? » avait dit Kevin ce soir-là, toujours persuadé qu'un homme montrant de la gentillesse envers une femme voulait obligatoirement coucher avec elle, pour mieux devenir désagréable après.

Mais Jim Bates n'était pas comme ça. Ce n'était qu'un homme gentil qui lui avait expliqué que

Squamash n'était pas prête pour le thé oolong, que si elle proposait du bon café bien fort et des gobelets pour l'emporter, et apprenait à faire des sablés au fromage et des brioches collantes, elle verrait se former une file d'attente dès le matin ; qu'elle pouvait bien garnir ses sandwichs avec ce qu'elle voulait, à condition qu'ils soient plus grands qu'une boîte d'allumettes et au beurre salé ; et qu'il resterait une place sur son menu pour les « Spécialités anglaises », qui se vendraient bien si elle expliquait de quoi il s'agissait.

Il avait eu raison sur toute la ligne. Pour Sarah, c'était l'homme le plus gentil qu'elle eût jamais rencontré. Bien plus que son père, qui ne lui avait même plus envoyé de carte d'anniversaire après son départ ; ou que son frère, qui l'appelait « gros cul » quand ils étaient enfants et qui désormais ne téléphonait que quand il avait besoin d'argent. Elle aurait été la dernière à le reconnaître ouvertement, mais Jim était beaucoup plus gentil que Kevin, qui ne pensait qu'à sortir le soir pour retrouver l'un ou l'autre de ses copains, maintenant qu'il avait cessé de vendre des voitures (« un truc de loser ») pour devenir ce qu'il appelait un « entrepreneur » – il achetait des camions entiers de petit bois pour le revendre en petits paquets et au-dessus du prix courant aux fleuristes et épiceries fines des villes voisines (qui, de leur côté, augmentaient les tarifs pour les visiteurs du week-end).

Kevin n'aimait pas Jim Bates et Sarah n'arrivait pas à comprendre pourquoi. C'est qu'elle n'était pas chez Ralph le soir où Kevin, en jouant au billard, l'avait tournée en ridicule. Une succession de blagues éculées, de celles que racontent les comédiens has been à la télé : Ma femme est si grosse qu'elle a son propre code postal ; ma femme est si grosse que, habillée en jaune à New York, on la prend pour un taxi ; ma femme est si grosse qu'elle flotte dans l'eau. Il était le seul à en rire, d'un rire bruyant quelque part entre l'aboiement et la toux, au moment où Jim Bates, qui buvait une bière avec un maçon, était passé à proximité et lui avait dit :

« Ce serait bien d'arrêter de vous moquer de votre femme devant des étrangers.

— Tu te prends pour qui ? avait rétorqué Kevin en regardant tous les buveurs assis au zinc, puis le barman qui rangeait des bouteilles sans lever les yeux.

— Ce serait bien, avait répété Jim.

— Occupe-toi de tes affaires, avait lancé Kevin, sur quoi quelqu'un au fond de la salle avait marmonné :

— Lui au moins, il a une affaire.

— Quoi ? »

Tout le monde avait fait l'innocent, et Jim Bates était parti. Tous ne l'aimaient pas, puisqu'il était sans faux-fuyants et ne magouillait pas, mais tous avaient un toit au-dessus de leur tête et il leur était par conséquent indispensable, alors que Kevin n'était qu'un outsider doublé d'un escroc.

« Hé ! avait crié Kevin, et le barman avait levé la tête.

— Laisse tomber, avait-il conseillé, car il avait autrefois joué comme receveur dans l'équipe de base-ball du lycée où Jim Bates était bloqueur.

— Trou du cul.

— Tu paies ta note et tu dégages », avait dit le barman.

En présence de tiers, Kevin avait cessé de se moquer de Sarah, de son poids, ses cheveux, son menton et sa conversation. Ça ne l'empêchait pas de s'en donner à cœur joie à la maison. Parfois, Jim Bates songeait qu'il devrait avoir avec Sarah une conversation au sujet de son mariage, comme il l'avait fait pour son salon de thé, mais il était assez malin pour reconnaître qu'il y avait une différence entre critiquer ses sandwichs au cresson et critiquer son mari. Lui aussi, pendant son mariage, avait éprouvé un attachement mystérieux et déraisonnable pour sa femme, jusqu'à ce qu'elle se détache.

Sarah avait donc essayé de trouver une femme pour Jim Bates. Elle avait encore l'habitude de lui écrire des noms et numéros de téléphone sur des serviettes en papier qu'elle glissait dans le petit carton fleuri avec l'addition du déjeuner. Jim Bates les mettait dans sa poche puis les jetait à la poubelle le dimanche après-midi quand il faisait sa lessive.

Mais pas une fois Sarah ne songea à Rebecca.

« Premièrement, elle est trop célèbre et sophistiquée, et deuxièmement, elle est trop vieille pour lui.

— Peut-être que les vieilles sont plus partantes, dit Kevin. D'ailleurs, elle a pas l'air si vieille. Elle est mieux que beaucoup de quadras du coin. Elle doit sûrement faire un de ces trucs de gym. »

Sarah espéra qu'il n'allait pas encore une fois s'appesantir sur le sujet. Elle savait qu'elle devrait faire de l'exercice, mais elle était devant ses fours tous les matins à 5 heures ! Elle pensait aussi qu'ils n'auraient jamais d'enfant, puisque Kevin ne voulait jamais faire l'amour.

(Du moins, pas avec Sarah. Jim avait rageusement jeté dans les toilettes la serviette avec le numéro de l'esthéticienne, parce qu'il savait que Kevin la retrouvait à son appartement au moins une fois par semaine.)

« Faut dire qu'elle est pas très belle, ajouta Kevin, avec ce long visage et cette bouche bizarre.

— Alors là, tu as tort. Elle est belle. Pas comme une pom-pom girl, mais elle a des traits puissants. Et la meilleure partie, c'est sa bouche.

— J'vois pas, dit Kevin en haussant les épaules. Mais qu'est-ce que j'en sais, après tout ? Ça doit être un de ces trucs que les nanas aiment mais pas les mecs, comme, genre, les pulls.

— Les mecs n'aiment pas les pulls ?

— Nan. Les mecs aiment les chemises, les nanas aiment les pulls. »

La bouche de Rebecca

En effet, Jim Bates n'aimait pas les pulls, qui souvent le démangeaient et auxquels il préférait des chemises de flanelle et des tee-shirts usés jusqu'à la corde. Mais il admirait la bouche de Rebecca. Au début, il l'avait trouvée étrange. Elle était très large, avec une lèvre supérieure aux contours nettement délimités, comme soulignés par un trait de crayon. La lèvre inférieure, en revanche, était épaisse et légèrement tombante. Certaines femmes s'étaient demandé si elle ne se l'était pas fait gonfler. Elle aurait pu leur dire que non, elle était d'origine. Sur ses photos de bébé, cette lèvre lui donnait l'air un peu simplet, et sa mère disait à qui voulait l'entendre qu'elle ne savait pas exactement de qui Rebecca la tenait, mais que ce devait être du côté paternel.

Lorsque Rebecca fréquentait l'école des beaux-arts, un de ses camarades de cours lui avait demandé la permission de la peindre. Il avait fait de sa bouche, énorme et épicène, le point de convergence du tableau. C'était cruel : ses petits yeux et son nez légèrement pointu serrés au centre de ce qui était après tout un visage plutôt long, l'ensemble oblitéré par les lèvres gigantesques qui traversaient la partie centrale de la toile. L'opinion de Rebecca sur le tableau était toutefois partagée, car il la montrait en col roulé jaune avec une longue natte qui serpentait sur son épaule, rappelant la *Fille avec des tresses* de Modigliani. Personnellement, elle s'était sentie quelque peu insultée par cette toile qu'elle trouvait repoussante, mais son œil professionnel savait reconnaître une œuvre de qualité. D'ailleurs, le jeune peintre, Josef Gourdon, allait devenir aussi célèbre en tant que portraitiste que Rebecca en tant que photographe. Il avait l'habitude de s'écrier : « Ma muse ! » quand il la rencontrait lors d'un gala ou d'un vernissage – le bras posé sur l'épaule de son jeune compagnon du moment qu'il peignait généralement nu en exagérant les parties génitales, comme il avait accentué la bouche de Rebecca.

Au fil du temps, le tableau avait paru d'autant plus cruel que les promesses de cette bouche, son ambiguïté séductrice, n'étaient pas tenues par sa propriétaire. Les hommes se focalisaient sur ses lèvres, puis sur ce que les lèvres pourraient accomplir. Ainsi, pendant les deux décennies depuis son divorce, Rebecca s'était vu importuner par un certain nombre d'hommes imaginatifs ; avant cela, elle avait l'habitude de rentrer sa lèvre inférieure sous ses incisives, dans une attitude caractéristique un peu immature. Elle était sortie pendant six mois et sans enthousiasme particulier avec un avocat spécialisé dans la propriété intellectuelle qui, par son obstination à ne parler que de lui-même, lui rappelait tellement Peter qu'elle avait simplement cessé de répondre à ses appels et messages. Elle avait eu une relation avec un photographe avec qui elle avait toujours entretenu une amitié sereine, puis il avait déménagé à San Francisco où il s'était marié avec une Chinoise sympathique et assez jeune pour lui donner des enfants. Elle avait brisé le cœur d'un auteur de nouvelles que Dorothea lui avait présenté ; il était d'une beauté frappante, et intelligent par-dessus le marché, mais fou d'elle, et il avait très vite insisté pour emménager avec elle. Cela l'avait rendue soupçonneuse et claustrophobe et, au bout d'un certain temps, il avait jeté l'éponge.

« Tu commets une terrible erreur », avait-il dit, et sur le plan théorique elle ne lui donnait pas forcément tort.

Elle avait du mal à rompre après s'être liée, alors maintenant, de plus en plus, elle hésitait avant de franchir le pas. Il lui était toujours si difficile de mettre des mots exacts sur ce qui n'allait pas sans paraître méchante ou triviale. Elle avait un souvenir très vif d'une soirée – tartare de saumon rose dans une assiette décorée de fines tranches de radis – où un homme plutôt séduisant s'était lancé dans une longue dissertation sur le caractère allemand, affirmant que l'amour de l'ordre et la pensée linéaire laissaient présager tout ce qui s'était passé dans les domaines littéraire et musical et, bien évidemment, les affaires du monde. Il avait levé sa fourchette en clamant : « La montée du fascisme était inévitable ! », et elle avait entendu une sorte de déclic dans sa tête qui signifiait : « Non. Hors de question. » En la raccompagnant après le dîner, il lui avait gentiment demandé s'il pouvait monter, et elle avait répondu :

« Non. Mais merci pour le dîner. »

C'était son dernier rendez-vous, si on faisait abstraction d'une Thermos de café partagée à l'aube dans un mirador et d'un sandwich grillé à neuf cents calories. Pour elle, ça ne comptait pas. En fait, elle n'y avait pas pensé, pas plus qu'elle ne soupçonnait l'envie de Jim Bates de prendre sa lèvre entre ses dents chaque fois qu'il la regardait. Dans le mirador, elle l'avait vu rougir plus d'une fois et s'était posé des questions, pour finalement arriver à la conclusion que sa peau claire le rendait particulièrement sensible aux changements de température. En vérité, il était juste particulièrement sensible à la lèvre inférieure de Rebecca Winter. Heureusement, elle ignorait ce détail. Comme avec un cerf, il fallait s'approcher d'elle en douceur pour éviter qu'elle se sauve. Compte tenu de ce qu'avait été son mariage, ce n'était guère étonnant.

Une femme sans homme

Extrait de la chronique mondaine du *New York Times*, 2 octobre 1980

> *Hier, Rebecca Grace Winter, fille d'Oscar et Beatrice Winter, de Manhattan, a épousé au domicile de ses parents Peter Soames Symington, fils de Richard et feu Rachel Symington, d'Oxford, Angleterre.*
>
> *La mariée est diplômée de l'université de Mount Holyoke et de la Ligue des étudiants des beaux-arts, où elle a obtenu un diplôme de peinture. Son père est le président de l'entreprise Freeman, qui fabrique des sous-vêtements féminins et a été fondée par le grand-père maternel de la mariée.*
>
> *Le professeur Symington est diplômé de l'université de Cambridge et détenteur d'un doctorat en littérature comparée d'Harvard. Il est professeur de littérature anglaise à l'université Columbia, ainsi que l'auteur de l'ouvrage* L'Iconographie médiévale et le Corps triomphant, *publié chez W. W. Norton & Company. Son père était le vice-principal de l'université de Balliol, Oxford. Son précédent mariage s'est terminé par un divorce.*

Poisson, bicyclette

La dernière rencontre entre Rebecca et son ex-mari datait de la remise des diplômes de Ben. Elle avait été ravie de voir qu'il perdait ses cheveux, particulièrement sur l'arrière du crâne, ce qui faisait paraître le reliquat de devant comme un ajout tardif. Certes, il allait sur ses soixante-dix ans ; à cet âge, on pouvait pardonner à un homme ses insuffisances capillaires. Sauf que Rebecca ne lui pardonnait rien. Elle se disait que ce n'était pas parce qu'il l'avait trahie elle, mais parce qu'il avait trahi leur fils – le genre de déclaration qui semble tout à fait cohérente jusqu'à ce que l'on se penche de plus près sur la véritable psychologie humaine.

« Je ne comprends pas pourquoi tu refuses d'admettre que tu es simplement en colère », disait Dorothea.

« Cet homme ne te méritait pas », disait son père.

« J'ai toujours apprécié Peter », disait sa mère.

Le souvenir de son mariage restait déplaisant pour Rebecca. Aux actes de Peter – il manquait le dîner, faisait une remarque désobligeante ou mettait le bazar –, elle répondait en rassemblant ce qui lui restait de dignité et en lui opposant un silence obstiné. Sauf que Peter appréciait le silence. Il le trouvait reposant. Elle tenait sous la douche des conversations enragées et imaginaires, pendant lesquelles elle lui faisait face et le déstabilisait. Puis elle essayait de le séduire de nouveau, dégoûtée par sa propre obstination à toujours rester agréable et éviter le conflit. Mais Peter aimait aussi le conflit, à condition qu'il s'agît de sa forme intellectuelle et discrète. Leur relation était celle de deux joueurs d'échecs, sauf que l'un d'eux avait toutes les pièces majeures, et l'autre – en l'occurrence, elle – une triste rangée de pions. Échec, échec, échec. Échec et mat.

Tout cela lui avait fait oublier combien, au début, elle avait apprécié le mariage. Quand les plaques tectoniques de son monde eurent repris leur place, après les secousses de l'enfance de Ben et des crises conjugales, après le séisme cataclysmique de son divorce, elles avaient enseveli à jamais le souvenir des doigts aux ongles rongés de Peter glissant sur l'intérieur de ses cuisses jusqu'à son pelvis, lui coupant le souffle. Rebecca avait oublié les dimanches matin où ils s'allongeaient sur le grand canapé inconfortable pour discuter des articles du *New York Times*. Souvent, c'était Peter qui parlait et Rebecca qui écoutait. Parfois, le nom de Peter apparaissait dans une critique ou une citation, et elle la lisait à voix haute tandis qu'il répétait : « Oh ! arrête, Becky Sharp[1] ! » comme si le fait

1. Personnage principal, séductrice et opportuniste, du roman de William Makepeace Thackeray *La Foire aux vanités*.

d'être important et admiré l'insupportait. Ces apparitions de Peter dans le journal étaient la plupart du temps suivies de longs après-midi de sexe débridé. Rebecca ne s'était jamais demandé comment son mari réagirait en voyant son nom à elle dans le journal.

Ça, c'était plus tard.

Était arrivé le moment où Becky Sharp avait perdu son pouvoir d'attraction ; ses genoux et ses cuisses étaient devenus terrain connu. La différence majeure qui les séparait était comme un mur insurpassable : Rebecca détestait le changement et Peter ne vivait que pour lui. D'où la raison de son succès académique, puisque chaque année, en septembre et en janvier, une étendue de visages le jaugeait dans l'amphithéâtre où il s'employait alors à les gagner à sa cause. Ses habiles manœuvres de séduction constituaient le trait de caractère le plus flagrant de Peter.

Rebecca l'avait rencontré lors d'un dîner. L'invitée initialement prévue s'était cassé la cheville en tombant dans l'escalier chez Saks, et on avait demandé à Rebecca de prendre sa place. En descendant dans le petit ascenseur habillé d'acajou, elle avait été totalement absorbée par la sensation de ce qu'elle pensait être le souffle de Peter sur sa nuque (c'était bien le souffle de Peter sur sa nuque, une stratégie éprouvée) et elle en était restée pétrifiée à leur arrivée dans le hall rococo. Peter s'était collé contre son dos en sortant (cela aussi faisait partie de sa stratégie).

Ce samedi-là, il l'avait emmenée déjeuner dans Little Italy. Bien entendu, il parlait italien. À cette époque il était encore marié – juste sur le papier, disait-il. Elle apprendrait à quel point Peter ne pouvait être marié que sur le papier.

Mais ça aussi, ce serait plus tard.

Malgré ses (presque) trente ans, Rebecca avait une expérience limitée des hommes. Un petit ami au lycée, gentil mais qui embrassait très mal. Quelques brèves aventures pendant ses années d'université. Un amant à l'école des beaux-arts qu'elle reverrait dix ans plus tard dans un vernissage, découvrant alors ce dont elle aurait dû se douter, à savoir qu'il préférait les hommes.

En troisième année, elle avait passé un semestre à Florence. À cause des mises en garde répétées contre les Italiens (« Voilà ce que l'on appelle la morale catholique ! » s'était écriée sa mère à la fin d'un de ses sermons, tandis que Sonya soufflait comme un taureau en colère), elle prenait la fuite en délaissant son espresso au moindre sourire que l'un d'eux avait le malheur de lui adresser.

Le parcours de Rebecca laissait supposer une subtilité et un raffinement qu'elle ne possédait guère. Dans le cas contraire, elle se serait rendu compte que la stratégie de Peter était quelque peu éculée. Quand il avait renvoyé sa première femme et leurs deux jeunes enfants vers leur exil anglais et convaincu l'université de lui attribuer un autre appartement plus lumineux, avec une meilleure vue, pour un nouveau départ avec Rebecca, elle aurait dû y voir la tournure inévitable que prendrait son propre avenir.

« Il n'a pas brisé le verre, avait dit sa grand-mère le jour des noces, assise dans un coin du hall d'entrée dans une robe fleurie qui sentait le camphre.

— Pour l'amour de Dieu ! » avait chuchoté sa mère.

Lors de la cérémonie, Peter avait omis de briser sous son pied le verre traditionnel, et il n'y avait eu ni dais ni rabbin ; la grand-mère de Rebecca en avait été mortifiée et ne s'était consolée qu'avec le faire-part paru dans le journal. « Tu ne te rends pas compte combien c'est important pour un juif d'avoir une annonce dans le *New York Times* », avait-elle murmuré. La mère de Rebecca s'était vexée que, après quelques recherches, le quotidien refuse de la décrire comme une pianiste de concert, ou tout simplement comme une pianiste. Après avoir regardé la photo floue de Rebecca puis lu le texte, Peter avait commenté d'une voix aussi coupante que du papier :

« Et voici le moment historique où les mots "université de Balliol" et "sous-vêtements féminins" apparaissent sur la même page. »

Il existe deux sortes d'hommes : ceux qui veulent une femme prévisible, et ceux qui veulent une femme exotique. Pour une raison obscure, Peter avait rangé Rebecca dans la seconde catégorie. Même s'il avait eu raison, cela n'aurait rien changé au problème inhérent : dès l'instant où l'amante devenait épouse, l'exotique devenait familier, donc prévisible et par conséquent indésirable. Les rares épouses qui réussissaient à garder leur exotisme étaient généralement considérées comme des folles.

Rebecca avait appris tout cela au fil du temps et à ses dépens. À l'instar de beaucoup de mariages, le sien était fondé sur des croyances erronées. Dans son cas, elle avait cru que Peter était fiable, peut-être à cause de son habitude de placer des embauchoirs en cèdre dans ses chaussures et de toujours porter la même eau de Cologne, une lotion capillaire qu'on ne pouvait se procurer qu'à Londres.

En fait, il n'était pas fiable, juste maniaque pour des petites choses concernant sa personne. Il continuait à se raser avec un blaireau et un rasoir à main.

Mais, pendant de longues années, Rebecca avait apprécié d'être mariée avec lui, ou du moins d'être deux, d'avoir quelqu'un avec qui parler même s'il ne semblait pas écouter, un corps chaud à côté d'elle sous la couette lors des nuits froides, quand les vieux radiateurs émettaient plus de bruit que de chaleur. Elle aimait avoir un bras auquel s'accrocher sur les trottoirs glissants, quelqu'un qui payait le taxi. Peut-être disait-elle « mon mari » plus souvent que d'autres femmes. Elle aimait lire les manuscrits de Peter et ne s'offusquait pas outre mesure du manque d'enthousiasme qu'il affichait devant ses peintures. Elle-même en manquait. Elle trouvait ses tableaux plats et sans vie. Puis un jour un de ses professeurs lui avait fait remarquer que les photos dont elle s'inspirait pour ses œuvres étaient bien meilleures que les œuvres elles-mêmes, et elle avait abandonné la peinture pour la photographie et trouvé sa vocation.

Le début de la fin avait probablement été là. Ou bien à la naissance du bébé – à moins qu'il ne se fût agi d'une simple histoire de numérologie. Peter avait épousé sa première femme à trente ans. À quarante, il avait épousé Rebecca. À cinquante, ce fut le tour de la conservatrice adjointe avec laquelle Rebecca l'avait surpris dans la chambre du fond chez des amis, là où les manteaux s'empilaient sur le lit et où n'importe qui pouvait les découvrir. En arrivant à la maison, Peter avait refusé de dormir sur le canapé du bureau. « J'ai un lit parfaitement confortable dans lequel j'ai l'intention de dormir », avait-il dit en déboutonnant sa chemise, libérant des effluves de sexe et de Diorissimo de contrefaçon.

Alors Rebecca avait dormi sur le canapé.

« Maman, tu n'es pas à ta place », avait dit Ben d'un ton sévère le lendemain matin.

Parfois, Rebecca pensait qu'elle avait moins regretté son mari que leur appartement commun, avec sa vaste cuisine et son parquet en chevrons ; celui dans lequel avait emménagé la conservatrice adjointe pour y élever leurs filles jumelles après avoir cessé de travailler. Mauvais choix, avait pensé Rebecca en présumant, à raison, que la conservatrice n'allait pouvoir compter que sur elle-même dans un avenir prévisible.

« J'aimais mieux mon ancienne chambre », avait dit Ben quand Rebecca et lui s'étaient installés dans l'appartement de la 77e rue.

La conservatrice l'avait appelé « Benji » jusqu'à la naissance de ses propres enfants, puis il était devenu « ton fils » et avait dû intégrer la plus petite chambre pour laisser la place aux jumelles. Rebecca avait cessé de jouer avec l'idée de prévenir la femme de ce qui arriverait quand Peter aurait soixante ans. La nouvelle femme était une étudiante du nom de Piper. Selon Ben, les jumelles étaient perturbées par cet abandon. Peter restait le même.

« J'ai pensé que tu étais déjà au courant », avait déclaré Peter le soir où elle l'avait surpris avec la future troisième Mme Symington.

Elle n'avait rien vu venir. Encore aujourd'hui, elle en ressentait parfois de la surprise et de la mortification. Peter aimait les histoires ; il aimait les lire, les raconter, les analyser. Début, milieu, fin. Rebecca n'avait pas eu grand-chose d'une histoire. Sans la série du *Plan de travail*, elle n'aurait pas été une histoire du tout. Cela ne faisait que quelques années qu'elle admettait ne pas être en tort. Qu'était-ce donc qui faisait du mariage une histoire ? Même dans un mariage aussi tronqué que le sien (neuf ans, à peu de chose près), la plus grande partie était celle du milieu, la plus banale, celle que Peter ne supportait pas et qu'elle-même regrettait le plus, encore aujourd'hui, qu'elle regrettait terriblement sans seulement le savoir.

Une dinde après l'autre

THANKSGIVING 1965

Bebe avait engagé une femme noire d'Harlem afin de préparer le dîner pour son mari, sa fille de six ans, ses parents et un autre couple qui vivait dans l'appartement du dessus. Il y avait du pain de maïs et de la purée de patate douce avec des marshmallows pour accompagner la dinde de onze kilos, et trois sortes de tartes. Bebe avait refusé de donner un pourboire à la femme parce que celle-ci était arrivée avec quarante minutes de retard. Le lendemain, en dégustant un sandwich à la dinde avec de la mayonnaise, Rebecca avait décidé que Thanksgiving était la meilleure fête de toutes. Certes, le choix était réduit puisque sa famille ne célébrait jamais Hanoukka et que, à Noël, son père insistait pour acheter des plats à emporter au restaurant chinois et aller au cinéma.

Rebecca aimait bien le bœuf aux champignons noirs, mais elle préférait le sandwich à la dinde.

Bebe avait décidé de tenter un repas de Thanksgiving à l'hôtel Berkshire. À partir de ce moment-là, tous les Thanksgiving de la famille Winter se déroulèrent là-bas.

Après le mariage et avant de pouvoir expliquer que Peter et elle n'avaient aucune envie de fêter ce jour par un repas à l'hôtel, ses parents avaient décidé que, dorénavant, ils passeraient les mois de novembre à mars à Delray Beach, en Floride.

Le club de tennis de Delray Beach proposait un buffet pour Thanksgiving. Rebecca n'avait pas rendu visite à ses parents avant le mois de décembre, et Peter n'y était jamais allé du tout.

« Ce n'est pas ma fête, chérie », avait-il dit, alors que Rebecca exprimait son grand soulagement à l'idée de pouvoir préparer son propre repas de Thanksgiving, dans sa propre maison.

Il avait ensuite dit cela tous les ans. Il affirmait que les Pères pèlerins mangeaient de la dinde parce que leur religion proscrivait toute notion de réjouissance, ce qui faisait rire les invités américains. Une année, un historien avait voulu en découdre :

« Et voilà l'expurgation basique de l'expérience puritaine en Amérique, avait-il dit, la bouche pleine de dinde.

— Seigneur, Owen, bientôt tu nous feras un discours sur l'histoire de la patate douce dans la culture agraire », avait rétorqué Peter d'une voix traînante, provoquant l'hilarité une fois encore.

THANKSGIVING 1990

Rebecca et Ben avaient dîné au club de tennis de Delray Beach.

« C'est comme au restaurant », avait dit Ben, âgé de six ans.

« Son père lui manque, avait constaté le père de Rebecca en creusant un puits dans sa purée pour y verser le jus. Regarde, Benji, c'est comme ça qu'il faut faire. »

« Voici ma fille, avait dit sa mère à une de ses amies qui s'était arrêtée à leur table.

— La célèbre photographe ? avait demandé la femme.

— Elle est en instance de divorce », l'avait informée Bebe.

Thanksgiving 2010

« Tout le monde peut préparer une dinde », proclamait l'un des livres de cuisine de Rebecca, toujours rangé sur l'étagère au-dessus du réfrigérateur, dans l'appartement new-yorkais. Rebecca poussa un gémissement, et pas seulement parce qu'elle s'imaginait entendre Ben faire l'amour avec la jeune femme qui l'accompagnait, sur le matelas gonflable dans la chambre d'ami du cottage.

En réalité, Ben faisait des pompes. Rebecca était incapable de déceler une différence dans le souffle d'un homme en pleine activité sportive ou en plein coït, ce qui reflétait parfaitement ce qu'avait été sa vie sexuelle pendant son mariage. Jusqu'à ce que tintent les flûtes à champagne pendant le repas de noces, Peter Symington avait été un amant imaginatif et excitant ; après, il brûlait des calories en pensant à la jeune fille en jupe courte assise au premier rang de sa salle de cours. Pendant que Ben faisait ses pompes, sa petite amie nommée Amanda était sortie pour fumer. (Cette habitude serait à terme la raison de leur séparation, pendant une fête de Nouvel An.

Cela, et la conversation entre Rebecca et son fils lors de ce dîner de Thanksgiving :

« Et alors il a abattu le raton laveur.

— Il l'a abattu ? Il ne pouvait pas l'attraper et le relâcher ailleurs ?

— Il paraît que, quand on fait ça, ils reviennent aussitôt. C'est une sorte de spécialiste de la faune et la flore, et il était convaincu que le raton laveur allait revenir dans les combles après un jour ou deux.

— Je ne peux pas imaginer de situation où il serait nécessaire de tuer un animal », commenta Amanda d'un ton attristé.

Rebecca s'était habituée à voir les relations amoureuses de son fils bourgeonner, fleurir puis se faner à une vitesse effrénée. Elle savait aussi que, pour Ben, ce genre d'affirmation sentencieuse qui ne laissait place à aucune alternative était comme une injection intraveineuse d'adrénaline. Elle pouvait presque distinguer la pression dans la veine bleue de son cou.

« Attends, tu veux dire qu'il n'existe aucune situation qui permettrait de tuer un animal ? Une attaque de grizzly à Yellowstone, par exemple ? »

Peter avait été un adepte de la méthode socratique en matière d'éducation. (« Dis-nous, Ben, qu'y a-t-il exactement dans la musique rap que tu trouves particulièrement enthousiasmant ? ») Peut-être était-ce pour cette raison que Ben était devenu un débatteur acharné.

(À la Saint-Sylvestre, Ben murmurerait en voyant traverser un rat devant eux :

« Jamais je ne pourrais faire de mal à cet animal. »)

Et ce serait pour Amanda la goutte qui fait déborder le vase.

(« Elle n'était pas assez intelligente, dirait ensuite Ben à sa mère. En plus, elle fumait. Sa bouche avait toujours un goût de cendrier. »

Mais ça, ce serait plus tard.)

Rebecca gémit en pensant à ses locataires ouvrant le livre de cuisine de fêtes, ou n'importe quel autre livre de cuisine, reliques de son mariage annotées en marge à l'encre de Chine : « P. n'aime pas » ; « P. a détesté » ; le rare et précieux « P. a aimé ». Une seule recette portait la note : « P. adore ! », celle du bœuf bourguignon dont la préparation lui prenait la journée, avec sa multitude d'oignons grelots à éplucher, blanchir et inciser. Le plus humiliant restait le point d'exclamation – ex æquo avec son actuelle violation d'une des premières règles de la cuisinière qualifiée : mesurer son four avant d'acheter une dinde. Rebecca était restée longtemps assise à la table de la cuisine, à fixer l'oiseau enduit de beurre et habillé de mousseline, comme si elle pouvait ainsi le faire rétrécir.

« Jamais de la vie », avait commenté Ben tandis qu'elle tournait le plat à rôtir dans tous les sens devant la porte du four.

Une heure après, il s'écria :

« Waouh, maman, t'as eu une sacrée veine, là ! (C'était après qu'elle l'avait envoyé avec la dinde chez Tea for Two, le seul endroit de la ville susceptible d'avoir un grand four sans dinde à l'intérieur.) Sarah – quelle bavarde, cette femme – a dit qu'elle enverrait quelqu'un nous porter la dinde vers 17 heures.

— Comme elle est gentille, dit Amanda.

— Ce n'est pas toi qui as dû l'écouter », rétorqua Ben.

(Par la suite, Amanda se souviendrait de ce moment comme celui où elle avait commencé à moins aimer Ben. Et puis il avait mangé le dernier morceau de gâteau au potiron au petit déjeuner du dimanche, avant de partir courir sans lui demander de l'accompagner.)

Les patates attendaient d'être écrasées, les haricots cuisaient à la vapeur, et l'obscurité montait le long des flancs de la montagne quand on entendit un coup hésitant à la porte. Lorsque Rebecca ouvrit, elle se trouva face à un homme d'âge moyen aux yeux mélancoliques et aux joues flasques qui tenait une grande boîte en carton.

« C'est moi, madame Winter, porteur de l'oiseau. »

Le choix des mots au même titre que la voix lui permirent d'identifier Tad.

« Je suis désolée, monsieur Brinks. Je ne vous avais jamais vu sans votre maquillage. »

Elle l'avait rencontré plusieurs fois, à la station-service, à la pharmacie, au café, mais elle n'avait jamais noté auparavant cette peau claire de bébé et ce nez retroussé légèrement aplati. Elle tendit les mains vers la boîte.

« Oh ! Certainement pas. Ceci est à la fois très chaud et très lourd, pour ainsi dire, et je manquerais à tous mes devoirs si je vous laissais le porter. (Ben surgit derrière sa mère.) Oh ! J'interromps les festivités. Ce jeune homme pourrait peut-être prendre le relais, et je pourrais ainsi vous laisser.

— Voudriez-vous vous joindre à nous pour le dîner ? Comme vous pouvez le constater, la dinde est énorme… Ben, prends-la, s'il te plaît. C'est beaucoup trop pour trois personnes. Je ne sais pas ce qui m'a pris. »

Sans doute avait-elle pensé au temps révolu où une foule d'amis occupait la longue table en pin de la salle à manger… Bon. Apparemment, elle avait appris à vivre sans eux.

« Cette dinde pourrait en nourrir une douzaine, dit Ben.

— Je vous remercie de cette amicale proposition, mais je vais rompre le pain avec ma mère et ma tante Ruth. Je suis juste passé chez Sarah pour des muffins au maïs, et elle m'a demandé si je voulais bien vous apporter cet oiseau.

— Une farce au pain de maïs ? s'enquit Amanda jovialement.

— Une farce est un terrain propice au développement des bactéries, lui apprit Tad d'un ton solennel. Farcir une dinde est aussi dangereux que le botulisme. »

Une heure plus tard, Ben engouffra une portion de farce en s'écriant :

« Voici venir une lente et douloureuse mort ! »

La dinde était cuite à point, et Sarah avait ajouté une Thermos contenant la sauce qu'elle avait préparée avec le jus de la viande et du porto.

« On trouve des gens merveilleux ici, dit Rebecca.

— Ce type se maquille ?

— C'est un clown. Un clown professionnel. Momo le Magnifique. »

(Une semaine auparavant, Tad s'était joint à elle

au café, et Rebecca l'avait interrogé sur l'origine de son choix professionnel.

« J'ai acheté un kit », avait-il répondu.

D'abord, Rebecca avait craint qu'il l'eût mal comprise, mais il lui avait expliqué que quelqu'un, quelque part, proposait l'envoi par courrier d'un kit pour clown débutant : maquillage, perruque, et un manuel pour la fabrication d'animaux en ballons. Elle avait un instant envisagé de photographier certains de ces animaux, mais avait songé qu'ils perdraient beaucoup de leur animalité ballonnesque sur une photo en noir et blanc.

« Aucun de ces éléments n'était de très belle qualité, avait ajouté Tad, mais cela m'a permis de me lancer.

— Avez-vous toujours voulu… »

Rebecca s'était interrompue. Faire le clown ? Devenir clown ? Clowner ?

« Je m'intéressais aux métiers du divertissement, avait avoué Tad d'un ton grave. Être clown n'était qu'accessoire. »

Rebecca avait repensé à l'histoire du concours. Cet homme avait voulu être un chanteur d'opéra et fini par faire des animaux en ballons.

« J'ai vécu quelque chose de semblable, avait-elle dit.

— Ah non ! avait protesté Tad. Vous êtes née pour être une grande photographe.

— Je doute que personne soit né pour quelque chose », avait-elle répondu.

Ben retira la peau sur un morceau de dinde.

« Tu te souviens de Nicolas Lindstrom à ma fête d'anniversaire, quand il s'est enfermé dans la salle de bains par peur du clown ?

— Je pense à lui chaque fois que je vois Tad. Il prend tout ça tellement à cœur que je n'ai jamais osé lui en parler.

— Quand j'étais petite, il y avait un clown à chaque fête d'anniversaire, intervint Amanda, qui avait grandi sur Park Avenue.

— Le travail sur le mur de notre chambre est très bon, dit Ben. Les croix… Vraiment très, très bien. Je n'arrête pas de me demander ce qu'il y a en dessous.

— En dessous de quoi ?

— Des croix. Ce sont de petites tombes, non ? Qu'est-ce qu'il y a dedans ? Des oisillons ? Des chatons ?

— Quelle horrible pensée, fit Amanda en posant sa fourchette.

— Intéressant, dit Rebecca. J'ai beaucoup pensé à ces croix, mais il ne m'est jamais venu à l'idée qu'il pourrait y avoir quelque chose en dessous. On n'a pas touché à la terre. Regarde bien. Je ne pense pas qu'on ait creusé.

— Est-ce que c'est commémoratif, d'après toi, comme ce qu'on voit parfois sur le bord des routes ?

— L'idée m'a effleurée, mais ces croix se trouvent au milieu de nulle part. On peut exclure l'accident de voiture, et il y en a trop pour commémorer un seul événement. Ou peut-être pas. Je n'en sais strictement rien.

— Et tu ne les as pas bougées pour avoir une meilleure vue ? (Ben agita son couteau en direction de sa mère.) Je sais, je sais. Combien de fois l'ai-je entendu : « Si tu interfères avec la scène, tu altères l'image. » Autrement dit : Ne. Bougez. Rien. Ce qui importe, c'est ce qui est là. L'esthétique de Rebecca Winter. (Ben se tourna vers Amanda.) Il existe des photos de mon cul de bébé que certaines personnes prennent réellement pour des dunes de sable du Sahara.

— Toi alors ! s'exclama Amanda, se voulant taquine mais ne réussissant qu'à paraître perplexe.

— Tu as lu trop de critiques d'art, dit Rebecca en souriant à son fils.

— Avec trois ou quatre photos de plus, tu pourrais exposer, suggéra Ben en creusant un puits dans sa purée pour y verser la sauce. Tu pourrais l'appeler la série des *Croix blanches*.

— Je le ferai si j'en trouve d'autres. »

(Elle avait été profondément secouée lorsque, en quittant la piste de cerfs, elle avait découvert une autre croix blanche posée contre le tronc d'un vieux pin élancé et, à son pied, le moulage en plâtre d'une main d'enfant, comme ceux que les gamins fabriquent à la crèche. Rebecca en avait elle-même fait une à l'occasion d'une fête des Mères, tant d'années auparavant. À coup sûr, Bebe avait dû demander à Sonya de la jeter après un temps de conservation raisonnable. Un an ? Un mois ? Seuls les objets que Rebecca offrait à son père étaient à l'abri, rangés sur une étagère du bureau à côté de l'*Encyclopædia Britannica* reliée de cuir bordeaux : un cendrier bleu et blanc, un plateau en mosaïque fabriqué avec les tessons de vieilles assiettes, plus tardivement le petit tableau d'un stand de hot dogs au coin d'une rue et celui de la pointe de l'Empire State Building perçant une quantité improbable de cumulus. Son père avait porté le deuil de la carrière de peintre de sa fille. Il ne l'avait jamais dit, mais elle savait qu'il considérait la photographie comme une activité artistique de second plan.)

« Je suis allé voir Pop la semaine dernière, marmonna Ben, la bouche pleine de farce.

— Comment va-t-il ?

— Bien. Il va toujours bien. On a regardé les informations et le match des Giants. Sonya nous a préparé une sorte de goulache. »

(Peut-être Sonya avait-elle été bonne cuisinière autrefois, mais des dizaines d'années passées à préparer les repas de la famille Winter avaient nivelé ses talents par le bas. La mère de Rebecca avait une préférence pour ce que Peter appelait les « repas presbytériens » : du poulet à la crème, du jus de tomate et des crackers.

« En tant qu'Anglais, je suis parfaitement à l'aise avec la nourriture servie chez tes parents, chérie », avait dit Peter à l'époque où il tenait encore à charmer, avant que Rebecca ne découvre qu'en fait « chérie » n'était pas un terme d'affection mais une convention sociale britannique qui pouvait tout à fait signifier son contraire.)

« Tu es allé voir Nana aussi ? demanda Rebecca.

— Nan. Je veux dire, à quoi bon ? Elle me prend pour le type qui passe la serpillière. Ou elle ne s'aperçoit pas de ma présence parce qu'elle joue du piano.

— Ta grand-mère joue du piano ? » intervint Amanda.

La pauvre fille… Ses remarques tombaient comme des pierres dans la mare de leur conversation, où elles disparaissaient vite au fond. Rebecca en tenait Ben pour responsable. Il choisissait toujours des femmes qu'il pourrait quitter sans regrets.

« Tout le temps », dit-il.

Même avant, Bebe était dans une bulle quand elle jouait du piano. Rebecca aurait pu (ou pensait qu'elle aurait pu) entrer dans l'appartement avec un garçon, l'emmener dans sa chambre, faire bruyamment l'amour avec lui et le raccompagner, nue, que sa mère serait imperturbablement allée au bout du deuxième mouvement de la *Pathétique.* S'il y avait eu un garçon et si elle avait été ce genre de fille. Au lieu de cela, elle apprenait ses maths ou son histoire américaine tandis que les murs de sa chambre vibraient.

« Ma mère est atteinte de démence, expliqua-t-elle. Nous ne savons pas ce qu'elle voit ou perçoit exactement.

— Ah ouais ? Vraiment, maman ?

— Est-ce que Pop a demandé si tu étais allé la voir ?

— Bien sûr. J'ai dit que oui. J'ai dit qu'elle avait demandé de ses nouvelles. »

Rebecca put presque entendre le grognement de Sonya en réponse à ce mensonge. Ben était comme son père : il mentait sans hésiter, mais, contrairement à Peter, il le faisait la plupart du temps pour une bonne cause. Il ne mentait jamais à toutes ces jeunes femmes au moment de les quitter. Au contraire, il disait la vérité sans les épargner. En cela aussi, il était un peu comme son père.

« Cette tarte est délicieuse, dit Amanda un peu plus tard. Est-ce que je pourrais avoir la recette ? »

Ah ! Les petites amies, si transparentes ! Bien sûr,

Rebecca avait elle-même été une petite amie assurant à la belle-mère de Peter combien elle espérait apprendre à préparer le *trifle*. « Pour cela, vous devrez vous adresser à notre gouvernante », avait répliqué la femme. À l'époque, Rebecca avait attribué sa froideur au caractère anglais, puis elle avait appris que la belle-mère de Peter n'avait jamais préparé ne fût-ce qu'une tasse de thé de ses propres mains. (Par la suite, elle s'était demandé si cette froideur était une attitude défensive tenant à son statut de deuxième épouse. Peut-être que la famille de Peter avait bien aimé la première, ou qu'elle l'aimait bien maintenant qu'elle n'était plus épouse du tout.)

« J'ai suivi la recette sur la boîte de garniture pour tartes, admit Rebecca qui sentait déjà qu'elle ne reverrait pas Amanda.

— C'est très bon, dit Ben en passant le bras sur les épaules de sa mère et en l'embrassant sur les cheveux. Tout était très bien. Comme toujours. »

Des restes de dinde

« Je peux vous offrir un peu de la dinde qui nous reste ? demanda Rebecca le samedi suivant quand Jim Bates la déposa dans l'allée devant sa maison.

— C'est très gentil à vous de le proposer, répondit-il. Mais voici comment ça se passe ici pour un homme célibataire : toutes les femmes de la ville vous offre des restes de dinde. C'est une orgie de dinde. En plus, et en un mot : Sarah.

— Un plateau de restes ?

— Une dinde entière.

— Elle vous a cuisiné une dinde entière ? (Il hocha la tête.) C'est très prévenant.

— La dinde fait dix kilos. »

Rebecca commença à rire et bientôt Jim Bates l'imita. Chacun nourrit l'hilarité de l'autre jusqu'à ce que l'étroite cabine de la camionnette, qui sentait le goudron, la colle et le beurre de cacahuète, résonne de leur rire. Compte tenu de la situation, c'était un peu excessif.

« Très, très prévenant, répéta Rebecca en descendant après avoir attrapé son appareil à l'arrière.

— D'autant que je n'aime pas tellement la dinde », dit-il, ce qui les fit à nouveau éclater de rire.

Leur matinée de travail avait été fructueuse. La luminosité était forte et limpide malgré la couverture des arbres, et dans l'air frais les grands oiseaux les avaient survolés, parfois en plongeant et en traçant des cercles de plus en plus bas, presque comme s'ils posaient pour la photo. Jim Bates avait jeté un œil à l'écran de son appareil, étudiant la photo d'un pygargue à tête blanche en plein vol.

« C'est magnifique », avait-il dit, et elle s'était demandé s'il parlait de l'oiseau, de la photo ou des deux.

« Même heure demain ? demanda-t-il.

— On devrait faire des sandwichs à la dinde !

— Je n'aurais pas dû dire ça à propos de Sarah, déclara-t-il. C'est une gentille femme. Elle a préparé tout un tas de dindes, pour l'église, pour moi... Je suis une soupe populaire à moi tout seul, on dirait.

— Elle a préparé la nôtre aussi. La bestiole était trop grande pour le four ici.

— C'est un four d'époque que vous avez là, et en plus il est électrique. Quel dommage.

— Je regrette le jour où je vous ai fait la remarque, que vous n'allez certainement jamais me laisser oublier.

— Vraiment tragique », dit Jim Bates.

Lorsqu'elle entra dans la maison, Ben était à la fenêtre. Rebecca posa la sacoche sur la table à manger.

« Qui est-ce ? demanda Ben.

— L'homme avec qui je travaille. Il est couvreur.

— Tu travailles avec un couvreur ?

— Il piste aussi les oiseaux pour l'Office de la faune sauvage de l'État. Je prends des photos d'oiseaux pour eux. »

Ben posa le sandwich qu'il tenait à la main. Rebecca ne put s'empêcher de remarquer qu'il s'agissait d'un sandwich à la dinde.

« Tu photographies des oiseaux pour l'État ?

— Pourquoi pas ? C'est un service public. »

On aurait dit qu'elle parlait du travail bénévole qu'elle avait de temps en temps effectué en ville pour certaines organisations caritatives. Elle s'efforça de ne pas penser au chèque de 400 dollars reçu la semaine précédente, ni à sa joie en trouvant l'enveloppe à fenêtre caractéristique.

« Si toi, tu prends les photos, qu'est-ce qu'il fait, lui ?

— Il piste les oiseaux avec un dispositif pour lire leur puce de surveillance. S'il en voit un qui n'est pas bagué, il le note.

— Et il est couvreur ?

— C'est lui qui m'a débarrassée du raton laveur qui vivait dans la maison quand je suis arrivée. »

Amanda, en tenue de gym, entra en attachant ses cheveux fauves avec une pince. Elle avait invité Rebecca à se joindre à elle pour une séance de yoga, mais celle-ci avait décliné l'offre.

« Je regrette, mais je ne comprends toujours pas pourquoi il avait besoin de tuer ce pauvre animal, dit-elle, et Ben leva les yeux au ciel. Moque-toi de moi, ça m'est égal. (Amanda se colla contre le dos de Ben.) Je continue à penser que c'est un procédé barbare.

— Il est grand, commenta Ben.

— J'ai pris de bonnes photos, aujourd'hui.

— Tu aurais dû l'inviter à entrer.

— C'est juste un boulot, Benjamin.

— Arrête de faire ta lady Chatterley avec moi, maman, dit Ben qui se dégagea d'Amanda.

— Benjamin !

— C'est bon, c'est bon.

— Je sais que je devrais comprendre l'allusion, mais j'ai étudié l'histoire de l'art, annonça Amanda.

— Ce n'est pas nécessaire, répliqua Rebecca en jetant un regard irrité à son fils.

— J'ai touché une corde sensible ? demanda celui-ci.

— Il reste assez de dinde pour un sandwich ? » s'enquit Amanda.

Malgré elle, Rebecca éclata de rire.

« Ne faites pas attention à moi, dit-elle en réponse aux regards interrogateurs de Ben et d'Amanda. J'en prendrai un, moi aussi. »

Le chien revient, et reste

Le chien revint le lundi. Rebecca se sentait abattue. Elle détestait voir partir Ben, et elle aimait lui donner un petit chèque quand il s'en allait. Mais il avait rejeté son offre d'un geste, au moment de leur départ le dimanche après-midi. « Pop m'a donné de l'argent », avait-il affirmé, et que pouvait-elle arguer en retour ? Que son père était resté bloqué en 1958 et qu'un billet de 20 dollars tout neuf était sa notion du cadeau généreux ? Elle aurait bien aimé avoir quelques billets de 20 dollars tout neufs, elle aussi, pour tenir compagnie aux billets de 1 dollar dans son portefeuille…

(« Ta mère et l'argent…, avait l'habitude de dire Oscar à Ben. C'est pour ça qu'elle a laissé tomber la peinture pour ces images qu'elle prend : pour l'argent. Le *dinero*. Les *shekels*.

— Ce sont des photographies, Pop, pas des images.

— Du pareil au même », rétorquait invariablement son grand-père.)

À l'aube, Rebecca jeta les draps usés de la chambre d'ami dans l'antique machine à laver, puis alla s'affairer dans la cuisine en faisant du bruit. Même ici, à l'abri des épais murs qui l'isolaient de l'extérieur, elle pouvait entendre les coups de feu des chasseurs dans les bois environnants. Elle n'avait aucune idée de combien de temps cela allait durer, elle ignorait les règles. Jim Bates aurait pu la renseigner, mais il avait cette façon de parler des choses… comme si elle comprenait déjà tout. C'était aussi flatteur qu'embarrassant, puisque la moindre question ne pouvait que révéler son ignorance.

Maintenant, elle savait à quoi ressemblait un coup de feu. C'était plus qu'un bruit : on le ressentait à l'intérieur de soi, comme le tonnerre ou du verre qui se brise. Le propriétaire du cottage avait placé des panneaux interdisant la chasse sur ses terres mais, au fil des saisons, le soleil et la pluie les avaient desséchés et racornis pour les rendre illisibles. Elle sursautait à chaque coup de feu.

Jim Bates lui avait donné un énorme blouson orange en disant :

« Vous en aurez besoin. À votre place, je resterais près de la maison pendant les premiers jours. Il n'y a que les malins qui continuent après le mercredi, et les malins restent loin des maisons. »

Elle était déterminée à vaquer à ses occupations sans tenir compte des balles qui sifflaient dans les arbres. Lors de cette première matinée de chasse pendant laquelle les tirs ne cessèrent jamais, sa sortie ne la mena pas très loin. Comme en réponse aux souhaits de son fils, elle trouva une autre croix tout de suite, sur la pente près de la maison. L'idée que quelqu'un eût placé la croix à cet endroit la mit mal à l'aise. Elle pensa à Ben et Amanda dans la chambre d'ami, au déjeuner tardif à la table de la cuisine, à la vaisselle qu'elle avait lavée après leur départ, à son propre visage triste et un peu flasque ; tout cela aurait pu être vu depuis l'extérieur par un regard indiscret, comme celui de la personne qui avait déposé la croix. La terre n'était toutefois pas remuée, et les couches successives de feuilles amassées au fil des années faisaient comme un épais oreiller. Au début de ses randonnées, la mousse et la terre spongieuse lui avaient fait craindre un sol poreux, instable, en quelque sorte vivant ; maintenant, il lui était devenu familier, elle s'était habituée au bruit sec des branchages remués par le moindre souffle de vent et au fracas occasionnel causé par un cerf apeuré. Elle s'était approprié ces bruits, les avait gravés en elle pour s'empêcher de sursauter et les remarquait à peine. Mais l'idée que quelqu'un se soit approché autant de la maison, que peut-être il ait observé sa silhouette solitaire découpée dans la lumière de la lampe, lui donnait des frissons.

La croix était accompagnée d'une poupée en robe rose. Les cheveux avaient été lavés, transformant la coiffure soignée du fabricant en un enchevêtrement jaunâtre. Gamine, Rebecca aussi avait donné un bain à sa poupée, et le résultat avait été le même. Accrochée à la croix, elle découvrit un minuscule médaillon en forme de cœur, pas plus grand que l'ongle du petit orteil. La poupée était assise, le regard vide, ses jambes en plastique repliées. Avant même de lever son appareil, Rebecca sut que ces photos seraient remarquables.

Elle les prit tandis que le blouson orange bruissait au rythme de ses mouvements.

Depuis quelque temps, elle ressentait le besoin, vers 4 heures de l'après-midi, de faire une sieste. Sa vision se brouillait, tout comme son esprit, tandis qu'elle s'efforçait de lire *Les Buddenbrook* ou *Middlemarch*. L'idée de rejoindre la catégorie de personnes qui passent leurs après-midi à dormir lui donnait des sueurs froides, alors elle se forçait à sortir, à ponctuer ses journées de balades dans le but de faire taire ses pensées. Le matin, tout allait bien, mais les fins d'après-midi, de moins en moins lumineuses et de plus en plus précoces, devenaient difficiles. Elle éprouvait un étrange désir, mais de quoi au juste ? Pas de la ville, qui était devenue une sorte de pays étranger dont on pouvait se souvenir comme d'un endroit agréable mais lointain. Si elle s'y était trouvée à l'instant présent – se promenant parmi les étals du marché avec leurs pyramides de fruits brillants qui parfois roulaient sur le trottoir, entrant dans une pharmacie pour acheter du shampoing et une lotion pour le corps hors de prix, longeant des vitrines pleines de jolis vêtements superflus (une fois, elle avait acheté un chemisier en lin pour découvrir, une fois chez elle, qu'elle en possédait un presque identique) –, elle aurait été convaincue de ne plus pouvoir s'en éloigner. Mais, vue d'ici, cette vie semblait aussi irréelle que les images d'un film. Était-ce ainsi que ses grands-parents avaient réussi à laisser derrière eux le vieux pays ? Celui-ci avait-il cessé d'exister en tant que réalité, une fois disparu derrière l'horizon ? S'étaient-ils dit qu'un jour ils y retourneraient ?

Elle avait été surprise, quelque temps après les événements, de découvrir qu'elle éprouvait la même chose au sujet de Peter et du divorce : pas de douleur, simplement une désagrégation. Son mariage s'était apparenté à une robe de soie neuve, fluide, magnifique ; après un certain temps, les bords des manches devenaient gris, une tache de vin indélébile défigurait le devant, l'ourlet se défaisait. Si son aventure avec Peter s'était arrêtée au bout de six mois, le souvenir en aurait été merveilleux. En amour, pourtant, personne n'avait jamais su s'arrêter au bon moment, et l'amour pouvait se transformer en une amitié bizarre et insatisfaisante, ou bien se noyer dans l'aigreur des récriminations mutuelles et des regrets. La robe de soie était remisée au fond de l'armoire, usée et vieillotte, embaumée dans du plastique pour son statut symbolique.

La nuit prenait le pas sur le jour plus vite maintenant, elle absorbait la lumière et la distillait en lune argentée dans le ciel. Parfois, Rebecca ne rentrait de ses balades qu'à la tombée de la nuit. La seule lumière provenait alors du drapeau blanc qui flottait sur la maison et d'un lampadaire branlant qu'elle laissait allumé.

Ses randonnées faisaient passer le temps, mais, en ce premier jour de chasse, elle savait que c'était dangereux. Dans la lumière grise du jour qui s'estompait, le blouson orange avait pris une teinte terreuse et n'était plus assez voyant pour que l'on pût la distinguer entre les arbres.

Le chien était allongé sur l'une des marches à l'arrière de la maison, la tête posée entre ses pattes.

En le découvrant, Rebecca plissa les yeux. Les tirs avaient cessé et, hormis le claquement de la longue queue du chien sur la pierre, tout était silencieux.

« Tu n'habites pas ici, dit-elle. (Le chien se leva.) Rentre chez toi. (Il s'assit et la regarda attentivement.) Je n'aime pas beaucoup les chiens. (Il pencha la tête comme s'il hésitait entre : a. Pas de problème, les autres personnes avec qui j'ai vécu non plus ; b. Menteuse. Il se décida pour cette dernière option, avança et renifla sa main, puis la lécha et s'installa à ses pieds.) Tu ne peux pas entrer dans la maison », fit-elle en ouvrant la porte et en pensant à toute la viande de dinde dans le réfrigérateur.

« Je crois que j'ai un chien », déclara-t-elle à Ben une semaine plus tard.

Elle l'appelait de la station-service où elle faisait le plein en regardant nerveusement le compteur s'emballer.

« Tu es allergique, dit Ben.

— Ça, c'est ton père.

— Je me le demande. Sa nouvelle femme a un chien. Un épagneul, je crois. Ou peut-être pas. C'est peut-être un de ces chiens hypoallergéniques. Tu avais envie d'un chien ?

— Non. Il est simplement apparu. Il est de bonne compagnie.

— C'est bien. Un peu de compagnie te fera du bien. »

Parfois, Rebecca aurait voulu qu'il fût moins gentil avec elle. Elle espérait qu'il n'y avait pas de désir inconscient de se venger de sa gentillesse, ou de ses remarques sur ses photographies d'oiseaux, ou sur Jim Bates, derrière la remarque qu'elle fit ensuite :

« Amanda a l'air gentil.

— Tu parles », répondit Ben.

Assis dans un arbre, encore

Trois événements se produisirent au début du mois de décembre.

Les charges d'entretien de l'immeuble new-yorkais furent augmentées de 10 % pour la réfection du toit (1 540 dollars).

La maison de soins où vivait Bebe annonça elle aussi une augmentation des charges mensuelles, répercussion de la hausse du prix du fuel et des salaires (2 210 dollars).

Rebecca se retrouva à court de bois de chauffage.

Assez bizarrement, ce fut ce dernier désagrément qui lui sembla le pire, ou du moins le plus réel. Cela lui rappela le moment où on lui avait remis les papiers du divorce. (Peter avait voulu accélérer la procédure afin de pouvoir se remarier au mois de juin, vu que sa fiancée était enceinte de quatre mois. Au fait, était-il possible d'être à la fois marié et fiancé sans appartenir à une secte mormone ?) Au moment d'ouvrir la porte au séduisant huissier de justice latino, Rebecca s'était cogné un orteil contre l'obélisque de pierre qui lui servait de butoir (elle en avait d'ailleurs fait l'acquisition durant leur lune de miel, au grand dam de Peter : « Voilà exactement le genre d'objet qui vous ralentit à la douane ») et se l'était fracturé. Pendant une semaine, elle avait été obsédée par lui, à cause des chaussures qu'elle pouvait ou ne pouvait pas porter ; elle l'avait bandé et avait suivi la lente progression de sa coloration, qui était passée, en sens inverse, par toutes les couleurs de l'arc-en-ciel.

Son orteil l'avait empêchée de penser à son avenir. Le bois de chauffage l'empêchait de penser à ses finances.

Elle acheta plusieurs stères de bois chez un homme qui en avait tout un stock dans son camion garé à côté de la station-service. Elle savait que cette quantité serait vite épuisée, mais elle n'avait pas assez de liquide pour plus, et l'homme ricana quand elle proposa de payer par carte. Quand Jim Bates vint la chercher le samedi matin, il aperçut le bois entassé près de la porte d'entrée. Il prit aussitôt une mine courroucée, un peu effrayante.

« Vous avez acheté ce bois à Kevin ?

— Je l'ai acheté à la station-service. Pourquoi ?

— N'achetez pas de bois de chauffage. La forêt est pleine de bois qui n'attend que d'être fendu. J'ai un fendeur de bûches, je peux m'en occuper.

— Kevin, le mari de Sarah ? demanda Rebecca.

— Oui. Peu importe, je m'en occuperai », répondit-il en montant dans la camionnette.

Le café était si sucré ce matin que Rebecca avait l'impression de boire du sirop aromatisé, mais dans le mirador sa chaleur était la bienvenue. On dit que la chaleur monte, mais le froid semblait faire de même. Elle se pencha sur l'ouverture de la Thermos et la vapeur enveloppa son visage, mais son nez resta engourdi. En s'adossant au tronc de l'arbre, elle put sentir l'écorce sous les couches successives de sa parka en duvet, son pull et ses sous-vêtements d'hiver. Elle s'était offert ces derniers comme cadeau de Noël anticipé. Les Greifer – bénis soient-ils –, toujours les premiers à acheter son travail, avaient fait l'acquisition d'une de ses photos du muret. Ils n'avaient pas choisi la plus grande, mais elle s'était retrouvée avec 300 dollars dans son portefeuille et dix fois plus sur son compte en banque. Elle avait songé à retourner dans son appartement après son semestre à Carnegie-Mellon, où ils étaient certes heureux et même enchantés de l'accueillir, mais réfractaires à l'idée d'augmenter son traitement. (À en juger par le ton jovial des messages du directeur, il devait la penser âpre au gain, une femme nantie et célèbre qui essayait néanmoins de soutirer toujours plus d'argent au département des beaux-arts.)

Elle avait fait un chèque à Ben et acquis une paire de véritables chaussures de marche. Pendant quelques jours, la vente d'une seule photographie lui avait donné un sentiment illusoire de prospérité. La vie ici n'était-elle pas tellement meilleur marché ? Elle n'avait pas acheté de vin depuis Thanksgiving, et les deux robes qu'elle avait apportées, au cas où, pendaient dans l'armoire, ignorées comme des invités qui se sont trompés d'adresse.

Puis elle avait appris les nouvelles concernant les frais d'entretien et de la maison de soins, et c'en avait été fini de sa sérénité. Toutes les peurs dont on faisait l'expérience – en chutant d'une grande échelle ou en nageant dans des courants dangereux – laissaient un traumatisme, et plus jamais elle ne pourrait étudier ses relevés de compte sans une boule glaciale dans sa poitrine et le cœur battant. Des années auparavant, une jeune employée de banque en blazer bleu lui avait demandé si elle souhaitait une autorisation de dépassement, et sans réfléchir elle avait répondu : « Pourquoi pas ? » Lorsqu'elle s'en était souvenue, peu de temps auparavant, un sentiment d'euphorie s'était emparé d'elle, jusqu'à ce qu'elle prît conscience que pouvoir faire des chèques sans provision n'était en aucun cas un motif de réjouissance.

« Vous avez eu un cerf ? demanda-t-elle à Jim Bates, histoire de se changer les idées.

— J'en ai eu deux, un mâle et une biche. Un mâle à dix cors. Ça veut dire qu'il a des bois avec dix pointes.

— Je l'avais déduit. Ça fait beaucoup de viande pour une personne.

— J'ai assez pour remplir votre congélateur.

— Ce n'est pas ce que je voulais dire.

— Je sais. Mais j'en distribue beaucoup. J'ai du bon filet, et quelques côtes. Et quand on sait cuisiner, on peut faire un délicieux chili avec du gibier haché.

— Je sais cuisiner.

— Eh ben, voilà.

— J'ai un chien, dit Rebecca à voix basse.

— Vous êtes allée au refuge ou vous avez acheté un chien à la mode ? Personnellement, j'aime bien les labradors, il y en a même au refuge. Autrement, il faut débourser plus de 1 000 dollars pour un chiot labrador.

— Ce n'est certainement pas un chien de race.

— Je me posais simplement la question. Je suppose que la plupart de vos connaissances ont des chiens de race. »

L'espace d'un instant, elle imagina les cockapoos, teckels et shih tzus de Central Park égarés dans la forêt, des feuilles sèches accrochées dans leurs poils soyeux, et les jappements des yorkshires tournant frénétiquement sur eux-mêmes : « Au secours ! Au secours ! Je viens juste d'être toiletté ! » Elle essaya de refouler le rire qui montait et qui émergea comme un éternuement étranglé.

« Bon, laissez tomber. C'est juste comme ça que je vois les gens de la ville avec des chiens. En plus, vous êtes célèbre. J'ai regardé sur Internet. Trois millions d'occurrences.

— Trois millions, répéta-t-elle.

— C'est plutôt célèbre, je dirais.

— Il fut un temps où j'étais connue. Je ne dirais pas célèbre. Je ne le dirais certainement plus maintenant. C'est difficile à expliquer. D'abord vous avez une vie, et puis vous en avez une autre… Désolée, ça doit paraître bizarre.

— En fait, non. C'est ce qui arrive à tout le monde. Vous voulez un beignet ? »

Chacun appréciait chez l'autre sa capacité à se concentrer sur une chose précise : photographier, réparer les toits, observer les oiseaux, manger. Ils ne parlèrent pas en mangeant, un beignet pour elle, deux pour lui. Ils burent du café. Ils se sentaient à l'aise dans leur silence. Jim Bates ne voyait là rien de spécial, contrairement à Rebecca qui avait passé sa vie à New York où même un trajet en taxi vous exposait à une longue liste de doléances, qu'elle vînt d'un immigrant nouvellement arrivé qui se plaignait de la discrimination ou d'un New-Yorkais de longue date qui détestait les nouveaux immigrants.

« Il y a vingt ans, j'étais dans l'armée en Caroline du Sud, raconta Jim après s'être essuyé les mains avec une serviette. J'étais marié à une fille du nom de Laura. (Il sourit.) Elle avait des cheveux blonds, et quand je la regardais sortir d'une pièce, elle faisait ce truc… remuer les fesses. »

Rebecca prit une gorgée de café. Elle imaginait très bien Laura remuant les fesses. Elle la voyait en short bleu et débardeur rayé. Les blondes portaient toujours du bleu, contrairement à Rebecca qui n'en portait jamais.

« Puis mon père est tombé d'un toit. C'était la dernière chose à laquelle on s'attendait. Il crapahutait sur les toits depuis l'âge de treize ans, vous savez. Puis un jour il a glissé, il est tombé et il est mort sur le coup. En vérité, je ne sais pas, peut-être qu'il n'est pas tombé comme ça. Un des ambulanciers a dit qu'il avait peut-être eu une crise cardiaque, ou un infarctus, et qu'il était tombé après. Peu importe. Il est mort, alors je suis rentré. Ma mère était déjà partie à ce moment. Elle avait eu un cancer du sein. Elle était professeure de collège. Mille personnes sont descendues dans la rue pour son enterrement. Je ne m'en souviens pas très bien, mais je me rappelle tous ces gens. C'était une bonne enseignante, et moi aussi j'ai été son élève. C'était bizarre. "Monsieur Bates, voulez-vous venir au tableau et résoudre le problème numéro trois ?", vous voyez.

— Ç'a dû être difficile.

— À vrai dire, j'adorais ça. "Monsieur Bates", et puis, à la maison, je redevenais "Jimmy".

— Vous l'aimiez. »

Il attrapa la Thermos et but directement au goulot. Rebecca regarda sa pomme d'Adam descendre, monter, descendre…

« Oh oui, dit-il en s'essuyant la bouche du revers de la main, comme s'il avait besoin d'un geste viril pour contrebalancer son émotion.

— Elle vous aimait.

— Oui. C'était ma mère, non ? Ça vient avec la fonction.

— Ma mère n'est pas ce genre de mère.

— Je comprends. J'avais un pote dont la mère n'était pas ce genre de mère non plus. Et votre père ?

— Mieux. Bien, je suppose. Un peu étrange. Maintenant, il est un peu distrait.

— Oui, je comprends. Pour être franc, mon père n'était pas des plus futés. Je pense que ma mère l'a épousé parce qu'il était grand et bien de sa personne, un de ces grands types blonds, vous savez. »

Rebecca sourit en inclinant la tête, et Jim Bates devint rouge comme une pivoine. Ce regard était la chose la plus aguichante qu'elle eût faite en soixante ans d'existence, et sans même l'avoir prémédité.

Il rougit au point de ressembler à un feu de position. Rebecca rougit à son tour.

« Qu'en est-il de vos parents ? finit-il par demander. Ils s'entendent bien ? Ils sont toujours mariés ?

— Oh oui, ils sont toujours mariés. Jusqu'à ce que la mort les sépare… Leur mariage reste un mystère pour moi. C'en était probablement un pour eux aussi. Peut-être est-ce le cas de tous les mariages. (Elle haussa les épaules.) Je n'aime pas cette façon de ressasser les histoires de famille…

— C'est la chose la plus importante, affirma-t-il d'un ton catégorique. Pas un jour ne passe sans que je pense à ma mère. À mon père aussi, mais différemment – c'est plus professionnel, vous savez, comment il ferait dans tel ou tel cas. Vous avez des frères ? Des sœurs ?

— Aucun.

— Vraiment ?

— Et vous ?

— J'avais un frère. Il s'appelait Jack. Il est mort d'une méningite à sept ans. Il était mon aîné de deux ans. J'ai aussi une sœur qui a huit ans de moins que moi. Elle s'appelle Polly.

— C'est un joli nom, un peu vieillot.

— Son vrai prénom est Priscilla. Elle n'en a plus voulu quand elle est entrée à l'école primaire et l'a changé elle-même. Notre mère disait qu'elle en avait le droit, à condition de garder le P. Je pense qu'elle craignait de la voir choisir Nicole ou Danielle, ou quelque chose de ce genre.

— Vous la voyez souvent ?

— Tous les jours. »

(Sans beaucoup d'efforts, Rebecca imagina très bien Polly Bates, ou quel que fût son nom maintenant puisqu'elle était sûrement mariée. Ses cheveux clairs étaient un peu plus foncés, ses joues roses un peu plus pleines ; deux enfants plus grands et peut-être un petit bambin lui laissaient tout juste le temps d'enfiler un survêtement le matin et de ramasser ses cheveux en queue-de-cheval. « Voici oncle Jim, disait-elle quand il arrivait en fin de journée. Occupe-t'en avant que je ne les enferme dehors, Jim. Donne-moi cinq minutes pour respirer. »)

« Vous l'aimez bien ? » demanda-t-elle.

Il sortit du sachet un autre beignet. La lumière se faufilait entre les sommets des arbres, une lumière terne d'une journée d'hiver nuageuse. Il prit son temps pour mâcher.

« Oui, répondit-il finalement, oui, je l'aime bien. (Il inspira profondément.) Elle a eu des problèmes de santé. Un tas de trucs, depuis longtemps. »

(La mère échevelée et soucieuse en survêtement disparut ; les enfants devinrent plus calmes, plus prudents ; elle portait un foulard sur la tête. Cancer du sein. Les hommes détestent parler du cancer du sein. Sa mère, sa sœur…)

Elle posa une main sur son bras.

« Je suis désolée », dit-elle, et il hocha la tête.

C'était la plus longue conversation qu'elle eût partagée avec qui que ce fût depuis un certain temps. Peut-être la plus longue avec un homme, si l'on exceptait Ben. Elle avait pensé avoir de longues et intéressantes conversations avec Peter après leur mariage, mais il s'était avéré que, dans les cercles new-yorkais qu'ils fréquentaient, les hommes pontifiaient en public tandis que les femmes se taisaient pour les écouter.

À la maison, ils semblaient se préparer au prochain round de grandiloquence en se taisant. Peut-être était-ce ainsi dans tous les mariages.

Un pygargue les survola, décrivit quelques cercles et se posa sur un arbre voisin. Une branche gênait la prise de vue de Rebecca.

« Mauvais angle, dit-elle.

— D'accord, mais on passe du bon temps, non ? (Il lui tendit la Thermos et elle but au goulot, comme il l'avait fait. Il aurait été grossier de refuser.) Rendez-vous compte : on est payés pour s'asseoir et parler. Les gens comme vous paient généralement quelqu'un pour écouter leurs problèmes, non ?

— J'ai réussi à éviter ce piège-là, dit Rebecca.

— Bravo, fit-il en souriant.

— Qu'est-il arrivé à Laura ? » demanda-t-elle après une autre gorgée de café.

Elle voulait que leur conversation continue.

« Elle détestait le froid, déclara Jim. Elle est partie en Floride. »

Aucun risque

Quand Jim Bates était enfant, sa mère lui avait affirmé que les maisons possédaient chacune une personnalité. Il n'y aurait pas nécessairement pensé lui-même, mais quand les choses avaient été dites, on ne pouvait plus les ignorer, comme des poils disgracieux dans le nez ou le boitillement de quelqu'un.

La maison où vivait sa famille était chaleureuse, peut-être un peu trop proche de la route, avec une véranda sur toute la longueur et une étroite porte bleu foncé au milieu. Elle était petite et trapue, avec un air amical. Leur rue comptait de nombreuses habitations du même genre, et longtemps Jim s'était figuré que toutes les habitations étaient comme celles-ci. Puis un jour, alors qu'ils apportaient à déjeuner à son père sur un chantier, il s'était rendu compte de son erreur. Cette maison-là était hautaine, avec des vitraux au-dessus des doubles portes. Elle était vieille, victorienne, immense, avec un plan anarchique ; une maison dont les propriétaires ne touchaient jamais eux-mêmes un balai ou un aspirateur. Peut-être l'avait-il trouvée hautaine à cause de la femme qui était apparue tandis qu'ils mangeaient leurs sandwichs, ses parents assis sur le hayon du break, Polly et lui par terre. La femme portait des gants blancs ornés de fleurs roses (des gants de jardinage, avait dit sa mère, ce qui avait paru très stupide aux yeux de Jim) et un énorme sécateur. « Alors, comme ça, on vient en famille ? » avait-elle dit avec un faux sourire, et sa mère avait rougi.

« La reine des glaces, avait marmonné sa mère avec un regard dans le rétroviseur, tandis qu'ils s'éloignaient une fois leur déjeuner terminé.

— J'ai bien aimé sa robe », avait chuchoté Polly, qui avait quatre ans.

À partir de ce moment, Jim avait commencé à croire que les gens habitaient des maisons qui leur ressemblaient. Ainsi, quand il n'était pas déguisé, Tad faisait penser à une de ces bâtisses carrées posées sur un bout de pelouse typiques de la Nouvelle-Angleterre, et il se trouvait que c'était bien là qu'il vivait et avait toujours vécu. Sarah aurait dû vivre dans une demeure de style colonial hollandais, au toit pentu et avec des fenêtres qui semblaient vous faire un clin d'œil. Si sa maison était sans personnalité, du genre chalet, au bout d'une allée de graviers à l'extérieur de la ville, c'était qu'elle était assortie à son mari : bon marché, mal conçue et insignifiante.

(« 45 dollars », avait-il dit, posté devant Kevin à la station-service. Kevin jetait des regards affolés à droite et à gauche, et Jim en conclut que celui-ci savait très bien pourquoi il se trouvait là, la main tendue. Kevin n'avait pas l'argent sur lui ; plus tard, avec quelques bières dans le nez, il se convaincrait que, de toute façon, il ne l'aurait pas donné à Jim.

« Si je te reprends à vendre à cette femme, ou à n'importe qui d'autre, du sapin bon marché pour du bois de chauffage, tu devras ôter une bûche de ton cul pour pouvoir t'asseoir », avait ajouté Jim, qui ne parlait jamais comme ça et avait la réputation d'être toujours correct, alors qu'il exerçait une profession où le langage grossier est la règle.

« Va te faire foutre », avait dit Kevin, après le départ de la camionnette.)

Des maisons à l'image de Rebecca, Jim n'en avait vu que sur des photos. Le genre de maison de ville droite et bien proportionnée, en brique ou en pierre calcaire, qui ne révélait rien. Peut-être sa maison new-yorkaise ressemblait-elle à ça. Le cottage n'avait jamais eu le temps de développer une personnalité propre. Un type du coin l'avait bâti pour servir de pavillon de chasse, juste après avoir quitté l'armée à la fin de la guerre de Corée, avant de se rendre compte qu'en fait il préférait s'installer dans le Sud. Il l'avait vendu à un couple qui voulait créer un camp de vacances dans la région et qui avait fini par se séparer. L'homme était parti dans le nord de l'État, où il vendait des lampes ; la femme était restée un an de plus avant de remettre la maison sur le marché.

Celle-ci, n'étant ni jolie ni bien isolée, était demeurée inoccupée pendant trois ans avant d'être achetée par un jeune couple d'instituteurs qui ne pouvaient pas s'offrir autre chose. Ils avaient tenu le coup dix ans, mais trois hivers très rudes consécutifs les avaient renvoyés dans un petit cube en ville, de ceux qui gardaient convenablement la chaleur à l'intérieur. Le cottage avait été loué à des collègues qui avaient habité là pendant deux ans avant d'acheter vingt hectares de terrain et d'y construire un ranch avec une écurie ; par la suite, ils avaient découvert que prendre soin de chevaux représentait bien plus de travail qu'ils ne l'avaient imaginé.

Après, un éditeur new-yorkais avait loué le cottage pour un été, puis pour un an, puis deux. À la fin, il en avait fait l'acquisition comme résidence secondaire. À sa mort, son compagnon architecte en avait hérité et, d'après la rumeur, il y passait ses journées assis sur une souche à pleurer. (C'était la vérité. Il avait vraiment été profondément amoureux de l'éditeur, ce qui ne l'avait pas empêché d'avoir fréquemment des relations sexuelles avec d'autres hommes.) L'architecte avait décidé de louer la maison, et une série d'artistes s'y étaient succédé. Rebecca était la dernière en date.

C'était comme une maison adoptée, passée de main en main sans amour ni entretien ou décoration, une boîte en bois avec des fenêtres qui fermaient mal et une chasse d'eau inadaptée. Chaque fois que Jim Bates se garait devant la porte, il pensait que, si le cottage était à lui, il construirait une grande véranda sur le devant et une autre abritée à l'arrière, il installerait des fenêtres plus grandes et créerait une espèce de solarium qui recevrait la lumière passant entre les arbres. Il accrocherait une mangeoire pour les oiseaux devant la véranda, même en sachant que les ours seraient tentés de l'arracher.

Telle qu'elle était, la maison ne convenait pas à Rebecca Winter. Elle manquait de corps et de personnalité. Jim aimait les objets qui étaient ce qu'ils devaient être, comme les boîtes à biscuits sur lesquelles était écrit « Biscuits », pas en forme de bouledogue ou de gros pâtissier. Il considérait que Rebecca Winter ressemblait à ce qu'elle était, peut-être à cause de ses vêtements sombres, sans froufrous ni boutons fantaisie, ou de ses ongles coupés court et dépourvus de vernis. Peut-être à cause de ses cheveux. Il appréciait le fait qu'elle n'en fît rien, à part les repousser derrière les oreilles quand elle était occupée. Pour ce qu'il en savait, elle ne se maquillait pas, se contentant d'ouvrir de temps en temps une petite boîte ronde en métal décorée de roses dont elle appliquait le contenu sur ses lèvres. Quand elle faisait ça, Jim détournait le regard, comme s'il assistait à un geste intime.

« Tu penses toujours ça, avait l'habitude de lui dire Laura de sa voix riante dans laquelle il lui semblait souvent entendre de la moquerie. Tu penses que les femmes ne se maquillent pas, alors qu'en réalité nous nous maquillons pour avoir l'air naturelles. C'est le but du jeu. »

Si c'était ça le but du jeu, Laura était passée largement à côté. Elle se mettait des trucs bleu marine sur les cils, lavande sur les paupières, roses sur les joues et plus roses encore sur les lèvres. Pourtant, lorsqu'il l'avait vue pour la première fois, il avait sincèrement cru qu'elle était une vraie blonde.

S'il avait appliqué sa théorie sur les maisons à son mariage, Jim aurait compris qu'il était condamné d'avance, malgré les crêpes que Laura lui apportait au lit en faisant avec le sirop d'érable des choses qu'elle avait lues dans un magazine, malgré la première pédicure ou le bikini à fleurs qu'elle avait offerts à

Polly. Laura voulait une maison neuve dans laquelle personne n'avait jamais vécu, avec un hall d'entrée ouvert sur deux niveaux, un lustre suspendu à une chaîne, et une cuisine intégrée à la salle à manger intégrée au salon. Un jour, elle l'avait emmené visiter une maison témoin, et il n'avait cessé de penser à un film de science-fiction qu'il avait vu gamin, avec un type dans une pièce dont les murs se rapprochaient inexorablement. À tout prendre, Jim aurait préféré une maison aux murs plus rapprochés, comme celle dans laquelle il avait grandi, où des éraflures au plafond dans un coin du salon indiquaient l'emplacement traditionnel du sapin de Noël.

Quand ils s'étaient retrouvés dans cette maison après la mort du père de Jim, le canapé d'angle de velours que Laura adorait ressemblait à un homme obèse dans un costume trop étroit. Elle avait essayé, disait-elle, vraiment essayé. Mais elle n'était pas faite pour : a) la vie provinciale ; b) six mois d'hiver ; c) la cohabitation avec une adolescente.

Avec Polly dans les parages, ils avaient dû renoncer à leurs jeux avec le sirop, et Jim avait découvert le rôle important que ceux-ci avaient joué dans leur vie de couple. Parfois, c'était la présence de Polly qui posait problème ; d'autres fois, c'était son absence, car Jim devait aller la chercher dans quelque bar où elle avait pu entrer avec une fausse carte d'identité à 20 dollars et où elle dansait dans un coin en soutien-gorge. Ça, c'était dans ses bons jours.

Aujourd'hui, le souvenir de son mariage lui semblait parfois irréel, et il continuait à remercier Dieu d'avoir créé la pilule, qui leur avait épargné cette guerre pour le cœur et l'esprit d'un enfant dont il était si souvent témoin : maman dit qu'on doit pas manger de sucreries, papa nous a acheté des gâteaux ; maman dit que t'as pas envoyé le chèque, papa dit que ton petit ami est un idiot. Un jour, dans une sandwicherie, il avait entendu un petit garçon déclarer d'une voix de chaton de dessin animé à la fille en short qui tenait la main de son père de l'autre côté de la table : « Ma maman, elle dit que tu es une roulure. »

Il regrettait de ne pas avoir eu d'enfants. Il faisait plus que le regretter : quand il y pensait sérieusement, ce qu'il essayait d'éviter, ça lui brisait le cœur. Mais il était content de ne pas avoir mis un enfant dans une situation pareille. Leur rupture s'était étonnamment bien passée : un jour, Laura était partie pour rendre visite à sa mère et elle n'était jamais revenue. Il lui avait même emballé ses affaires. « Tu peux garder le canapé », avait-elle dit. Il s'en était débarrassé ; à coups de tronçonneuse, ce qui l'avait pas mal soulagé.

Tous les ans, la première semaine de décembre, il recevait une carte de vœux. De longs cheveux blonds (faussement blonds), un hâle brun, quatre gamins blonds (des blonds authentiques), un mari bedonnant à la calvitie naissante en chemise de golf, une grande maison, tout ça à Orlando. La famille était alignée sur l'escalier dans un hall à deux niveaux. Au rez-de-chaussée, le sapin de Noël dans le tournant de l'escalier ne laissait aucune trace sur le plafond ; de toute façon, il n'était apparenté que de façon lointaine à ce qui poussait dans la forêt. Laura était comme une inconnue, et Jim aurait parié qu'elle disait la même chose de lui.

Joyeux Noël !

Oscar Winter et son voisin Levine, de l'appartement 6F (c'est comme ça qu'ils l'appelaient toujours, Levine du 6F), réservèrent une voiture avec chauffeur qui les emmena au cinéma à trois pâtés de maisons de là pour voir le dernier James Bond. Après, ils allèrent dîner chez McDonald's : Levine prit le Filet-O-Fish, et Oscar, le Big Mac.

« Je n'ai jamais compris tout le tralala sur la sauce spéciale, dit Oscar, la sauce spéciale coulant sur son menton. C'est juste de la sauce à salade, non ? »

Sonya revint du dîner chez sa sœur dans le Queens avec un bocal de cookies au sucre faits maison. « Tu es une sainte », dit Oscar en trempant un biscuit dans un verre de thé tout en regardant *Le Grinch* à la télé.

Ben participa à un dîner-buffet dans l'appartement des parents d'Amanda. Il y avait trois arbres de Noël : un avec des lumières blanches dans le salon, un autre avec des lumières colorées dans le bureau, un troisième décoré d'animaux en origami dans le hall. Tous avaient été préparés par des fleuristes. « Je crois que je connais votre père », déclara la mère d'Amanda d'un ton un peu raide qui laissa Ben songeur.

Sarah prépara une bûche de Noël pour la famille de Kevin pendant que Kevin, son frère et son père regardaient le sport à la télé dans le sous-sol lambrissé. Après le dîner, ils engloutirent la bûche entière puis retournèrent en bas, laissant les femmes s'occuper de la vaisselle. « On dirait que tu as perdu du poids, chérie », lança la mère de Kevin à Sarah.

Tad donna un spectacle au service pédiatrique du cancéropôle de Nasserville. Une petite fille lui offrit un dessin coloré et il l'accrocha chez lui, sur son réfrigérateur. « Ils devraient te payer ! » ronchonna sa tante en sortant du four le gratin de macaronis.

Jim Bates offrit à sa sœur Polly un pull en angora blanc. « C'est un nuage », dit-elle en le soulevant. Puis elle le passa par-dessus sa chemise de nuit. « Je suis fatiguée, ajouta-t-elle.

— Oui, je sais, Pol », répondit son frère en faisant chauffer l'eau pour le thé.

Rebecca faillit passer à côté. Récemment, elle s'était mise à perdre de plus en plus la notion du temps. Elle savait qu'on était le week-end uniquement parce que Jim Bates venait la chercher dans sa camionnette ; et elle savait que la nuit tombait quand les contours des arbres s'estompaient et que l'horizon devenait flou. Elle découvrit que c'était Noël lorsqu'elle trouva porte close au Tea for Two. Fermé, dans le noir, silencieux, comme le salon de coiffure, l'agence d'assurances/de voyages/d'expertise comptable et toutes les autres enseignes du centre-ville. Les rues étaient désertes, hormis une jeune femme portant un bébé dans un kangourou, qui lui indiqua : « La station-service est ouverte », en montrant son gobelet de café. Quand elle s'arrêta, le bébé commença à pleurer, alors elle se remit rapidement en route en glissant des pieds comme si elle patinait sur le trottoir. Tout était calme. La jeune femme se dirigeait vers l'église méthodiste quand les cloches commencèrent à jouer *Minuit, chrétien*. Dans la poche du jean de Rebecca, le téléphone vibra. Un SMS de Ben : « Joyeux quel que soit le nom qu'on lui donne. »

Au Foyer judaïque pour les personnes âgées et infirmes, Bebe Winter, assise dans la salle des visiteurs, joua toute la journée. Pour une raison inconnue, elle avait choisi la pièce de piano du *Messie* de Haendel.

C'est comme cela que les choses se passent
Première partie

Rebecca avait fait des tirages des photos de la croix, qui s'amélioraient chaque fois qu'elle y travaillait, et elle avait partagé un sandwich au thon avec le chien. Elle était gênée d'admettre qu'elle l'appelait « le chien », quand elle prenait la peine de l'appeler. L'attribution d'un nom impliquait une permanence et un statut de propriétaire, et elle n'était prête à en assumer aucun. Son immeuble new-yorkais n'admettait pas les chiens au-dessus de vingt kilos et, même s'il ne s'était pas beaucoup remplumé depuis son arrivée, elle savait rien qu'en le regardant que celui-ci pesait plus que ça. Ses yeux étaient comme des billes de verre noires, et une de ses oreilles se dressait comme un épi quand l'autre retombait. Il la suivait partout, dans la forêt, à l'intérieur de la maison, mais n'aimait pas faire de la voiture. Ce matin, il avait par deux fois posé sa tête sur les genoux de Rebecca en levant les yeux vers elle, et elle avait été tentée de lui donner un nom. Mais cela n'aurait fait qu'ajouter une pierre au mur qui s'interposait entre elle et sa vie d'autrefois.

« Ne t'attache pas trop », avait-elle dit à voix haute, s'adressant à eux deux.

Trop tard : le chien s'était attaché. Peut-être à cause de la voix douce et égale, de l'absence de cris et de coups, de la chambre chaude et de l'écuelle pleine. Parfois, ses oreilles se dressaient, et Rebecca imaginait qu'il entendait des sons lointains. C'était effectivement le cas : en provenance du mobile home en bas de la colline, il perçut une voix tremblotante dans laquelle, à parts égales, vibraient la paranoïa, la détresse et les médicaments. « Jack ! Jack, reviens ! Reviens à la maison ! » Rebecca, elle, prit ces vagues sons pour un effet du vent, qui s'était amplifié depuis le matin. Le chien entra dans le salon, tourna en cercle et se laissa tomber au sol. Une rafale passa sous la porte d'entrée voilée et parcourut son échine comme un doigt glacé.

Il avait commencé à neiger à midi, une neige duveteuse qui tomba de plus en plus dru jusqu'à obscurcir la limite des arbres d'un voile blanc-gris. Rebecca sortit dans ce paysage pendant une petite heure, faisant un tour dans les bois puis descendant l'allée pour inspecter la boîte aux lettres. Elle attendait un chèque qui était en retard, ou perdu, ou décidé à la mettre au supplice. Le chien leva la tête et renifla la boîte ouverte. « Rien », dit Rebecca à voix haute.

Lorsqu'elle reprit le chemin de la maison, les flocons s'étaient accumulés sur ses cils et le museau du chien, et les traces de leurs pas furent rapidement recouvertes. Rebecca n'avait que peu d'expérience de ce genre de chutes de neige qui engloutissaient tout alentour et effaçaient les contours et les points de repère. En ville, la neige, même substantielle, n'était que temporaire. Les monticules et ravines de Central Park, couverts d'une couche argentée à 5 heures du matin, réapparaissaient lentement sous les pas des coureurs et des promeneurs de chiens. En ville, la neige était aussi passagère que les touristes. Ici, elle tenait. Par deux fois, Rebecca entendit un bruit de glissade qui lui rappela la nuit de la capture du raton laveur ; en fait, ce n'était que la neige qui dévalait le toit.

C'était un bon jour pour rester à l'intérieur, travailler, et plonger la carcasse congelée de la dinde de Thanksgiving dans une grande (l'unique grande) marmite de la maison. (L'architecte et l'éditeur l'avaient achetée un été pour un festin de homards ; le festin avait mal tourné, à cause d'un excès de chardonnay et de soleil d'une part, et de certains débordements sexuels entre leurs amis d'autre part.) Rebecca laissa la carcasse mijoter toute la journée pour en faire un bouillon, et la maison se remplit d'odeurs réconfortantes. Elle décongela aussi un peu du gibier haché. Jim Bates lui avait apporté une douzaine de paquets de viande congelée, ainsi que des os pour le chien.

« C'est un bon chien, on dirait, avait-il déclaré en l'inspectant alors que le chien, attentif, était assis à côté de la camionnette et agitait furieusement la queue.

— Il semble vous aimer bien », avait dit Rebecca, et c'était vrai.

Elle se sentit d'abord un peu déprimée à la vue des portions de gibier. Celles-ci étaient si manifestement conçues pour une seule personne : deux côtelettes, une demi-livre de hachis… Puis elle comprit que cet emballage avait été fait exprès pour Jim, qui s'asseyait le soir dans sa cuisine jaune, comme elle à sa table à manger, chacun avalant son dîner en solitaire. Elle se demanda si elle devait l'inviter à dîner, puis jugea que ce serait un peu trop. Un déjeuner, peut-être.

Elle se coucha tôt, et son sommeil fut profond et long. Quand elle finit par émerger, le chien gémissait à la porte de la chambre où la lumière avait pris la couleur de l'étain. Rebecca regarda sa montre : 8 heures. Le chien avait l'habitude de sortir à 6 heures, alors elle sauta du lit sur le plancher en bois glacial.

Elle poussa la porte de l'entrée – sans succès. Elle essaya encore et encore pendant que le chien continuait à gémir pour finalement lancer un aboiement sec. Il avait déjà uriné sur le plancher d'autres maisons, non par envie mais par nécessité, et ce qui s'était passé après était douloureusement mémorable. Cette femme semblait peu encline à le frapper, mais on ne savait jamais.

Abandonnant la lutte, Rebecca regarda par la fenêtre et découvrit un paysage lunaire. Le chemin, les marches et même sa voiture avaient disparu sous d'énormes congères, dont certaines montaient jusqu'aux appuis des fenêtres. Aux endroits les plus perméables, la fine poudreuse s'accumulait à l'intérieur.

Dans la deuxième chambre, elle trouva une fenêtre qui voulut bien s'ouvrir. Elle reçut une rafale de neige en la soulevant, et le chien parvint à grimper sur le rebord puis sauta dehors, s'enfonçant dans la couche de neige jusqu'à l'échine. Rebecca le regarda tourner autour des congères plus profondes pour atteindre la limite des bois et disparaître dans la forêt. Là, les arbres ployaient sous le poids de la neige, mais le sol était plus dégagé. Le chien essaya de lever une patte, la reposa, se contenta de s'accroupir, puis il explora un peu plus loin avant de revenir vers la maison. La neige drue continuait à tomber, des rafales de vent soulevant celle qui était déjà au sol.

Les premières heures furent comme une aventure, tous deux seuls dans un profond silence, les bruits alentour absorbés par le manteau de neige qui les enveloppait. Rebecca pensait savoir où se trouvait sa voiture, mais si elle avait raison, celle-ci avait totalement disparu sous une congère qui s'amoncelait contre la remise. Elle ouvrit la fenêtre deux fois encore pour laisser sortir le chien ; la seconde fois, la neige pénétra à l'intérieur et fondit sur les planches inégales du sol.

Son sommeil fut moins lourd cette nuit-là et à l'approche de l'aube, ou ce qu'elle pensait être l'aube (comme une aurore boréale, la neige étincelante transformait en jour les derniers instants de la nuit), le chien monta timidement sur le lit. Elle ne le chassa pas. La maison sentait le bouillon de dinde et la fumée de bois. Elle repassa dans sa tête ses stocks de boîtes de conserve ; ce faisant, elle se rendit compte qu'elle était complètement seule, coupée de tout, et découvrit que cette sensation faisait partie d'elle depuis longtemps sans qu'elle voulût le reconnaître.

Le matin venu, elle repoussa avec la pelle à poussière la neige entassée sur l'appui de fenêtre et aida le chien à y monter. Il tomba dans la congère, où il enfonça le museau. Il ne put faire que quelques pas et fit ses besoins tête baissée, comme honteux du peu d'intimité dont il disposait. Rebecca ne pouvait pas savoir que cette situation lui rappelait toutes les fois où il avait cherché un endroit propre pour s'accroupir, quand son rayon d'action était alors limité par une chaîne et un collier étrangleur. Il réussit à mettre les deux pattes de devant sur le rebord, et Rebecca le souleva pour le faire rentrer, puis lui donna la moitié d'un muffin. Comme elle mangeait souvent au Tea for Two, le gâteau acheté au supermarché avait quelque peu durci sur les bords.

Elle ralluma la plaque électrique sous le bouillon, aussi bien pour la chaleur que pour l'odeur, mit une bûche sur le feu, et découvrit qu'il ne lui en restait que six autres dans la maison. Dehors, il y en avait beaucoup, mais entassées contre le mur de la maison, sous une épaisse couche de neige, avec la pelle à neige inutile posée contre l'abri. Rebecca se sentit accablée par sa propre stupidité et son impuissance ; elle avait un téléphone et un ordinateur dont aucun ne fonctionnait dans la maison alors qu'à quelques kilomètres de là, en bas de la colline, il y avait des scones, des espressos et une connexion au réseau. Vu sa situation, elle aurait aussi bien pu se trouver au Tibet.

« Ça finira bien par fondre », dit-elle au chien qui dressa son oreille rebelle avant de s'aplatir comme un tapis.

La tête toujours un peu ailleurs, elle réussit à travailler pendant quelques heures, faisant d'autres tirages des photos de croix, observant les images prises sous des angles différents. Après le déjeuner, elle passa une heure à prendre des photos du chien : les coussinets durcis de ses pattes, les poils rugueux de son dos, et pour finir des gros plans de sa tête. Le chien semblait comprendre ce qu'on attendait de lui : il penchait la tête, la tournait légèrement et haussait un sourcil comme un personnage de dessin animé. Pour lui seul, Rebecca dit : « Voici à quoi ça se résume – des oiseaux et des chiens. Ensuite, je ferai des photos de mariage. Je travaillerai pour un studio spécialisé dans les photos de remises de diplôme. » Le chien écouta attentivement. Il préférait quand elle n'était pas malheureuse.

Peu avant 4 heures de l'après-midi, après un vacillement de la lumière et un sifflement asthmatique émis par le vieux réfrigérateur, l'électricité fut coupée. Dans la pénombre, Rebecca ferma les yeux et soupira. « Des bougies », lâcha-t-elle. Mais elle n'en avait pas. Évidemment.

C'est comme cela que les choses se passent
Deuxième partie

Jusqu'à la fin de ses jours, Rebecca Winter associerait le bruit de moteur d'une camionnette surgi du silence (ou tout ce qui pouvait y ressembler, même le solo rythmé de la timbale d'un orchestre symphonique) au réconfort du salut.

La nuit était tombée quand elle l'entendit, sans qu'elle pût dire à quelle distance. Elle était restée assise dans l'obscurité pendant des heures, avec pour seule occupation ses pensées. Celles-ci avaient fait un tour du monde de sujets : les photos de croix étaient-elles énigmatiques ou simplement déroutantes ? Son travail se vendrait-il de nouveau, à des prix légèrement ou considérablement plus bas ? Pourrait-elle vendre l'appartement new-yorkais et vivre de cet argent dans un avenir prévisible ? Ben se sentirait-il dépossédé si elle le vendait ? Serait-elle capable de vivre ailleurs qu'à Manhattan ? Devait-elle s'installer plus près de son père ? Combien valait le Mary Cassatt, et combien valait sa propre vie qui ressemblait si curieusement à celle de quelqu'un d'autre ? Pour la première fois depuis des années, elle avait repensé à sa grossesse et à la manière dont son corps, tout à la fois, ne lui appartenait plus et était sien plus que jamais auparavant (ni depuis).

« Je suis sidéré par ces hommes qui prétendent être excités par la vue d'une femme enceinte », avait dit Peter avec ce ton qu'il voulait faire passer pour factuel alors qu'en réalité il était simplement cruel.

Elle pensait à Peter, se demandant si son mariage n'avait été qu'une affaire de sexe et d'accent britannique (la réponse était oui, si on y ajoutait sa façon de lire la poésie, en relation étroite avec les deux autres), lorsqu'elle entendit un engin monter l'allée. Les phares interrogateurs balayèrent les fenêtres, et le chien aboya la réponse. Rebecca se précipita pour ouvrir la porte avant de se souvenir qu'elle ne pouvait pas. Perchée sur la pointe des pieds, elle aperçut dans la lumière des phares la lame d'un chasse-neige jaune comme un taxi new-yorkais. Une heure durant, celui-ci fit des allers-retours pour créer des montagnes de neige au bord d'étendues plates et herbeuses. Puis elle entendit le raclement d'une pelle de l'autre côté de la porte. Finalement, chacun poussant et tirant, ils arrivèrent à ouvrir la porte, et le rude vent d'hiver éparpilla les cendres dans le foyer.

« Nom de Dieu, fit Jim Bates, ses cils et ses sourcils couverts de neige, je pensais que vous dormiez. Il fait noir comme dans un four ici. (Il tapa des pieds sur le seuil pour ôter la neige sur ses bottes.) Ah ! Pas d'électricité ?

— Pas la moindre », répondit Rebecca.

Sa bouche si particulière grimaça et le cœur de Jim Bates manqua quelques battements. Ce qu'elle avait voulu être une mimique moqueuse n'exprimait aux yeux de Jim que de la peur et de la tristesse. Il avait raison.

« Attendez, dit-il. (Il retourna dans le froid et l'obscurité de la nuit argentée pour arrêter le moteur et tira quelque chose de derrière le siège du conducteur.) Une lampe-tempête », annonça-t-il en la posant sur la table à manger où elle émit une lueur quelque peu surnaturelle, comme le dernier feu au dernier endroit sur Terre.

Dans cette maison, la table à manger était comme un monde divisé : une zone pour le courrier, une autre pour le travail, un petit secteur dégagé pour une assiette unique. Dans la faible lumière, Rebecca contempla la table et vit sa vie, dans toute sa solitude, et quand Jim Bates leva les yeux, elle put en voir le reflet dans son regard. C'était la première fois qu'il entrait dans sa maison depuis l'affaire du raton laveur ; aujourd'hui, c'était différent, elle n'était plus la cliente, et lui, l'ouvrier.

« Merci, murmura-t-elle, comme si elle voulait le congédier.

— Vous n'avez pas fini de me remercier, répliqua-t-il en sortant une bouteille de dessous sa parka. Du whisky, Tullamore Dew. Regardez-moi ça. »

La neige fondait dans ses sourcils, coulant en petits ruisseaux sur son visage rose. Rebecca ne se souvenait plus quand elle avait bu du whisky pour la dernière fois – ou n'importe quel alcool fort, d'ailleurs. Au début de son séjour, elle buvait du vin au dîner, mais elle avait arrêté parce que l'unique verre et la bouteille rebouchée après le repas ne faisaient que mettre de l'emphase sur ce qu'elle considérait comme son exil. Le Tullamore Dew possédait un joli nom, une belle couleur, il était moelleux et se buvait tout seul, en particulier après le premier verre à moutarde. Rebecca posa la tête sur le dossier du vieux canapé et écouta la voix de Jim Bates raconter : il y avait tellement de neige que le Tea for Two avait dû rester fermé ; il avait dégagé la maison d'une femme de quatre-vingt-dix-sept ans qui lui avait donné la moitié d'une tarte et 2 dollars (« dont un en petite monnaie, vous y croyez ? ») ; la neige avait défoncé le toit de la caserne des pompiers volontaires et il y travaillerait dès que le temps se serait levé, même s'il n'aimait pas faire les toits plats.

Il ne lui raconta pas l'appel de Tad.

« Croyez-vous que Mme Winter est en sécurité, là-haut ? avait demandé celui-ci.

— Merde », avait dit Jim, parce que entre le déneigement de sa sœur Polly, de la vieille femme et de l'église méthodiste où se tenaient les réunions des Alcooliques anonymes, il avait remis celui de Rebecca à plus tard, trop tard, peut-être en pensant qu'elle était la personne la plus autonome de sa connaissance, malgré son ignorance concernant les ratons laveurs dans les combles et l'achat de bois de chauffage à cet idiot de Kevin.

« Vous êtes toujours réveillée ? » demanda-t-il à la fin, épuisé de combler le silence et craignant un peu de l'avoir ennuyée avec ses histoires.

Le fumet de la dinde lui rappelait qu'il avait très peu

mangé, et qu'en conséquence le whisky se déchaînait dans son corps. Il commençait à faire froid, aussi. Pas d'électricité, pas de chaudière. Il tisonna les bûches dans la cheminée.

« Pas complètement », finit par dire Rebecca.

Ses yeux luisaient faiblement sous les paupières mi-closes, et quelque chose dans cette étincelle le fit se pencher et l'embrasser, un baiser Tullamore Dew qui devint très vite très humide, à la manière des baisers d'ivresse. Il y prit du plaisir jusqu'au moment où Rebecca s'écarta soudainement, comme si toute sa langueur et son soulagement d'avoir été secourue avaient disparu. En y repensant plus tard, elle se rendrait compte qu'en fait elle avait eu un mouvement de recul, et elle en serait honteuse et mortifiée.

Mais ça, ce serait plus tard.

Il se pressa de nouveau contre elle et elle le repoussa avec les mains.

« Quoi ? demanda-t-il.

— Quoi ?

— Quoi ?

— Peu importe, dit-elle en se levant, trébuchant à cause du whisky, ou de sa nervosité, ou des deux. C'est ridicule. Quel âge avez-vous ?

— C'est important ? Vous compliquez inutilement les choses. Ça n'a pas besoin d'être compliqué. (Elle avait cet air féroce que prennent les jolies femmes quand elles sont confuses, ou en colère, ou gênées, ou les trois à la fois.) J'ai eu quarante-quatre ans le mois dernier, finit-il par dire en posant son verre d'un coup sec et catégorique.

— Oh, mon Dieu !

— Oui, tout à fait, vous avez raté mon anniversaire.

— Rien à voir. Quarante-quatre ? Oh, mon Dieu…

— Vous auriez préféré cinquante ?

— J'ai soixante ans.

— Oui, et alors ? Vous êtes superbe. C'est ça que vous voulez entendre ?

— Quoi ?

— D'après mon expérience, quand une femme vous dit son âge, c'est pour qu'on lui dise qu'elle est belle.

— Ce n'est pas pour ça que je vous l'ai dit. C'est pour vous faire comprendre combien ce serait ridicule…

— Quoi ?

— Quoi ?

— Ridicule ?

— Grotesque.

— Grotesque. Nom d'un chien, c'est encore pire que ridicule ! »

Dans un seul mouvement, il se leva, attrapa sa parka dégoulinante et sortit dans la neige. Rebecca pria simultanément pour que le moteur démarre et pour qu'il ne démarre pas.

Il démarra, et le grondement du salut s'éloigna peu à peu. Le chien gémit et tourna autour de la pièce. Rebecca se laissa lourdement tomber sur le canapé. Durant la plus grande partie de sa vie, elle n'avait pas été ce qu'on appelle une personne émotive, mais, à certains moments inattendus et bizarres – la fin d'un vieux film, un passage d'un livre –, elle était submergée par ses sentiments.

« Juste ciel », dit-elle avant d'éclater en sanglots bruyants.

Pendant un instant, elle se consola en se disant qu'elle était ivre, mais la consolation fut de courte durée, comme pour la plupart des gens sensibles. (Les sans-cœur, eux, prennent cette excuse de l'ivresse pour tout justifier, de la méchanceté au meurtre.) Le chien lui lécha le visage en poussant des gémissements compatissants qui faisaient penser au grincement d'une charnière rouillée. Le vent s'engouffra dans la cheminée. Rebecca pleura, et pleura encore. La flamme de la lampe-tempête vacilla légèrement, transformant en prisme le verre de whisky de Jim Bates.

Puis le chien recula, s'assit et aboya une fois. Quelques instants plus tard, elle entendit à son tour ce qu'avaient perçu les oreilles canines plus fines, et elle se leva en s'essuyant le visage du dos de la main. La porte s'ouvrit, laissant entrer une petite tempête de neige.

« C'est grotesque », dit Jim et, sans même enlever sa parka, il la prit dans ses bras et l'embrassa, tout mouillé et froid et couvert de neige, en la faisant reculer jusque dans la chambre dont il ferma la porte au nez du chien.

Ce qui vient après – Sa version à elle

Rebecca se réveilla à 7 heures du matin. Le chien avait été nourri et le café était prêt. Jamais de sa vie elle n'avait prononcé l'expression « se sentir dans une forme époustouflante », mais ce matin celle-ci lui tournait dans la tête comme les bandeaux publicitaires sur Times Square.

Rebecca Winter Est Dans Une Forme Époustouflante. Rebecca Winter Est Dans Une Forme Époustouflante.

Il restait un centimètre de Tullamore Dew dans la bouteille posée sur la table. Elle sourit à la bouteille, se sentit bête, se servit du café, s'assit sur le canapé et pensa aux divers épisodes de la nuit précédente. L'électricité était revenue juste avant l'aube, et ils s'étaient soudain trouvés sous les projecteurs impitoyables d'une ampoule de cent watts, pas exactement une lumière tamisée. L'obscurité amicale avait effacé le relâchement de la peau sur ses hanches, la cicatrice de la césarienne sur son ventre, la peau ridée entre ses seins. (Elle avait toujours eu de petits seins et toujours détesté ça jusqu'au moment où, dans les vestiaires de la piscine, elle avait vu d'autres femmes d'âge moyen ; à cette occasion, elle avait découvert que la gravité est plus charitable avec les petites poitrines.)

Jim s'était levé pour éteindre la lumière et, en retournant dans le lit, il avait dit : « Waouh ! », ce qui était exactement la chose à dire. Quinze minutes plus tard, tous deux s'étaient rendormis.

« Ne te lève pas », avait-il dit une heure plus tard tandis qu'il enfilait son pantalon dans la pénombre.

Rebecca regarda par la fenêtre. La camionnette était partie, la neige ne tombait presque plus. Elle avait mal à la tête, mais moins que prévu. Elle enfila ses bottes et sortit avec le chien. Une fois le chemin dégagé, la neige, si terrifiante la veille, lui parut magnifique. Le ciel, le sol, le toit et les arbres, tout était monochrome, d'une nuance de blanc translucide et brillant, une beauté qu'aucune photographie n'aurait su rendre.

Rebecca fit une boule de neige et la lança en l'air ; le chien l'attrapa, interloqué quand elle se désintégra entre ses mâchoires. Alors elle recommença encore et encore, riant et pensant à Jim Bates et au bonheur qui se lisait sur son visage quand il s'était levé pour éteindre la lumière. Elle avait soixante ans, elle se souvenait de quoi allait où et de qui faisait quoi à qui ; en réalité, quoi allait où et qui faisait quoi à qui ne changeait que très peu d'une occurrence à l'autre, même dans le meilleur des cas.

Et bien qu'elle pensât un peu à tout cela, elle se souvenait surtout de l'expression de Jim Bates dans la lumière désagréable : celle d'un petit garçon assis en bout de table qui regarde sa mère apporter son gâteau d'anniversaire, toutes bougies allumées. Elle aimait le sentiment d'être le gâteau. Elle avait fait l'amour avant ; souvent, c'était bien ou mauvais ou indifférent. Jamais pourtant elle n'avait été le gâteau.

Il avait laissé un mot sur la table : « Reviens ce soir avec des lasagnes. » Que ferait-elle quand il arriverait avec le plat ? Quand et où mangeraient-ils ? Toute la journée, elle répéta ce qu'elle dirait : Bonjour. Entre. Entre donc. Juste ciel. Oh ! Mon Dieu. (Ça, elle l'avait dit cette nuit, peut-être plus d'une fois.) Va-t'en. Va-t'en, s'il te plaît. Reste, s'il te plaît. Tout sonnait pareillement idiot. Pourquoi ne pas simplement ouvrir la porte et voir ce qui se passait ?

Rien ne se passa. Il n'y eut pas de lasagnes, pas de plat, pas de Jim Bates. « Waouh ! » et il était parti.

Ce qui vient après – Sa version à lui

Il se rendit chez sa sœur Polly. Elle habitait un petit mobile home rafistolé, sur un bout de terrain rocailleux sans système d'égout digne de ce nom, que quelqu'un avait donné au grand-père de Jim en échange de travaux de toiture. La transaction avait eu lieu des années avant la naissance de Jim, et le terrain avait été laissé à l'abandon jusqu'à ce que Jim achète le mobile home et le fasse remorquer jusque-là. Il avait tenté de l'embellir avec une couche de peinture, des volets et des treillis autour des fondations pour cacher les blocs de parpaing.

Il avait déneigé l'allée la veille, avant de s'occuper de celle de Rebecca et avant de s'éclater comme un fou. Mais il n'était pas entré puisque toutes les lumières étaient éteintes, signe que, grâce au ciel, sa sœur dormait. Parfois, elle veillait pendant trois ou quatre jours d'affilée ; dans ces cas-là, le téléphone de Jim sonnait à toute heure de la journée, dix ou douze fois la nuit : Jimmy, tu te rappelles ? Jimmy, tu peux venir ? Jimmy, je te déteste. Jimmy, je t'aime… Quand, la veille au soir, il n'avait vu aucune lueur jaune se refléter sur la neige, aucune silhouette se découper sur la fenêtre, il s'était senti soulagé. En montant la colline, il s'était senti libre, au moins pour une nuit, et il s'était comporté en homme libre.

Dans la faible lumière matinale, il ne perçut aucun signe de vie : pas de fumée sortant du tuyau de poêle, pas de lumière émanant de la hotte bon marché au-dessus de la cuisinière. Sa sœur avait eu un chien, celui qui vivait maintenant chez Rebecca, mais Jim aimait les chiens et il savait que l'on ne pouvait pas compter sur Polly, alors il n'avait rien dit à aucune des deux. Parfois, Polly se souvenait du chien, d'autres fois non. Parfois, elle l'oubliait complètement. Auparavant, il lui arrivait d'oublier de le nourrir. Le chien s'était un peu remplumé depuis qu'il était chez Rebecca.

Jim entra. Il avait mal à la tête, mais moins que prévu. Il siffla entre ses dents et la mélodie sortit sous forme de volutes de vapeur blanche. Il faisait froid dans la maison. L'évier débordait de vaisselle sale. Sa sœur aimait la tarte, et aussi la glace. Il était difficile de lui faire avaler des aliments sains, comme si ce qui l'habitait se nourrissait de sucre, tel un ver solitaire. Jim aurait aimé que ce fût un ver solitaire ; ainsi, les médecins auraient pu l'en débarrasser.

Le lit était intact, personne n'y avait dormi. Les fabuleuses sensations qui l'animaient depuis qu'il s'était levé du lit plein de bosses en haut de la colline disparurent en un instant, et soudain il se sentit glacé de partout. Il vit une étrange ombre sur la fenêtre et découvrit une échelle posée à l'arrière de la maison. Pour une raison ou une autre, la neige s'était accumulée d'un côté, laissant l'autre dégagé. C'était le genre de choses que sa sœur prenait toujours pour un signe, quel qu'il fût.

Jim était capable de grimper à l'échelle très vite, mais jamais auparavant il n'avait grimpé aussi vite que ce matin.

Le toit du mobile home avait toute l'apparence d'un toit de mobile home après une tempête de neige. Toutefois, en regardant de plus près, Jim distingua la forme d'un ange de neige en son milieu, mais concave au lieu d'être convexe. Il creusa avec ses mains. La peau de Polly n'était guère plus rose que la neige alentour.

Pour la seconde fois de la journée, il prit dans ses bras une femme qu'il aimait au-delà de toute raison et la tint contre lui pour la réchauffer. La seconde fois, il échoua.

Polly Bates

Ah ! Polly Bates. C'était une gamine si mignonne, blonde, avec un petit visage rond, tellement habituée à s'entendre dire combien elle était jolie pour n'en souffrir que d'autant plus après, quand le blond de blé s'était changé en marron souris, les joues rebondies en visage obèse. À la mort de sa mère, elle avait dix ans, bien que toute cette histoire de mort fût restée de la théorie pour elle, puisque personne ne l'avait emmenée ni à l'hôpital, ni au funérarium, ni au cimetière. On avait jugé que ce serait trop perturbant pour une enfant et, malgré l'avis contraire de son frère, les conventions l'avaient emporté. Ainsi Polly pensa-t-elle que sa mère avait simplement fait ses bagages et qu'elle était partie sans dire au revoir. Peut-être était-elle influencée par une nouvelle diffusée à la télévision à cette période, l'histoire d'une mère de cinq garçons qui avait agi précisément de cette façon, laissant ses enfants avec leur père ; on l'avait retrouvée plus tard à Portland, où elle travaillait comme agent immobilier.

Quand Polly avait douze ans, Jim était entré dans

les marines et avait plus ou moins disparu, jusqu'à la mort de leur père quatre ans plus tard. Urgences, funérarium, cimetière : cette fois, elle avait tout saisi au sujet de la mort. Jim, de retour avec sa jeune épouse, avait mis un bon mois avant de comprendre pourquoi tout le monde se taisait quand il entrait dans le bar ou le magasin d'appâts. Il avait d'abord attribué cela à la mort de son père et au fait qu'ils étaient maintenant des orphelins, bien que le mot sonnât un peu trop mélodramatique à son goût. Jusqu'au jour où sa femme découvrit que Polly couchait avec tout le monde, depuis son voisin de classe jusqu'au professeur de softball, père de triplés et sans un cheveu sur le caillou, en passant par le mécanicien qui réparait sa voiture. Polly était tout sauf difficile. « La bicyclette de la ville, tout le monde est monté dessus », avait dit Laura, et jamais Jim n'avait été aussi près de frapper une femme, ni avant ni depuis, même pas Polly dans ses pires périodes. Au moment de la mort de leur père, Polly avait déjà arrêté de compter ; certains hommes, elle les avait oubliés, en partie parce qu'elle était souvent complètement déchirée par l'alcool, et aussi la drogue. Jim avait décidé de l'envoyer dans un endroit, un chouette endroit près de la frontière canadienne qui ressemblait plus à un gîte touristique qu'à un centre de désintoxication. Cela avait englouti toutes ses économies et il avait pris une deuxième hypothèque sur la maison.

Polly avait fait une croix aussi bien sur l'alcool que sur le sexe ; à la place, elle avait commencé à entendre des voix dans sa tête, ou à la radio dans la voiture, ou venant des écureuils dans la forêt, voire des petites figurines en porcelaine sur l'étagère du salon. Quand elle avait arrêté l'alcool et l'herbe, il était devenu évident qu'elle était, selon les piliers de bar silencieux qui évitaient de regarder son frère dans les yeux, complètement siphonnée. Ce n'était pas toujours vrai, pas quand elle prenait ces médicaments qui la faisaient grossir et la rendaient paresseuse et stupide. Mais quand la folie lui faisait des clins d'œil derrière la boîte de comprimés, elle glissait ceux-ci dans la poche de sa blouse et accueillait le retour de ses délires à bras ouverts. À ces moments, elle remplissait des pages et des pages d'histoires sans queue ni tête qui parlaient de viols et de meurtres, de l'existence de Dieu et de la fin du monde.

« Tu t'es déjà tapé Polly la cinglée ? » pouvait-on entendre au bar, lorsque Jim n'y était pas.

On trouve dans les petites villes une sorte de cruauté désinvolte autant qu'une gentillesse désinvolte. Après les premières années, on ne parlait plus beaucoup de Polly, on gardait le silence par respect pour son frère. En arrivant en ville, Sarah avait appris l'histoire de Polly et, comme c'était Sarah, elle avait posé beaucoup de questions, jusqu'au jour où la propriétaire du salon de beauté lui avait discrètement conseillé : « Je crois que vous devriez laisser tomber. » Ce qu'elle avait fait.

Même ceux qui n'arrivaient pas à laisser tomber essayaient d'être gentils. Quand Jim rentrait du travail, il écoutait le répondeur téléphonique, et parfois il trouvait des messages concernant Polly : « Salut Jim chéri, c'est Elaine Wallenchinski, de l'atelier de remorquage. Je n'en suis pas sûre, mais je crois avoir vu ta sœur sur la route en chemise de nuit. C'était peut-être une robe d'été, j'allais un peu vite. Ce serait peut-être bien de vérifier, non ? Enfin, voilà. Et puis aussi : ta gouttière nous sauve la vie. »

Il y avait eu deux années bénies, quand un médecin avait essayé un nouveau cocktail de pilules, et que l'orage dans la tête de sa sœur s'était réduit à de légères pluies. Polly travaillait comme aide à la maison gériatrique et commençait à sortir avec un homme un peu plus âgé qu'elle, un mécanicien du nom de Craig que ça ne dérangeait pas de manger des barres chocolatées en guise de repas et de se passer de sexe, puisque les médicaments qui dissipaient la tourmente dans la tête de Polly annihilaient par la même occasion sa libido. Ils avaient emménagé dans le mobile home blanc en dehors de la ville, au pied de la colline, et Polly avait planté des impatiens et du faux jasmin dans deux jardinières en cèdre achetées à la boutique de l'Armée du salut. Elle avait aussi adopté un chat roux et blanc. Puis quelque chose s'était passé. Les plantes étaient mortes de soif, le chat s'était échappé et Craig avait quitté le mobile home, quand elle avait commencé à le réveiller régulièrement dans la nuit pour lui demander en chuchotant s'il entendait, s'il entendait les murmures, ou les gens dans la pièce à côté, ou les meurtriers, ou les violeurs.

« Il faut que je dorme, avait-il dit à Jim. Elle peut garder la télé si elle veut. »

« Viens à la maison », avait dit Jim à Polly, mais elle n'avait pas bougé du canapé, assommée par les nouveaux médicaments, secouant lentement la tête de droite à gauche avec les paupières en berne.

Trois fois, il avait failli la perdre. La première fois, elle avait enfoncé un couteau dans sa cuisse. La deuxième, elle avait manqué de se noyer dans la baignoire. La troisième, elle avait pris trop de cachets. Un simple accident, lui disait-elle chaque fois dans sa chambre d'hôpital.

Chaque soir, sa sœur allait se coucher avec l'ours en peluche rose que Jim avait gagné pour elle à la fête des Myrtilles, un mois avant de partir à l'armée. Elle avait emporté l'ours sur le toit. Si elle s'était réveillée, elle aurait prétendu que ça aussi, c'était un accident, qu'elle avait simplement voulu voir les étoiles, ou la tempête ; qu'elle avait passé une mauvaise nuit et voulait échapper aux gens descendus de la colline pour entrer dans sa maison et l'emmener.

Mais elle ne se réveilla pas.

La tempête

Après la tempête, Rebecca vécut de la même façon que pendant les deux premiers jours de tempête, avant que Jim Bates ne fût apparu pour déneiger la maison. Elle vécut ainsi des semaines durant, telle une personne en résidence surveillée avec un bracelet électronique. Elle resta dans le cottage, tenta de travailler, lut quelques vieux livres comme *Moby Dick* ou *Du côté de chez Swann*, le genre de bouquin qu'on a toujours l'intention de lire sans jamais le faire. Les sorties étaient difficiles, à cause de la neige, de la glace et des routes de campagne en pente raide ; elle évita d'aller en ville et ne se rendit que sporadiquement au Tea for Two. Si elle était tombée sur Jim Bates, elle aurait eu du mal à s'empêcher de siffler : « Des lasagnes ? » Pour une raison obscure, c'étaient les lasagnes qui lui restaient sur le cœur, avec leur promesse implicite de sollicitude domestique. C'était une chose de coucher avec un homme qui disparaissait ensuite, et une tout autre quand il vous disait qu'il serait de retour avec le dîner.

Elle prit tant de photos du chien qu'à la fin, quand

elle allait chercher son appareil, il s'asseyait devant le canapé, l'air d'attendre une nouvelle séance. Couché, disait-elle. Debout. Regarde ici. Le chien était très intelligent. Il savait exactement de quoi elle avait besoin. Chaque nuit, il se hissait sur le lit et s'allongeait contre ses jambes, la réchauffant un peu, comme pour lui faire savoir qu'elle n'était pas seule, en fin de compte. Parfois, cette nuit particulière lui semblait sortie d'un roman, ou de son imagination, sauf qu'au fond du placard de la cuisine il y avait une bouteille de Tullamore Dew avec un reste ambré. Elle n'arrêtait pas de se dire qu'elle devrait la jeter.

L'espoir était une chose curieuse. Il différait de l'amour, de la peur ou de la haine. On ne découvrait qu'on le ressentait que lorsqu'il avait disparu.

La tempête fit rage pendant encore trois nuits, moins violente toutefois, et elle put entendre le bruit d'un engin qui déneigeait son allée. Elle resta assise, tremblante, respirant si profondément que le chien s'assit devant elle et la dévisagea. Mais elle n'alluma pas de lumière, et se tint bien éloignée de la porte. Grotesque. Ha !

Tous les jours ou presque, elle se forçait à aller marcher dans les bois, le chien reniflant une piste quelconque devant elle. Elle emportait toujours son appareil, mais fréquemment elle ne gardait aucun souvenir de leur promenade ou de ce qu'ils avaient vu. Il n'y eut pas d'autre croix, du moins n'en découvrit-elle pas, même après la fonte partielle de la neige. Deux fois (par accident, se dit-elle), elle se retrouva près du mirador ; de l'amoncellement de neige sur la plateforme, elle déduisit que personne ne s'y était tenu depuis longtemps.

Un après-midi, alors qu'elle étudiait les photos de croix pour décider laquelle envoyer à TG, lui parvint le bruit d'une camionnette qui remontait l'allée, peinant dans la pente. Le chien laissa échapper un seul aboiement sec, et Rebecca se déplaça de la table au canapé où elle s'assit, les mains nouées. La camionnette s'arrêta et elle entendit la portière s'ouvrir puis se refermer. Quand on frappa à la porte, ce fut comme si toutes ses pensées se faufilaient en même temps dans son esprit, tel un écureuil dans les branches d'un arbre.

« Ça fait longtemps que je n'ai rien livré ici, dit le livreur d'UPS. Nom d'un chien, quelle corvée. »

Un mauvais jour.

Comme celui où Tad arriva, l'arrière de sa voiture rempli d'un bouquet de ballons roses. Les ballons envahirent la pièce, rebondirent au plafond, assiégèrent la cheminée. Elle regarda la carte attachée à l'un d'eux : « Joyeuse Saint-Valentin, de la part de Tad ».

« Aimeriez-vous une tasse de thé ? demanda-t-elle.

— Oui, beaucoup », répondit Tad en s'inclinant.

Ils prirent le thé, assis à table. Il devait y avoir une fenêtre qui fermait mal, ou peut-être une fissure dans le mur, car les ballons ne cessaient d'aller et venir dans la pièce… La veille, elle avait découvert une tuile sur le sol devant la maison. « J'ai besoin d'un couvreur », avait-elle dit au chien, qui avait baissé les oreilles au son du rire âpre qui accompagnait la remarque. Son courriel au propriétaire du cottage était resté sans réponse.

(« Qu'est-ce qu'elle croit, celle-là, que pour 1 000 dollars par mois elle peut prétendre au Taj Mahal ? » avait dit le propriétaire à un de ses amis, confortablement installé sur une terrasse ensoleillée des Bermudes où il supervisait la construction de l'annexe d'un hôtel.)

« J'espère que vous ne m'en voudrez pas de dire que vous m'avez inspiré, déclara Tad. Ceux-ci… (il désigna les ballons de la tête)… ne sont qu'un petit témoignage de ma reconnaissance.

— C'est adorable, mais ce n'était pas nécessaire, répondit-elle.

— L'exemple. Vous êtes un exemple pour moi. Depuis longtemps, j'envisage de changer de vie. De façon drastique. Votre exemple m'a montré que c'était possible.

— Je n'ai pas opéré de grands changements, dit-elle en baissant la tête sur sa tasse de thé tandis que le ruban d'un ballon effleurait sa joue en passant.

— L'adaptation, précisa Tad. Pour m'inciter à m'adapter à de nouvelles circonstances, il me fallait un modèle. Ç'a été vous, et je vous en remercie.

— Voulez-vous me faire part de vos projets ? » demanda-t-elle tout en pensant : Oh non ! Faites que je ne sois pas obligée d'écouter une liste de résolutions vouées à l'échec, comme celles de la femme au foyer et cordon-bleu qui décide de lancer sa marque de cookies, ou du trader qui s'est toujours rêvé en tenancier d'une auberge campagnarde.

« Ils sont en cours d'élaboration, mais vous serez la première au courant. (De nouveau, elle pria pour qu'il s'abstienne.) Ce thé est excellent, ajouta Tad.

— Du Lipton's.
— Le préféré de ma mère. »

Elle avait raconté à Ben l'histoire de la tempête de neige, n'omettant que les dernières heures, et il avait dit : « M'enfin, maman, pas de téléphone, pas de courriel ? Tu ne peux pas rester déconnectée à ce point. » Le livreur d'UPS avait apporté un paquet contenant un petit gadget en plastique à brancher sur son ordinateur. Elle ne savait pas bien comment ça fonctionnait, mais il était censé lui permettre d'accéder aux fonctions de messagerie, du moins temporairement. Elle avait eu des nouvelles de Dorothea, partie enseigner à Venise où elle semblait bien s'amuser ; toutefois, ses propres réponses avaient certainement convaincu Dorothea qu'elle aussi s'amusait bien, ce qui laissait planer un doute quant au véritable état d'esprit de son amie.

Elle reçut des photos de maisons qu'elle pourrait habiter pendant son semestre à Carnegie-Mellon, des petites maisons bien jolies, avec des vérandas et des pelouses de la taille d'un mouchoir. Une notamment lui plaisait, mais chaque fois qu'elle regardait la photo et l'emploi du temps proposé pour ses cours magistraux, séminaires et travaux dirigés, elle se sentait dans la peau d'une comédienne se préparant pour un rôle. Pendant un semestre, elle redeviendrait cette version familière et pourtant étrange d'elle-même et ressortirait les vêtements remisés au placard. Elle envoya un message, loua la maison et confirma l'emploi du temps. *The artist formerly known as…*

Elle consultait quotidiennement son compte en

banque, comme si les chiffres pouvaient changer par miracle pendant la nuit. Ils changeaient, certes, mais en sa défaveur. Le reste de ses messages consistait en invitations, sollicitations de journalistes, quelques requêtes pour des exposés dans des écoles d'art et des clubs de femmes. Une invitation à un déjeuner pour l'anniversaire d'une amie.

Dans le monde de Rebecca, l'amitié revêtait une signification particulière. Elle impliquait surtout des déjeuners deux fois par an et un dîner de temps en temps, sauf pour Dorothea, qui était une amie d'enfance, une vraie. Rebecca se disait qu'elle aurait dû nouer plus d'amitiés à l'école, car un long passé partagé laissait moins de place au mensonge et favorisait l'honnêteté, donc l'intimité. Quand quelques repas communs se substituaient à cette intimité, la relation était disqualifiée pour les nuits obscures de l'âme, les appels à 1 heure du matin, les larmes, les beuveries et le désespoir en pyjama. Combien de fois n'avait-elle pas entendu des New-Yorkaises (probablement pareilles aux femmes du monde entier) parler d'amies qu'elles pouvaient ne pas voir pendant des mois, voire des années, et retrouver comme si elles n'avaient jamais été séparées ? La phrase « reprendre là où on l'a laissé » revenait fréquemment, supposée exprimer une espèce de lien magique, mais qui, en y regardant de près, signifiait seulement que ces gens qualifiaient d'amitié une simple relation sporadique.

Tout cela était tellement lointain, même si elle n'était qu'à deux heures de voiture de la ville, de Central Park, des musées. L'idée lui donnait des vertiges. Elle passa des journées entières sans parler, sauf au chien. Quand les chemins furent assez dégagés, tous les deux repartirent en randonnée pendant des heures. Un matin, en enfilant son jean, elle remarqua que ses jambes étaient devenues dures comme du bois et qu'elle pouvait voir ses muscles jusqu'au bassin, ainsi qu'une côte au-dessus de sa taille. Certains soirs, quand l'envie lui manquait de préparer de la viande de gibier, elle se contentait de thon ou de haricots noirs tièdes qu'elle mangeait à même la boîte tandis que le chien l'observait, la queue battant comme un métronome. S'il te plaît s'il te plaît s'il te plaît. Elle partageait toujours.

Un matin, ils partirent dans les montagnes jusqu'au moment où Rebecca se rendit compte qu'elle n'était jamais allée aussi loin. Se frayant un chemin à travers une haie de ronces qui agrippaient son blouson, elle se retrouva sur un plateau. Des rails de chemin de fer disparaissaient dans le lointain. La nuit, elle entendait parfois le sifflement d'un train ; cela devait provenir de cet endroit, une voie ferrée déglinguée par laquelle les marchandises quittaient la ville. Accompagnée du chien, elle explora la voie ferrée jusqu'à ce qui lui semblait le bout du monde, où un vide s'ouvrait sur un gouffre au fond duquel elle aperçut un torrent. Les rails enjambaient le vide grâce à un pont sur chevalets. Rebecca s'arrêta au bord pour prendre quelques photos, puis elle commença à traverser le pont.

Ce soir-là, allongée dans le noir, elle se demanda pourquoi. Elle n'avait pas peur du vide, mais elle n'avait pas non plus l'esprit aventurier. Si elle savait skier sur des pistes moyennement difficiles, elle n'y tenait pas particulièrement. Plonger avec un tuba était dans ses capacités, mais elle n'avait jamais appris la plongée sous-marine ; elle n'avait pas peur de voler, mais n'aimait pas beaucoup les petits avions. En regardant ses photos, il lui avait semblé que cette piste qui s'enfonçait dans la forêt de l'autre côté de l'abîme ne demandait qu'à être explorée.

En vérité, la soudaine disparition de la terre ferme sous ses pieds avait été comme une déclaration de guerre, une provocation : elle n'oserait pas, ne voudrait pas, ne pourrait pas traverser. Tout son état actuel, ses sentiments et ses doutes s'incarnaient en cet endroit. En commençant la traversée, elle tremblait légèrement, mais de colère. Puis, à mi-chemin du long chevalet, elle avait regardé en bas, et son tremblement ne pouvait s'expliquer que par l'adrénaline. Elle était tombée à genoux sur les traverses en bois et, par les interstices, elle avait aperçu le torrent et les rochers. Dans son esprit, elle s'était sentie chuter. À quatre pattes, une main, un genou après l'autre, elle avait lentement regagné son point de départ et elle s'était jetée sur le sol gelé. Le chien, qui n'avait pas bougé, lui avait léché le visage.

Oh ! La solitude, cette fichue solitude ! Elle faisait maintenant partie d'elle, telle une maladie, une grippe qu'on ignorait et qui surgissait pour tout submerger sur son passage. Si elle était tombée du pont, combien de temps se serait-il passé avant que quelqu'un s'en aperçût ? Qui s'en serait soucié ? Qui l'aurait pleurée ? Elle imagina l'article dans le *New York Times*, accompagné d'une photo de sa photo. « Rebecca Winter. Vous n'êtes pas au courant ? Un accident, je suppose. Ou peut-être… Eh bien, sa situation était difficile. »

Parfois, elle se sentait disparaître, se réduisant à cette terrible et soudaine douleur qui envahissait tout, pas son corps mais son âme. La nuit, elle se réveillait et le petit écran digital lui envoyait des avertissements flous : 1:23, 3:07, 4:22. Quand elle manquait de se rendormir, c'était 1 812 sur le compte courant, 740 pour l'assurance auto, les 400 de l'État qui n'étaient pas encore sur le compte... Incroyable, à quel point ses équations dépendaient désormais de 200 dollars par-ci, 200 dollars par-là ! Des sommes sur lesquelles elle devait faire une croix, car pour rien au monde elle ne retournerait sur le mirador en compagnie de Jim Bates. Elle n'avait jamais été douée pour les maths, et voilà que, dès le coucher du soleil, les chiffres la hantaient.

Son prochain anniversaire : soixante et un.

Sur le chemin du retour de cette randonnée malheureuse, le chien s'était pressé contre sa jambe, comme s'il était inquiet pour elle. Rebecca se souvint d'une nuit, des années auparavant, où, couchée dans son lit à New York, elle avait entendu des pleurs et des gémissements provenant de l'appartement voisin. Malgré les murs épais de son vieil immeuble, le bruit avait été parfaitement audible. Elle avait collé une oreille contre le mur, et les plaintes ne s'étaient calmées que pour reprendre de plus belle. Une voix intérieure lui avait enjoint d'appeler les secours, de leur dire qu'un cœur se brisait dans l'appartement 8C. Quelle idée saugrenue. La police avait perdu le compte de tous les cœurs brisés derrière des portes closes de la ville. Elle avait imaginé cette femme qui venait de perdre son amour, son travail ou sa meilleure amie, ou qui avait simplement été écrasée par le poids de la vie. Il existait tant de raisons au malheur des gens, et si peu à leur bonheur.

Le lendemain, elle avait croisé la voisine du 8C dans l'ascenseur. Elle portait un ensemble noir avec une énorme broche, et un sac à main rouge assorti à ses escarpins. Elle avait fait un large sourire à Rebecca, qui le lui avait rendu. Tant de sourires pour faire semblant… Ici, au cottage, elle n'avait pas besoin de sourire, et ne le faisait pas.

Du temps de son mariage et à l'apogée de son succès, ses journées étaient remplies de tâches : emmener Ben à la maternelle, rencontrer un galeriste, commander le dîner chez le poissonnier, s'arrêter au pressing pour chercher la robe de soirée. Ce n'était que le soir qu'elle avait le temps de réfléchir, dans le lit, avec Peter qui lui tournait le dos, aussi fermé qu'une huître en pyjama rayé, et la multitude de ses pensées l'empêchait de dormir. L'incapacité de Ben à assimiler la méthode globale était-elle due à des difficultés d'apprentissage ? Mordait-il parce qu'il était malheureux ? Était-il malheureux parce que son père dénigrait sa mère ? Peter la dénigrait-il parce qu'ils n'avaient pas eu du sexe digne de ce nom depuis un mois, ou n'avaient-ils pas eu de sexe digne de ce nom depuis un mois parce qu'il la dénigrait ? Que voulait-il dire en affirmant qu'il trouvait son travail peu original ? Il ne pouvait pas le penser. Cela signifiait-il qu'il ne l'aimait pas ? Ou qu'elle était nulle ?

Pas étonnant si à cette époque elle n'arrivait pas à dormir : sa tête avait été une véritable ruche, sans les bénéfices du miel. Ces jours-ci, elle réfléchissait dans la journée, et sur des interrogations d'ordre général plus que sur des questions spécifiques. Que se passerait-il ensuite ? Où et comment allait-elle vivre ? Comment subvenir à ses besoins ? Toute personne sensée lui aurait conseillé de se restreindre, de vendre son appartement, mais pour cela il fallait considérer l'appartement comme un bien immobilier et pas comme un foyer. Elle ne voulait pas vendre son foyer. Pour elle, il était la dernière chose qui la reliait à la personne qu'elle avait été un jour.

Elle se sentait idiote, mais en même temps elle avait le sentiment d'avoir ouvert les yeux sur quelque chose qu'elle aurait dû voir depuis longtemps. Elle se souvint que Dorothea lui avait dit, à elle seulement, de ne plus jamais lui offrir une boule à neige. À l'université, quelqu'un lui en avait un jour offert une, elle avait été ravie du cadeau et avait commencé une collection. Bientôt, toutes ses connaissances lui offraient des boules à neige pour son anniversaire, pour Noël, ou simplement comme petit cadeau en remerciement d'une invitation. Dorothea s'était lassée des boules à neige, qui prenaient de la place et la poussière et finissaient par toutes se ressembler. Mais, encore aujourd'hui, il arrivait que quelqu'un lui dise, avec un sourire de connivence : « J'ai trouvé le cadeau idéal pour ton anniversaire. » « Une autre foutue boule à neige », marmonnait alors Dorothea.

Les gens nous figent, pensait parfois Rebecca lors de ses marches dans la forêt. Plus encore, nous nous figeons nous-même, souvent en une personne à laquelle nous ne portons aucun intérêt. Alors nous avons le choix : nous pouvons continuer la mascarade, ou nous pouvons y renoncer.

En dépit de ce que disait Tad au sujet de ses capacités d'adaptation, il lui était difficile de prendre une décision.

Certaines nuits, elle se réveillait avec le cœur pris dans un entrelacs douloureux de fil barbelé, une douleur certes mineure mais indéniable, et elle repassait en revue ce qu'elle avait mangé ce jour-là : des céréales aux raisins secs, un sandwich au beurre de cacahuète et à la gelée, du poulet au riz. Sûrement une indigestion… Mais si, au contraire, c'était la version féminine de la crise cardiaque ? Elle avait entendu dire que celle-ci restait souvent ignorée, ce qui ne lui avait guère paru étonnant puisque les femmes, d'après son expérience, ignoraient souvent ce que leur disait leur cœur. Le matin, elle se sentait bien, hormis l'engourdissement de ses mains sur lesquelles sa tête reposait pendant son sommeil. Ce qui lui manquait le plus de sa jeunesse, c'était sa capacité à dormir, à tomber tout en douceur au fond d'un gouffre d'inconscience pour se réveiller dix heures plus tard, reposée et sans une ride.

La nuit qui suivit sa tentative de traversée du pont, elle dormit plus profondément qu'elle ne l'avait fait depuis des années. Elle se réveilla à l'aube au son du sifflement d'un train, et se rendormit aussitôt pour deux heures.

C'était quoi, ça ?

Finalement, Rebecca se décida à acheter un radiateur. Sa chaudière était une vieillerie qui devait avoir pas loin de cinquante ans ; en la remplaçant l'année suivante, le plombier dirait : « Ce machin ne chaufferait pas une niche de chien. » Même une bonne flambée dans la cheminée ne réchauffait pas plus loin que le bout du canapé ; l'entrée et la cuisine restaient toujours aussi glaciales. Dans la chambre, malgré une fenêtre relativement récente et isolante, Rebecca dormait parfois avec son sweat-shirt.

Ce ne fut qu'une fois l'hiver bien avancé qu'elle réussit à se convaincre que l'achat d'un radiateur ne symbolisait en aucun cas une déchéance (contrairement au fait qu'elle envisageait d'entamer son compte d'épargne retraite). Pour une raison obscure, ses parents avaient toujours été obsédés par les radiateurs ; sa mère lisait à voix haute des articles du journal et les accompagnait de commentaires narquois : « Quatre morts dans un incendie dans le Bronx », comme si son père avait tenu l'allumette, et celui-ci retournait chaque fois la même question : « Radiateur ? » Les articles avaient beau préciser qu'il s'agissait d'une installation électrique défectueuse, d'un fumeur épuisé ou d'un enfant qui jouait avec des allumettes, ses parents restaient persuadés qu'avec un radiateur dans la maison on finissait par vous identifier grâce à vos bijoux ou à votre dossier dentaire. Le système de chauffage dans leur immeuble, en revanche, était si performant qu'ils devaient régulièrement ouvrir les fenêtres entre janvier et avril pour ne pas suffoquer. « Ces gens-là n'apprennent jamais rien », disait sa mère, comme si les pauvres choisissaient délibérément des appartements aux radiateurs défectueux.

En parcourant les allées du supermarché, Rebecca imagina les protestations de son père : « Mets un pull ! Il vaut mieux avoir froid ! Un radiateur, c'est une bombe à retardement ! » Mais, bien sûr, elle ne pourrait pas le lui dire ; pour lui, elle habitait toujours en ville. Il aurait été choqué par sa nouvelle situation. « Ils tirent avec des fusils ? C'est quoi, cette histoire de chien ? Comment peux-tu manger ce truc ? » Elle ne fit pas attention aux deux femmes qui arrivaient à sa rencontre en poussant leurs Caddie avant que l'une d'elles ne dît : « C'est elle. » Incroyable : même au supermarché, on reconnaissait l'auteur de *Nature morte aux miettes de pain* ? Une des femmes passa à côté d'elle ; lourdement charpentée, l'expression maussade, une allure de bonne sœur en civil. L'autre femme, petite et rougeaude, se planta devant elle et la regarda en face.

« Je sais qui vous êtes, dit-elle.

— Ah…, fit Rebecca, comme elle en avait l'habitude dans ces occasions-là.

— Arrêtez de mettre des idées dans la tête de mon neveu, siffla la femme.

— Pardon ?

— Vous m'avez entendue, dit la femme avant de rejoindre l'autre qui se dirigeait vers le rayon du petit électroménager.

— C'était quoi, ça ? » s'étonna Rebecca à voix haute.

Elle n'en avait aucune idée.

C'était quoi, ça ?

Un matin, un énorme SUV se gara devant sa porte.

« J'ai de la chance d'avoir trouvé cet endroit », dit le chauffeur.

Il avait inscrit le nom de famille de Rebecca sur un carton coincé derrière le pare-brise, comme pour venir la chercher au milieu d'une foule où chacun chercherait sa voiture et son chauffeur.

« Le comité des arts vous présente "Un après-midi avec Rebecca Winter". »

Depuis combien de temps n'avait-elle pas participé à un tel événement ? L'organisatrice lui avait envoyé une très gentille lettre le mois précédent : elle savait qu'elle s'y prenait au dernier moment, et on ne pourrait verser à Rebecca que de modestes honoraires. En voyant la somme, elle avait failli éclater de rire, vu que ces honoraires couvriraient les frais de la maison de soins pendant un mois. Elle avait accepté, bien sûr, tout en sachant pertinemment que le préavis très court était dû au désistement de quelqu'un d'autre et qu'elle n'était qu'une solution de remplacement.

En robe noire et bottes de ville, elle se sentit comme

un portail rouillé, et elle essaya de graisser ses charnières tandis que le chauffeur lui faisait la conversation. Elle pensa à son travail, les questions qu'on ne manquerait pas de lui poser, l'auditoire qu'elle aurait en face d'elle, et se prépara à redevenir une personne publique. Elle en avait perdu l'habitude.

« Nous avons beaucoup de participants », dit la femme qui l'accueillit à la porte du salon de réception de l'hôtel.

C'était l'expression consacrée pour une salle à moitié pleine. Celle-ci l'était effectivement. Une diapositive s'affichait sur un écran géant entre deux chaises, destinées à elle-même et à la professeure d'histoire de l'art qui allait l'interviewer. La photo de *Nature morte aux miettes de pain*, bien entendu, pâlie par la lumière de la salle comme les vieilles photographies dans l'album de sa mère.

« C'est un immense honneur pour moi », dit la professeure d'histoire de l'art.

Plus tard, assise dans la voiture qui traversait Central Park, Rebecca repensa à la bizarrerie de la situation : ses vieilles réponses aux questions sur la série du *Plan de travail* et son origine confuse, sur ses appareils et son choix des formats. Une question agressive posée par un homme sur la différence entre la photo argentique et la photo numérique. « Les différences sont tellement évidentes, avait-il dit. Je suis choqué que quelqu'un comme vous ne les remarque pas. » Une question agressive d'une femme qui considérait l'attention portée à l'« iconographie » de *Nature morte au torchon* comme largement exagérée. Rebecca avait trouvé le titre plutôt bon, peut-être même meilleur que celui qu'elle avait choisi tant d'années auparavant. Les mots lui avaient toujours manqué pour décrire ses photos. Confrontée aux questions sur son travail actuel, elle était restée évasive : rien de ce qu'elle aurait pu dire sur les croix n'aurait réussi à dépeindre la réalité de ces images.

Une seule fois, elle avait été surprise. Une jeune femme au milieu d'un groupe de jeunes gens – des étudiants en beaux-arts, elle les repérait aisément – avait demandé avec beaucoup de sérieux : « Pouvez-vous nous donner le secret de votre succès ? » On aurait dit une question préparée, que la jeune femme aurait répétée encore et encore pendant son trajet en métro. La réponse de Rebecca, en revanche, avait été tout sauf préparée.

« Le secret, c'est qu'il n'y a pas de secret, avait-elle déclaré. C'est le cas pour presque tout, en ce qui me concerne. Tout arrive par accident. (Un grand silence avait suivi cette affirmation, et elle s'était empressée d'ajouter :) Je suis désolée, on dirait une voyante. »

Par la suite, elle avait regretté ces paroles, et espéré que les étudiants ne retiendraient que la première partie de sa réponse.

À la fin de l'entretien, elle avait dédicacé quelques affiches et livres, ainsi qu'un article paru dans un magazine d'art, puis elle s'était faufilée par une porte latérale pour monter dans la voiture qui l'attendait. Installée sur le siège arrière, elle se rendit compte que pas une fois elle n'avait pensé à Jim Bates, ni à ses comptes en banque, ni à l'avenir. Elle regarda la ville défiler derrière la vitre et songea que, parfois, le travail c'était ça : oublier.

Elle demanda au chauffeur de faire un détour par son immeuble, où elle vit un portier inconnu aider quelqu'un à sortir d'un taxi. La pâtisserie du coin avait fermé et un panneau annonçait la prochaine ouverture d'un restaurant mexicain. Elle voulut ensuite passer par l'appartement de son père. Celui-ci était assis avec Sonya sur un banc au bout de l'allée circulaire ; il tendait son visage aux pâles rayons du soleil hivernal et Sonya lisait un magazine. Rebecca se sentit comme une intruse.

« Continuez », dit-elle au chauffeur.

Elle s'adossa dans son siège, une touriste dans sa propre vie.

Quand elle émergea de la voiture devant son cottage, la nuit était tombée et la journée tout entière tenait de l'illusion. C'était quoi, ça ? pensa-t-elle. En ouvrant la porte de la maison, elle aperçut les yeux du chien qui brillaient dans la faible lueur venant de la cuisine.

« Je suis de retour », dit-elle, et le chien accueillit l'information par un unique battement de queue.

Se faire discret

Un après-midi, Rebecca reçut la visite inattendue de Sarah qui portait une veste en laine rouge, un béret écossais et un grand panier d'osier contenant une Thermos de café aromatisé, une dizaine de scones et un quatre-quarts au citron aussi gros qu'une brique.

« Je me suis fait tellement de souci pour vous », dit Sarah en l'enlaçant.

Le café était fort et le quatre-quarts délicieux, mais après avoir écouté le flot de paroles de Sarah pendant une heure et demie (la hausse des prix du café, l'ouverture annoncée d'un Starbucks au centre commercial, la difficulté à trouver des graines de pavot et l'attaque d'apoplexie dont avait été victime la tante de Tad), Rebecca se rendit à l'évidence : quand elle allait au café de Sarah, elle avait la possibilité, au moment de son choix, de payer l'addition et de partir ; chez elle (ou ce qui lui en tenait lieu pour l'instant), en revanche, elle ne pouvait qu'attendre que Sarah perdît son souffle. Sarah avait beaucoup de souffle.

« Je dois vous dire quelque chose que je n'ai dit à personne d'autre, parce que je sais que vous ne me jugerez pas. Je l'ai vu le premier jour où vous êtes arrivée, même ma mère a dit : "Cette femme-là ne juge pas, on peut le voir en regardant ses photos." Kevin a eu quelques problèmes récemment. Le mois dernier, il s'est fait prendre en conduisant en état d'ébriété. Je ne veux pas que quelqu'un d'autre le sache. »

(Tout le monde le savait. On se demandait simplement pourquoi ce n'était pas arrivé plus tôt. Il y avait presque toujours une voiture de patrouille garée sur le parking de l'atelier de mécanique, à un pâté de maisons du bar de Ralph, prête à arrêter les gars qui, en rentrant chez eux, avaient tendance à rouler tellement sur le côté qu'ils faisaient pratiquement du lèche-vitrines. La technique de Kevin était quelque peu différente : il attendait au feu rouge devant le bar, puis appuyait d'un coup brutal sur l'accélérateur dans un crissement de pneus aigu en hurlant : « NASCAR Kev ! » Cela ne produisait pas tout à fait l'effet escompté, vu qu'il conduisait un SUV Subaru.

« Ce type est tellement con, il est passé à côté des flics en hurlant "NASCAR Kev" avec la vitre baissée, avait raconté le barman.

— Avec ce temps-là, il baisse la vitre ? avait demandé un des hommes au bar.

— Complètement con », avait dit le barman.)

« Merci de m'avoir écoutée, dit Sarah en se levant pour partir. Désolée d'être restée aussi longtemps. Et on n'a même pas eu le temps de parler de Jim, voilà encore quelque chose dont je voulais vous parler, mais ça fait une éternité que vous n'êtes pas venue, et je n'arrête pas de me dire : Oh mon Dieu, il faut que je parle à Rebecca de ce pauvre Jim Bates et… (Rebecca leva abruptement la main, comme par réflexe : Non, stop, tout de suite. Son geste fut si soudain que Sarah s'arrêta net, la bouche ouverte. Il y eut comme un cliquètement quand elle la referma, puis elle tendit une main vers celle de Rebecca.) Je comprends, assura-t-elle, je comprends tout à fait. C'est tellement dur, n'est-ce pas ? Je sais. Il ne vient plus beaucoup chez moi non plus, et quand il vient j'essaie de lui parler mais il est comme… (La main de Rebecca se leva de nouveau.) D'accord, restons-en là pour l'instant. Mais ne devenez pas une étrangère. C'est ce que ma mère dit toujours, ne devenez pas une étrangère. Tad dit que les artistes ont des phases, et je comprends ce qu'il veut dire ; il y a des fois où je prépare des roulés à la gelée et puis tout d'un coup je lève la tête et voilà que trois heures se sont passées. Je sais que c'est différent de ce que vous faites, mais vous savez ce que je veux dire. Il a besoin de vous parler, Tad, mais il ne veut pas interrompre votre processus, comme il dit. Et puis il doit conduire sa mère au centre de rééducation où est sa tante – tout le côté gauche de son corps a l'air mort… (Une rafale de vent passa par la porte, et Rebecca frissonna. Le radiateur aidait un peu, mais pas autant qu'elle l'avait espéré.) Oh mon Dieu ! Il ne faut pas que je vous laisse dans le vent. Mais ne devenez pas une étrangère. J'aime bien vos cheveux, comme ça. Ça change. »

Sarah partie, Rebecca se regarda dans le miroir, ce qu'elle n'avait pas fait depuis plusieurs jours. Ses cheveux descendaient maintenant jusque sous ses épaules, et elle avait pris l'habitude de les natter dans son dos. Elle soupira.

« Je ressemble à une de ces femmes », déclara-t-elle au chien, qui eut l'air de comprendre ce qu'elle voulait dire.

Elle-même n'en était pas sûre. Une de ces femmes qui se laissaient aller, qui ne faisaient plus attention à leur apparence ? Une de ces femmes qui avaient renoncé, comme celles qu'elle voyait parfois au marché en ville, avec leur cabas en toile, acheter une seule grappe de raisins et une boîte de huit sachets de thé ?

Une semaine plus tard, Rebecca se rendit au Tea for Two, aussi bien pour le petit déjeuner que pour prévenir une autre visite à domicile. Elle prit soin de s'assurer que la camionnette de Jim Bates n'était pas là avant de se garer devant le café. « Youpi ! » s'exclama Sarah, faisant sursauter deux étrangers qui arrivaient de toute évidence de l'autoroute. Ils étaient les seuls clients, puisqu'il était presque 10 heures et que tous les habitués étaient partis depuis longtemps. Rebecca alluma son ordinateur et se mit au travail, passant en revue ses photos des dernières semaines. Ce qui arriva ensuite fut soudain, inattendu et, comme la suite le démontrerait, profitable.

Des photos de chien

Rebecca reçut deux messages importants bien que laconiques le même jour.

« Appelle-moi », disait le premier, envoyé par TG. Rebecca se demanda s'il y avait jamais eu un moment dans la vie de TG où celle-ci avait employé, ou envisagé d'employer, ou été priée d'employer les mots « s'il te plaît ». TG était comme figée dans l'ancien temps des télégrammes, où chaque mot était facturé et où les bonnes manières coûtaient cher. Elle la rappellerait quand elle aurait un moment. Ou la prochaine fois qu'elle irait en ville. Elle l'appellerait quand elle serait prête.

Elle l'appela une demi-heure plus tard, d'un rond-point où, pour une raison connue uniquement de la compagnie de téléphone, la communication était aussi claire que si elle se trouvait en face de son interlocuteur. Peut-être y avait-il de l'argent à la clé…

« Des photos de chien, dit TG, sa voix aussi limpide qu'un enregistrement numérique, y compris les notes sous-jacentes d'incrédulité, de mépris et d'hostilité.

— Des photos de chien ?

— Des photos de chien.

— Des photos de chien, fit Rebecca, la voix tendue.

— Je vais à un vernissage à Chelsea, et Jackson Meehan, du magazine *Aperture*, arrive vers moi et me dit : “Vous ne représentez pas Rebecca Winter ?” Je m’attends donc à ce qu’il me parle d’une commande et, au lieu de ça, il me dit qu’un ami à lui est entré dans un petit café pas loin de l’autoroute le mois dernier et y a vu six photographies sur le mur. Six photographies de Rebecca Winter, dont l’agent de Rebecca Winter ignorait l’existence. Si tu avais vu l’expression de Jackson Meehan ! Six photos de Rebecca Winter, dont son ami a fait l’acquisition, les six pour 1 200 dollars. Des photos de chien. »

Sarah avait été tellement excitée, toute rose de plaisir. Cela avait commencé comme un troc, quand Rebecca, une fois de plus, s’était retrouvée à court de bois de chauffage, et sans pouvoir bénéficier cette fois d’un fendeur de bûches. Sarah avait vu les photos sur l’ordinateur (« Je n’espionnais pas, je nettoyais simplement, et j’ai vu celle-là et j’ai dit : Waouh, elle est géniale »), et Rebecca avait fait des tirages et en avait encadré une série à accrocher sur le mur blanc et vide. Puis, d’après Sarah, un homme était entré un matin et, son café à la main, avait regardé les signatures des photos avant de demander :

« Combien ?

— Pour laquelle ? » avait demandé Sarah.

(« Je jure qu’il regardait celle où le chien fixe l’objectif en bâillant. J’adore celle-là. Des fois je dis : “Kevin, je vais rapporter la photo à la maison et je vais l'accrocher dans le salon", parce que je sais que lui aussi va l'adorer. Il n'est pas trop art, ni chiens, mais je sais qu'il l'adorerait. »)

« Toutes », avait répondu le visiteur.

Qu'avait éprouvé Rebecca devant le mur dépouillé ? Étonnement ? Désarroi ? Sarah lui avait tendu 1 200 dollars en coupures de 100, et elle s'était sentie à la fois humiliée et transportée de joie. Voilà à quoi tout se résumait… Elle avait convaincu Sarah d'accepter une commission de 100 dollars, et en retour elle avait reçu la promesse de toute une vie de scones gratuits. Des photos de chien.

« Des photos de chien », répéta TG.

Quel fut le déclencheur ? Le fait qu'il faisait si froid dans la voiture qu'elle pouvait voir la buée de son haleine ? Ou que la couture de sa parka était déchirée et libérait un nuage de plumes quand elle se tournait pour monter le chauffage ? Était-ce son mal de tête, probablement dû à la chaudière qui fumait et au feu de cheminée provoqué par les bûches pourries de Kevin ? Était-ce parce qu'elle gardait la pelle à neige dans la maison, au cas où il y aurait une autre tempête, et que cette pelle ne cessait de tomber chaque fois qu'elle passait à côté ? Ou parce qu'elle avait rentré du bois pendant deux jours, l'empilant soigneusement, mais que ce tas ne cessait de s'écrouler – et qu'il devait donc exister une bonne façon de faire, inconnue d'elle ?

Ce fut probablement tout cela qui lui fit dire d'une voix glaciale, semblable à celle de TG :

« Où veux-tu en venir ?

— Où je veux en venir ? Tu dévalues l'image de marque. Une photographie de Rebecca Winter possède une certaine cote. Une photographie de Rebecca Winter jouit d'un certain prestige. Une photographie de Rebecca Winter passe par ce bureau.

— À quand remonte ta dernière vente d'une de mes photos, en dehors de celle qu'ont achetée les Greifer et que tu n'aimais pas particulièrement ?

— Ça, ça vient du produit, pas du vendeur. »

Les cheveux de Rebecca étaient couverts de plumes, et en essayant de parler elle en sentit une sur sa langue. Elle l'ôta, toussa et lâcha d'une voix forte : « Tu es virée. »

Papa parti

L'autre message s'afficha sur son ordinateur après son retour à la maison, où son sillage de plumes fit éternuer le chien. Elle retira la parka et la fourra dans la poubelle, puis nettoya les traces qu'elle avait laissées. Pas d'argent, pas de travail, pas d'agent, mais au moins la parka avait survécu au plus fort de l'hiver et ne l'avait pas laissée tomber en décembre. (Ses exigences avaient clairement été revues à la baisse…) Elle regarda le chien. « Des photos de chien », dit-elle, et le chien lui prêta toute son attention. Il adorait être photographié. Il y avait toujours quelque chose à manger après.

Rebecca alluma l'ordinateur et scruta les photos du chien. Elle tirerait une autre série, et peut-être qu'un autre New-Yorkais de passage s'arrêterait pour un café et repartirait avec des photos. « Elles feraient des cartes postales adorables », avait dit Sarah, comme si cela pouvait être le point culminant de la réussite de Rebecca.

Elle n'avait reçu qu'un seul courriel, d'une adresse qui, l'espace d'un instant, lui sembla à la fois étrangère et familière. Puis elle reconnut l'adresse de Sonya. Elle ouvrit le message et lut : « Papa parti. »

Papa parti

Extrait de la rubrique nécrologique du *New York Times* :

> *Winter, Oscar : Mari, père et grand-père bien-aimé. Ancien président de l'entreprise Freeman, de la ville de New York. Il laisse derrière lui son épouse, Beatrice ; sa fille, Rebecca ; son petit-fils, Benjamin Symington. Les amis seront les bienvenus à la chapelle du souvenir de Riverside, 66e rue Ouest, le jeudi à 10 heures. L'enterrement aura lieu au cimetière de Green-Wood, Brooklyn.*

Papa parti

« Pas de shiv'ah ? demanda l'homme en costume gris.

— Mon père a laissé des instructions explicites, confirma Rebecca.

— D'accord. Sa prévoyance était exemplaire. Pour votre mère aussi, d'ailleurs. Il a choisi le cimetière de Green-Wood, où est enterré Leonard Bernstein ; il pensait que cela plairait à votre mère. Mais il arrive que la famille ne soit pas tout à fait d'accord avec les projets du défunt et décide d'apporter quelques changements. (Il se pencha vers Rebecca et lui toucha le bras.) À propos, je voulais vous dire que j'adore votre travail.

— Pas de shiv'ah », intervint Ben.

Sonya regardait ailleurs. Elle était luthérienne, pour elle il n'y avait pas d'enjeu dans cette discussion. Pendant toutes ces années, Rebecca avait présumé que Sonya était juive, elle aussi, de la même façon implicite que l'avait été la famille Winter, mais il s'avérait qu'elle s'était imprégnée de leur judéité et l'avait utilisée à sa guise sans l'adopter du tout, comme elle avait fait avec leur prédilection pour la confiture de fraises (pas la gelée) et les chemises légèrement amidonnées.

« *Une famille en or*, avait-elle expliqué la veille au soir à Rebecca en désignant la télévision, à côté de laquelle une lampe solitaire donnait un air d'affliction à la pièce et laissait dans l'ombre le Mary Cassatt. Il dit : "Sonya, comment fait pas de tarte cerises ?" Je lui dis : "Boulanger sur boulevard en vacances, deux semaines." Il dit : "Pas manière faire affaires, ça." Puis lui tousser, puis lui tomber, puis moi appelle secours.

— Je sais que tu as fait ce que tu as pu », avait affirmé Rebecca.

Elle observa la chapelle funéraire, un salon pour les morts ou, plus exactement, pour les amis des morts. Elle y était déjà venue de nombreuses fois ; ils refaisaient régulièrement la décoration. Actuellement, la pièce était bleu et crème ; elle avait été or et brun clair à la mort de la grand-mère de Rebecca. À cette occasion, ils avaient fait shiv'ah dans leur appartement, à quelques rues de là.

« Shiv'ah ? En voilà une arnaque ! avait l'habitude de dire son père. Il y en a qui apportent à manger, mais quoi ? Des minuscules cocottes de rien du tout, juste assez pour quatre personnes au petit appétit, alors que la maison est pleine de monde ! Tu sais ce que veut dire *shiv'ah* ? Affamé ! Et des tonnes de saumon fumé ! »

Comme s'il lisait dans ses pensées, Ben se pencha vers elle et dit :

« Tu sais combien de bagels il faudrait pour shiv'ah ?

— Des centaines », murmura Rebecca, et Ben posa un bras sur ses épaules.

Peut-être pas autant. Son père avait quatre-vingt-onze ans. En dehors de sa fille, son petit-fils et, à la limite, sa femme et Sonya, il n'avait plus de famille. Presque tous ses amis étaient morts aussi, ainsi que ceux qu'il avait connus chez Freeman avant la fermeture de l'usine. On y fabriquait des soutiens-gorge pratiques que dans l'entreprise on appelait « brassières » ; des gaines si ajustées que « vous gagnerez une taille », selon le slogan publicitaire imaginé par le grand-père de Rebecca. Pendant des décennies, les sous-vêtements avaient apporté un revenu régulier, voire une fortune ; puis les femmes avaient délaissé les gaines au profit des soutiens-gorge en dentelle fins et légers, noirs ou turquoise. Celles qui portaient encore du Freeman avaient vieilli, puis étaient mortes, et les machines à coudre s'étaient arrêtées, puis avaient été vendues.

« Je ne m'attendais pas à autre chose », avait commenté sa mère avec dédain.

Les chaises du funérarium étaient vides, excepté pour un frêle couple d'anciens voisins, du directeur et d'une aide-soignante de la maison de soins où vivait sa mère, et de la mère de Rebecca qui semblait endormie dans son fauteuil roulant, le menton sur la poitrine, ses doigts frémissant très légèrement. Elle portait une robe noire que Sonya avait apportée la veille, trop large de plusieurs tailles et dont les pinces saillaient agressivement parce qu'il n'y avait rien pour la remplir. À quatre-vingt-six ans, Bebe Winter avait le corps d'une fillette, et aucun de ses sous-vêtements Freeman, qui auraient pu durer toute une vie, ne lui allait plus.

Lorsque sa mère était arrivée, Rebecca avait poussé le fauteuil jusqu'au cercueil, et Bebe l'avait contemplé avec un regard si féroce que Rebecca n'avait pas pu s'empêcher de penser à l'aigle qu'elle avait photographié quelques mois auparavant.

« Ses yeux font peur, avait-elle dit alors à Jim Bates, qui avait secoué la tête.

— Tout le monde dit ça, avait-il répondu. Je ne suis pas d'accord. Je trouve qu'il a l'air de tout voir. »

Une femme en costume sombre arriva à la hâte, tout essoufflée. « Désolée », articula-t-elle en silence. C'était une des voisines de son père. Ben, lui, avait identifié un homme en parka comme étant un des producteurs du film qu'il venait de terminer.

« Quelle foule », dit-il.

Voici donc à quoi pouvait ressembler une cérémonie pour ceux qui avaient survécu à leur propre vie : un petit nombre de personnes plus ou moins affligées, indirectement liées au cher défunt et qui considéraient le déplacement jusqu'au cimetière comme superflu.

« Le rabbin voudrait commencer dans quelques minutes », prévint le directeur du funérarium.

Encadrée par Ben et sa mère dans son fauteuil, Rebecca hocha la tête. Elle savait ce que dirait le rabbin (et il le dit) : Oscar Winter était un homme bon. (Vrai.) Il avait été un homme d'affaires très brillant. (Non, même pas de loin.) Mais ce qui comptait le plus pour lui, c'était sa famille. (Vrai.) Il était aimé de sa femme Beatrice, avec qui il avait été marié pendant plus de soixante ans. (Le nombre d'années était exact. Sa mère ne leva même pas la tête à l'énoncé de son nom. Rebecca regarda ses mains, qui jouaient la *Sonate au clair de lune*. C'était l'unique pièce de musique qu'elle-même savait jouer, et elle la reconnut immédiatement. Elle l'avait toujours considérée comme une pièce funéraire et se demanda si c'était aussi le cas de Bebe. « C'est pour les amateurs », disait Bebe chaque fois qu'on lui posait la question.)

Seuls Rebecca et Ben firent le trajet jusqu'au cimetière de Brooklyn dans la limousine noire. Sonya préféra monter dans la petite voiture conduite par son neveu, et la maison de soins avait mis un moyen de transport à la disposition de sa mère et de l'aide-soignante. (La première pensée de Rebecca avait été pour le coût supplémentaire, et elle en eut honte.) Ben portait un jean noir avec une veste sport noire. Elle s'en fichait, mais elle essaya d'imaginer la réaction de sa mère si elle avait eu toute sa tête ; pour Bebe, même une veste élégante en cachemire et un pantalon de fine laine n'étaient qu'un indigne substitut de costume.

« C'était un chouette type, dit Ben en posant les mains sur celles de sa mère.

— Ça, c'est vrai.

— "Benji ! Regarde ! *Le Pont de la rivière Kwaï* ! Le plus grand film de tous les temps ! Rien à voir avec ces trucs complètement à l'ouest que tu vas voir !"

— Tu l'imites très bien, dit Rebecca en souriant. Il serait fier de toi.

— Je vais tester sur Nana, voir si elle réagit.

— Ne la réveille pas, et ne l'interromps pas si elle joue. »

Ils dépassèrent une série de *bodegas* et de garages automobiles. Où étaient-ils donc ? Le chauffeur devait sûrement prendre un chemin détourné. Rebecca pouvait voir le corbillard qui les précédait.

« Leonard Bernstein est-il vraiment enterré là, ou est-ce qu'il a dit ça simplement pour faire plaisir à Nana ? demanda Ben.

— Non, c'est vrai. Jean-Michel Basquiat aussi, d'ailleurs.

— Waouh ! Aléatoire, comme choix. Il y a de la place pour toi ?

— Je n'en sais rien, et je n'ai pas vraiment envie de le savoir.

— Nature morte à l'urne ?

— Tu te crois malin, toi !

— Tu sais qu'on peut compacter tes cendres pour en faire des feux d'artifice et t'envoyer en l'air ? (Rebecca haussa un sourcil.) Trop tôt, c'est ça ? » fit-il, et elle rit.

Les allées serpentaient entre les magnifiques pelouses et monuments funéraires du cimetière. Un jour, Rebecca avait pris des photos ici, mais elle n'en avait jamais rien fait.

« Tu connaîtrais un jeune agent qui voudrait représenter une vieille photographe ? demanda-t-elle à Ben, les yeux fixés sur les pelouses.

— Tu es sérieuse ?

— J'ai viré TG. Ou peut-être que c'est elle qui m'a virée. J'ai pris des photos de mon chien et Sarah les a accrochées dans son café. TG a pris la mouche. Elle n'arrêtait pas de répéter : "Des photos de chien".

— Je suis sûr que ce sont de très belles photos de chien.

— Ce sont de bonnes photos de chien. C'est un

bon chien. Je sais qu'il te plaira. Mais pour l'instant, il me faut un agent. J'aimerais quelqu'un de plus jeune. Et de plus sympa.

— Maman, ça coule de source. Tu es Rebecca Winter.

— J'étais Rebecca Winter. »

Ses paroles restèrent coincées dans sa gorge et sa voix trembla, pas à cause de l'argent, ni des photos de chien, ni de TG, ni de sa carrière, ni même des lasagnes qui n'étaient jamais venues, mais parce qu'elle se souvenait de son père qui parfois la présentait en disant : « Voici ma fille, Rebecca Winter. Oui, tout à fait, *la* Rebecca Winter. »

La voiture s'arrêta et Ben lui donna la main pour l'aider à sortir.

« Tu seras toujours Rebecca Winter », dit-il, et elle se mit à pleurer.

Elle s'essuya les yeux quand elle aperçut le monticule de terre ocre à quelques pas de l'allée, jouxtant un carré de gazon artificiel, et elle se tourna vers les hommes en costumes sombres et manteaux noirs qui portaient le cercueil jusqu'aux tréteaux surmontant la tombe.

Ben l'entoura de son bras, et ce ne fut qu'une fois arrivée au bord de la tombe qu'elle découvrit Sarah et Tad qui attendaient de l'autre côté. Sarah portait un manteau noir trop ajusté avec un col de fausse fourrure. Peut-être l'avait-elle emprunté pour l'occasion. Le rabbin parla, restant vague. Il cita des passages du livre de la Sagesse, puis tendit la pelle à Rebecca. Elle savait qu'elle ne devait envoyer que quelques pelletées, pour la forme, mais elle continua et continua jusqu'au moment où ses bras brûlèrent. Ben s'approcha d'elle en douceur et chuchota : « Allez, laisses-en un petit peu pour les autres. » Lui aussi pelleta un bon moment, puis il tendit la pelle à Sonya qui secoua la tête et la passa à Tad. C'était un pelleteur efficace. Ensuite, Ben mit la pelle dans les mains de Bebe Winter et guida son geste.

« Benjamin Symington, le petit-fils d'Oscar Winter, va réciter le kaddish funèbre », dit ensuite le rabbin.

Rebecca écouta son fils qui récitait le kaddish en hébreu, lui qui n'avait jamais célébré sa bar-mitsva et qu'elle n'avait pu faire circoncire qu'après une âpre bataille. (« C'est barbare », avait dit Peter, mais elle avait tenu bon ; c'était une des rares choses sur lesquelles elle n'avait pas cédé.) Ben avait dû l'apprendre assez récemment, pour s'en souvenir encore à la mort de son grand-père. De toute son enfance passée dans un foyer juif qui refusait de se reconnaître comme juif, la seule chose qu'elle-même ait retenue du kaddish était « amourcharité », en un seul mot. Et encore, elle avait appris cela dans un cours sur les religions du monde à Holyoke.

(« Pop, apprends-moi le kaddish », avait dit Ben un soir après la dernière question de « Jeopardy ». Et il l'avait appris.

« Maintenant, tu pourras réciter le kaddish pour moi quand je serai parti, avait dit Oscar Winter. Tu veux une glace ? Ben & Jerry's ! Les meilleurs ! »)

Quand Ben eut fini, il inclina la tête, et deux choses se produisirent simultanément : Tad se mit à chanter, et la mère de Rebecca émit – quoi exactement ? Une mélopée ? Un vagissement ? Ou était-ce aussi une sorte de chant, contrepoint au kaddish chanté par Tad ? Quoi qu'il en fût, il monta dans l'air et y persista jusqu'aux dernières notes du chant, et on y sentait de la douleur.

« Nous allons la ramener maintenant, si vous êtes d'accord, dit l'aide-soignante. Nous ignorons ce qu'elle peut comprendre, n'est-ce pas ? Cela peut être perturbant pour elle. (Le menton de Bebe Winter reposait de nouveau sur sa poitrine et ses yeux étaient fermés, comme si, après avoir dit ce qu'elle avait sur le cœur, elle avait pu aussitôt se rendormir profondément.) Nous vous ramenons à la maison, madame Winter, articula l'aide-soignante d'une voix forte en désignant le véhicule rouge et blanc qui contrastait avec les verts et gris du cimetière.

— Drôle de service, confia l'ancien voisin à sa femme tandis qu'ils se dirigeaient vers leur voiture.

— Je suis profondément désolé pour le retard, s'excusa Tad.

— Bien joué, mec. Vous êtes un sacré chanteur ! dit Ben en secouant la main de Tad.

— Tad, c'était magnifique, déclara Rebecca. Vraiment, vraiment magnifique. Je ne saurai jamais vous remercier assez. Mon père aurait beaucoup aimé. Je ne me doutais pas que vous connaissiez le kaddish.

— J'ai étudié la musique sacrée pour mon propre compte, expliqua Tad.

— Vous êtes un sacré chanteur », répéta Ben.

Tad s'inclina tandis que Sarah prenait les mains de Rebecca dans les siennes et se mettait à parler à voix basse.

« Nous serions arrivés largement à l'heure s'il

n'y avait pas eu un accident sur l'autoroute, et si quelqu'un n'avait pas prétendu connaître New York mieux qu'il ne le connaît en réalité.

— Les instructions étaient erronées, précisa Tad.

— Je ne savais pas que vous viendriez, dit Rebecca. Je suis très touchée. Vous n'aviez pas besoin de faire tout ce chemin.

— Comment ? Bien sûr que si. Tad a vu l'annonce sur Internet et j'ai dit : "Nous devons aller à la veillée", et il a dû m'expliquer, ce qui était embarrassant, je dois dire… Vous êtes juive, alors ?

— Théoriquement.

— C'est juste que… Winter ? C'est un nom juif ?

— Winter, c'est le genre de nom qu'adopte une famille juive du nom de Weiner.

— Très habile, maman, chuchota Ben.

— Et votre nom de famille est Simon ? demanda Sarah à Ben. C'est juif, ça aussi ? »

Ce fut la goutte qui fit déborder le vase, et Rebecca ne put s'empêcher d'éclater de rire, un rire proche de l'aboiement qui fit tourner la tête aux employés du funérarium. Elle mit une main devant sa bouche.

« La frontière est mince entre le chagrin et la folie, chuchota Sarah à l'adresse de Ben. (Elle prit la main de Rebecca et s'éloigna avec elle.) Je suis sûre que Jim serait venu avec nous s'il avait su, ajouta-t-elle. Mais je n'ai pas eu le cœur de le lui dire. Je sais que vous comprenez. Le pauvre a tellement supporté, j'ai pensé ; si je lui parle du papa de Rebecca, ça ne fera que rouvrir les plaies et il n'a pas besoin de ça, il est déjà assez triste comme ça. Je veux dire, on voit qu'il a mal après tout ce qui s'est passé. C'est un gars fort, il s'en sortira, non ? Mais ça prendra du temps, et j'ai pensé : Je ne vais rien lui dire et il pourra vous présenter ses condoléances à sa façon, à la maison. J'ai eu raison ? »

Rebecca se sentait comme dans un de ces horribles cocktails à Manhattan où les gens prétendaient tout savoir sur des événements ou des personnes dont ils ignoraient tout. Elle savait qu'elle aurait dû hocher la tête, mais elle décida d'aller à l'encontre des habitudes.

« Sarah, je n'ai pas la moindre idée de ce dont vous parlez.

— De sa sœur, Polly. Vous savez.

— Non, je ne sais pas.

— Sa sœur Polly, qui est morte, et combien ç'a été dur pour lui, combien ça lui pèse.

— Elle est morte ? Sa sœur, Polly ? Elle est morte ?

— Vous ne saviez pas ? J'ai cru que nous en avions parlé, le jour où je suis venue chez vous. Nous en avons parlé, non ? Je veux dire, je pensais que vous étiez bouleversée à cause de ça, à voir votre façon d'agir, alors nous ne sommes pas entrées dans les détails, si vous voyez ce que je veux dire… Vraiment, vous n'étiez pas au courant ? Tad, Rebecca n'était pas au courant pour Polly Bates !

— Tragique, tragique, dit Tad.

— Comment est-elle morte ?

— Personne ne le sait précisément, répondit Tad. Elle était malade depuis un moment.

— Et elle est morte ? Oh ! non, je l'ignorais. Quand est-ce arrivé ?

— Juste après la grosse tempête, dit Sarah. En fait,

il me semble qu'il l'a trouvée le lendemain. Les gens pensent que c'est peut-être pour ça qu'il n'y a pas eu de service funéraire, vous savez, trop de difficultés pour se déplacer et tout ça. Ou peut-être que le sol était trop dur, qui sait ? Je déteste penser à des trucs comme ça, mais c'était peut-être la raison.

— Oh non ! fit Rebecca.

— Ça va, maman ? demanda Ben.

— Ça lui a brisé le cœur, dit Sarah.

— Oh non ! »

Ben la prit par les épaules, et ils s'éloignèrent ensemble tandis qu'un des employés des pompes funèbres faisait un signe de tête à ses collègues pour commencer à combler la tombe d'Oscar Winter.

Shiv'ah

En sortant du cimetière, Tad amena Sarah déjeuner dans un restaurant italien de la 21e rue Est, où les serveurs chantaient des airs d'opéra en apportant les plats. Le directeur adjoint de la chorale et sa femme lui avaient fait découvrir cet endroit la veille du concours Rothrock, et Tad ne l'avait jamais oublié. La salle était vieillotte, avec des tas de fioritures depuis longtemps passées de mode : des bougies dans des bouteilles ventrues de chianti, des scènes vénitiennes dans d'énormes cadres rococo dorés (pour accompagner la nourriture napolitaine). Tad commanda le même plat qu'il avait pris quand il avait treize ans, des *saltimbocca* de veau. La première bouchée lui rappela la dernière soirée de bonheur sans nuages de sa vie.

« Mon cœur appartient à New York, affirma-t-il.

— Moi, je n'y comprends pas grand-chose, dit Sarah. J'ai toujours l'impression qu'il s'y passe trop de trucs et, pour quelqu'un dans ma branche, c'est impossible : il y a un café à chaque coin de rue. En plus, je ne sais pas si tu as remarqué, mais toutes les femmes sont minces. Toutes. Mais toi, tu pourrais vivre ici si tu voulais. Je parie que tu pourrais faire trois ou quatre anniversaires par week-end.

— Je ne dirai pas que je n'y ai pas songé, admit Tad. La rencontre avec Mme Winter m'a inspiré. C'est une artiste authentique.

— Et toi, alors ? Tu dis que tu ne chantes plus, et puis voilà que tu ouvres la bouche et, oh mon Dieu, c'était si foutrement beau, excuse le langage, mais c'est vrai. Je n'ai rien compris à ce que toi et Ben… – c'est bien Ben ? C'est comme ça qu'il s'appelle ? – à ce que vous avez dit, mais c'était tellement triste ! Et ta façon de chanter… Waouh ! Simplement waouh ! Sincèrement. »

Tad baissa les yeux. Il aimait beaucoup Sarah, mais elle n'était pas vraiment apte à juger. En revanche, les paroles de Rebecca l'avaient beaucoup touché. Il croyait deviner qu'elle n'était pas quelqu'un prodigue de compliments.

(Assise en face de Ben dans un restaurant de cuisine fusion franco-asiatique, à peine quelques rues plus loin, Rebecca racontait l'histoire de l'effondrement de Tad au concours de chant.

« Ce n'est plus un petit soprano, mais un sacré ténor, dit Ben.

— J'ai été très émue que tu récites le kaddish.

— Ouais, bon, on ne va pas partager ce moment avec papa, d'accord ?

— Compris.

— Ça va, toi ?

— J'ai grand besoin d'un verre de vin.

— C'est à cause de ce que Sarah t'a dit à propos

du gars et de sa sœur ? C'est le type avec qui tu travailles, non ? »

Rebecca hocha la tête.

« Je me sens horrible. J'aurais dû le savoir.

— Nous sommes des New-Yorkais. Nous nous occupons de nos affaires.

— Je ne sais pas si c'est encore mon cas », répliqua Rebecca.)

« Cela me choque beaucoup que Rebecca n'ait rien su pour Polly Bates, dit Sarah. Je pensais qu'ils étaient bons amis. Pas avec Polly, bien sûr : je ne lui ai jamais connu aucun ami, elle ne venait jamais au café, je ne l'aurais pas reconnue si je m'étais trouvée en face d'elle. Enfin, tu vois ce que je veux dire… Non, avec Jim. Je pensais que Jim le dirait à Rebecca… Je t'ai raconté que j'ai vendu toutes les photos du chien, non ? En une fois. Elle m'a donné une autre série, et peut-être que je réussirai à la vendre aussi. »

Leur serveur apporta le café et entonna *La donna è mobile.* Tad fredonna doucement.

« Celle-là, je la connais », dit Sarah.

En partant, Tad prit la carte du restaurant et la glissa dans la poche de sa veste.

Davantage de shiv'ah

Rebecca attrapa son stylo à plume en or et ouvrit une boîte de papier à lettres bleu pâle achetée au centre commercial.

Couché sous la table, le chien soupira ostensiblement. Il n'avait pas apprécié les deux jours passés dans la remise en l'absence de Rebecca. Il y faisait froid, et il s'était habitué à autre chose.

Cher Jim,
J'ai été tellement désolée d'apprendre la mort de ta sœur.

Trop froid, trop formel. Elle jeta la feuille dans la corbeille à papier sous la table. Le chien la ressortit et passa le temps à en faire des confettis.

Cher Jim,
Sarah m'a dit que ta sœur Polly est morte soudainement.

Soudainement ? On lui avait dit que la sœur avait été malade. Peut-être avait-elle agonisé pendant des mois, la mort pouvant survenir n'importe quand, voire au moment où son unique frère était avec elle, Rebecca.

Elle prit une autre feuille.

Cher Jim,
Je t'écris

Non.

Cher Jim,
Je voudrais que tu saches que je

Non.

Finalement, elle se contenta d'écrire :

Jim,
Je suis désolée pour ta sœur.
Rebecca

Avant de pouvoir se raviser encore une fois, elle plia la feuille et la glissa dans une enveloppe. De son écriture nette et penchée, elle écrivit « Jim Bates » à l'encre noire sur le papier pâle, puis elle s'arrêta.

Elle ne connaissait pas son adresse. Elle ne connaissait pas son adresse. Elle revoyait la petite maison avec sa cuisine jaune et son papier peint fleuri, mais elle ne connaissait ni le nom de la rue ni le numéro.

Aussi le mot resta-t-il sur la table, sous le galet poli, et chaque jour elle songea à demander l'adresse à Sarah, à Tad ou à n'importe qui en ville. Et le mot attendit.

Un jeune agent, une vieille photographe

« Paige Whittington, dit Ben.

— C'est réellement son nom, ça ? demanda Rebecca.

— Arrête de faire ta snob plébéienne. C'est la meilleure. J'ai appelé Maddie, c'est elle qui l'a dit : "C'est la meilleure." »

« C'est la meilleure, avait dit Maddie, l'amie de Ben depuis l'école primaire. (Elle était l'assistante d'un peintre prolifique, qui réussissait à l'être uniquement parce que ses assistants réalisaient une grande partie de ses tableaux à partir de ce qu'il nommait des « modèles ».) Elle a une préférence pour le noir et blanc, mais elle représente également quelques personnes qui font de la couleur. Et aussi ce type, tu sais, celui qui fait les wagons de métro ?

— J'aime bien son travail.

— Tout comme moi. Celle qui a fait la série des œufs est aussi une de ses clientes. Sur ce coup, ta mère s'est un peu fait avoir, mais l'autre sait y faire, elle aussi. Qui a besoin d'un agent ?

— Quelqu'un que je connais.

— Ben ? Benji S. ? »

Il y avait eu trois Benjamin dans leur classe de CP, et depuis ce temps Benjamin était Benji S., à ne pas confondre avec Benji C. ou Benji M. À trois reprises par le passé, les Benji adultes s'étaient rencontrés : l'un était assistant relations publiques pour les New York Yankees ; l'autre, banquier débutant ; et lui, deuxième caméraman pour un film dont aucun des deux autres n'avait jamais entendu parler.

Il y avait eu un silence des deux côtés de la ligne. Respiration. Un son, peut-être Maddie qui ouvrait une bouteille. Puis un cri.

« Ben Symington ! Si tu cherches un agent pour Rebecca Winter, nom d'un chien, si tu envoies ta mère chez Paige Whittington sur mon conseil – ce qui, soit dit en passant, assurerait le succès de Paige –, je veux qu'on m'en attribue le mérite. Je veux que ce soit clairement dit, que Paige Whittington apprenne mon nom, qu'elle m'envoie des fleurs et m'invite aux vernissages.

— J'avais l'impression que tu étais déjà invitée à tous les vernissages, avait répondu Ben. (Sur une feuille blanche et en lettres capitales, il avait noté « Paige Whittington ». Par le passé, Ben avait voulu devenir dessinateur de bandes dessinées. « Graffitis, tatouages, bandes dessinées… Ils se prétendent tous artistes, disait son père. Ce mot a été terriblement déprécié. »)

— Moi, j'ai l'impression que tu te défiles, avait rétorqué Maddie.

— Pourquoi je ferais ça ?

— Et voilà, tu le refais. Ce qui signifie que tu ne veux rien dire. Attends une minute. Ce n'est pas TG qui représente ta mère ?

— Représentait, avait admis Ben.

— Je veux assister à cette conversation ! » avait braillé Maddie avant de raccrocher.

« Paige Whittington représente l'auteur de la série des œufs, dit Ben à Rebecca.

— Ces photos sont excellentes, dit Rebecca. Je suis allée au vernissage.

— Ça fait quand même un peu imitation de Rebecca Winter.

— Arrête. Il n'y a rien de nouveau sous le soleil. Tu as le numéro de Mlle Whittington ?

— Si tu pouvais mentionner le nom de Maddie, ce serait bien. C'est elle qui me l'a demandé.

— Comment va Maddie ? Elle barbouille toujours pour ce vieil escroc ?

— Elle t'envoie ses salutations.

— J'ai toujours bien aimé Maddie.

— Ne commence pas, maman. »

Ce qui arrive ensuite

« C'est Maddie Becker qui vous a recommandée à moi, dit Rebecca.

— Je devrais lui envoyer des fleurs », répliqua Paige Whittington.

C'était un petit bout de femme aux airs de Peter Pan, avec un visage aux traits réguliers. Ses cheveux blonds méchés étaient taillés à trois centimètres de son crâne, elle portait des leggings et une sorte de tunique en batik.

« De la saucisse en croûte ? Ils servent vraiment de la saucisse en croûte ici ? dit-elle en regardant le menu de Tea for Two.

— Si vous commandez ça, vous vous ferez une amie pour la vie », lui affirma Rebecca à voix basse.

Le couinement ravi de Sarah le confirma.

« Vous êtes de New York, c'est ça ? demanda celle-ci.

— Et ma mère est anglaise, par-dessus le marché, dit Paige.

— Quelle chance !

— Quelle est la différence entre la saucisse en croûte et la tourte au porc ? » demanda Paige.

Sarah s'assit et posa sur la table ses avant-bras couverts de farine.

« Aucune, confia-t-elle.

— J'ai compris », dit Paige.

Quand Peter était parti, Rebecca s'était rendu compte qu'elle avait vécu en intériorisant toute une série de récriminations. De la même façon, elle mesura, en moins de temps qu'il n'en fallait à Sarah pour préparer leur déjeuner, combien sa relation avec TG avait été néfaste. Sa prise de conscience avait commencé dès le premier appel à Paige, quand elle avait proposé de venir la voir à Manhattan. « Oh non ! C'est moi qui viendrai », avait rétorqué Paige, paroles aussitôt suivies de l'acte.

Paige lui parla de ses autres clients, et de ce qu'elle ferait pour Rebecca si celle-ci décidait de la prendre comme agent. Ses autres clients étaient moins connus que Rebecca, mais c'étaient des artistes de valeur. Il était tellement agréable de converser avec quelqu'un d'enthousiaste et de sympathique, quelqu'un avec un vrai nom et non des initiales, et qui formait des phrases complètes.

(TG avait passé une semaine à se demander si elle devait faire valoir le contrat qui la liait à Rebecca pour empêcher celle-ci de la virer. Elle avait tout de même fait un rapide calcul de ce que Rebecca lui avait rapporté ces trois dernières années, puis avait dit en grognant : « Bon débarras. » Elle s'était ensuite rendue à une fête donnée sur le toit d'un hôtel en l'honneur d'un artiste londonien qui composait ses sculptures majoritairement d'armes à feu et de grenades.)

« Cette saucisse en croûte est délicieuse, dit Paige à Sarah.

— Eh bien, tout ce que je peux dire, c'est que c'est le meilleur moment de ma journée, de ma semaine, peut-être le meilleur de tout le mois. C'est dur de vendre de la cuisine anglaise dans un endroit comme celui-ci, sauf pour les scones, et même ceux-là sont américanisés, pour être honnête, et Rebecca – je ne peux pas croire que je l'appelle Rebecca, vous avez vu l'affiche au mur ? Elle est signée, excusez du peu – qu'est-ce que je disais ? Ah oui ! Rebecca assure que les scones sont très bons, mais j'ai dû adapter. C'est pour ça aussi que la saucisse en croûte apparaît sous deux noms, le vrai et celui qui fait vendre.

— Excusez-moi, intervint une femme assise à une autre table.

— Eh oh, une minute, chuchota Sarah avec un clin d'œil.

— Waouh ! fit Paige, une fois Sarah partie.

— Ça, c'était juste une mise en train, l'informa Rebecca en mangeant son croque-monsieur qui, sur le menu, portait le nom de « Sandwich suprême de fromage et jambon grillé ».

— À vrai dire, elle m'a donné un peu de répit. Je dois admettre que je suis éblouie et quelque peu bouleversée, et j'ai passé deux heures en voiture à essayer de trouver les mots pour vous convaincre de me laisser vous représenter.

— Quels étaient donc ces mots ?

— S'il vous plaît ? J'adore votre travail ? Non,

pas “J’adore votre travail”, en fait je considère votre travail comme emblématique. Pour moi, il touche à la façon dont nous ressentons la photographie, surtout nous, les femmes. Il est à la fois accessible et mystérieux.

— N’importe quoi. Il n’est pas du tout mystérieux.

— Je ne suis pas d’accord. Comparez-le, disons, aux photos de l’Ouest américain d’Ansel Adams. On peut admirer et même aimer ces photographies, mais à aucun moment on ne se demande : Que va-t-il se passer après ? Leur immuabilité fait leur force, mais elles ne contiennent aucune question. En revanche, tout votre travail contient des questions, cette envie de connaître l’après. Et les femmes le ressentent, s’interrogent, ce qui en fait un travail mutuel, un travail féminin. (Rebecca sourit légèrement.) J’en fais trop, c’est ça ?

— Non, je pensais seulement à une conversation que j’ai eue avec mon ancien agent, et qui, de sa part, se résume en gros à “Pas de vente”. »

Paige Whittington engloutit les dernières miettes de sa saucisse en croûte. À voir ses poignets semblables à des bâtonnets de mikado, elle devait être triathlète, ou peut-être boulimique.

Paige avala sa bouchée avant de lâcher :

« Je sais que ça ne se fait pas de dire ça, mais je n’arrive pas à comprendre comment vous avez pu rester avec TG pendant toutes ces années. Sérieusement, quand vous avez appelé, je m’attendais à quelqu’un de complètement différent, quelqu’un de dur et méchant et difficile.

— Ce n'est pas trop dans ma nature, alors j'ai laissé ce côté-là à mon agent, je suppose.

— Ce n'est pas non plus dans ma nature. Si vous cherchez une autre version d'elle, je pourrais vous recommander plusieurs personnes. Mais je ne pense pas que ce sera nécessaire. Les photos récentes que vous m'avez envoyées se passent de commentaire, comme vous, d'ailleurs. Avec vous et votre travail, aucun besoin de forcer les portes des galeries. Cela dit, ces photos sont réellement mystérieuses. J'ai passé des heures à les regarder, et je ne sais toujours pas ce qu'elles signifient. Elles sont mystérieuses et en même temps incroyablement tristes.

— Vous pensez qu'elles sont tristes ?

— Elles me submergent de tristesse.

— Que dites-vous de celles-ci ? demanda Rebecca en désignant la nouvelle série du chien accrochée au mur du café.

— Ce sont des photos de chien, dit Paige avec un sourire.

— En effet. »

Paige désigna un gros plan du coussinet de la patte du chien, celui qui ressemblait au vide entre deux dunes de sable, ou peut-être à un cactus bizarre.

« Ça, c'est une photo de Rebecca Winter, dit-elle. Les autres ont été prises par quelqu'un d'autre.

— Je vous assure qu'elles sont toutes de moi.

— D'accord. Mais regardez les autres. (Le chien regardait la caméra, la tête penchée. Le chien regardait par-dessus son épaule. Le chien était allongé sur le dos, les pattes en l'air, faisant le mort.) Je ne sais pas si la Rebecca Winter dont je connais le travail aurait pris ces photos.

— Pourquoi pas ? demanda Rebecca.

— Je n'en sais rien. Après tout, je ne suis qu'un agent. »

Et voilà. Pour le dessert, il y eut des brownies. Rebecca rentra chez elle repue et contente. Paige Whittington appela sa mère depuis la voiture et hurla :

« Je vais représenter Rebecca Winter !

— Pas possible », dit sa mère.

Mais si.

(« Bande d'amateurs », fit TG en entendant la nouvelle. Pourtant, en son for intérieur, elle était un peu mal à l'aise, et elle appliqua cette nuit-là une couche supplémentaire de crème contour des yeux, même si elle n'était pas du genre à faire consciemment le lien entre le nouvel agent trentenaire de Rebecca et les rides autour de ses propres yeux.)

Le lendemain, Maddie Becker reçut sur son lieu de travail un énorme bouquet de fleurs printanières. Elle emmena Ben dîner dans un restaurant indonésien de Brooklyn, paya la note et l'embrassa sur le trottoir pour le remercier. Puis elle l'embrassa de nouveau parce que le baiser de remerciement avait été surprenant et, pour être franche, assez fantastique. Puis elle le ramena à son appartement qui, dans quelques mois, deviendrait aussi son appartement à lui.

Mais ça, ce serait plus tard.

La série des Croix blanches

Cette série de photographies énigmatiques possède un caractère à la fois mystérieux et déchirant. Chacun des sujets est présenté tel qu'il a été trouvé ; certaines images reflètent les altérations causées par le vent et les intempéries, mais aucun des sujets n'a été manipulé par Rebecca Winter, qui les a découverts dans la forêt d'une région rurale de l'État de New York.

Mystérieux et déchirant

Le vernissage eut lieu à Brooklyn. Rebecca, qui ne disposait que de renseignements désespérément obsolètes, associait encore le quartier de Williamsburg aux familles juives orthodoxes : la mère, le père et un chapelet de bambins de toutes tailles se rendant à pied à la synagogue pour la prière de shabbat. Elle n'en avait jamais vu personnellement, mais en avait entendu parler et avait vu des photos, qu'à l'époque elle avait jugées médiocres.

Par la vitre de la voiture, elle observa de jeunes gens vêtus bizarrement et bizarrement semblables. Beaucoup des hommes portaient des chapeaux et beaucoup des femmes des collants déchirés. Certains d'entre eux se rendaient au vernissage de la série des *Croix blanches*.

Il était une fois un jeune agent artistique qui trouva un jeune propriétaire de galerie… (Cela dit, la notion de jeunesse était très secondaire pour Paige, dont les ancêtres étaient arrivés sur le *Mayflower* et dont l'arrière-arrière-grand-père avait fondé la Banque métropolitaine de New York ; son grand-père avait vendu celle-ci à une autre banque plus importante pour fonder à son tour le musée de l'Héritage culturel américain.) Paige connaissait le galeriste, dont la famille était aussi riche que la sienne, depuis le pensionnat. Il s'était donné pour objectif d'attirer l'attention.

Il y réussit.

Rebecca portait le pantalon noir avec la veste de kimono qu'elle avait pour la remise du prix Bradley. Cela faisait à peine plus d'un an, mais semblait une éternité. Elle flottait un peu dans ses vêtements, son corps plus maigre et nerveux qu'auparavant. Comment avait-elle pu emporter ces habits au cottage ? Quand elle l'avait sortie de l'armoire, la veste était saupoudrée de sciure – probablement des termites. Peut-être que maintenant le préposé à la désinsectisation allait se charger du problème, au lieu de la renvoyer vers un couvreur. De toute façon, ce serait bientôt le problème de quelqu'un d'autre puisqu'elle passerait l'automne et l'hiver à Pittsburgh…

Elle ne se sentit pas mieux pour autant.

« Magnifique ! s'écria Josef Gourdon, le peintre, les bras grands ouverts. Tes cheveux ! On dirait Georgia O'Keeffe !

— Je ne sais jamais si je dois prendre ce que tu dis comme un compliment ou pas, répondit Rebecca en l'embrassant sur les deux joues à l'européenne, comme s'il avait grandi à Budapest et non dans la boucherie de son père, à Kansas City.

— Tu es tellement maligne ! Brooklyn ! Le nouvel endroit branché. Et tout le monde est là ! »

C'était la vérité. Des critiques d'art, de vieilles connaissances, des amies de déjeuner, des professeurs de beaux-arts, des fils et filles à papa, la fille d'un oligarque russe en robe courte à paillettes accompagnée de son décorateur, un couple d'avocats spécialisés dans les poursuites pour dommages et intérêts et dont l'appartement servait uniquement de vitrine pour leurs objets d'art (les enfants et la nurse s'entassaient dans une partie annexe) ; les Greifer de Colorado Springs, bien sûr, et des dizaines de jeunes gens, des amis de Paige, de Maddie, de Ben et du galeriste qui, lui, se tenait dans un coin avec une flûte de champagne et un sourire dément.

« Ces photos me brisent le cœur, dit le compagnon de Josef, un jeune homme si beau et bronzé qu'il semblait plaqué or.

— Vous êtes artiste ? lui demanda Rebecca.

— Je suis prêtre, épiscopalien, répondit-il. (Rebecca cligna des yeux.) Je suis sûr qu'on vous l'a déjà dit, mais votre travail est à la fois religieux et sacramentel. »

On ne le lui avait jamais dit, mais la semaine suivante elle le lirait dans une critique dont l'auteur avait surpris les paroles de ce prêtre beau comme un dieu.

Rebecca avait réalisé des tirages en grand format, plus grand que jamais auparavant, et les croix semblaient vibrer sur le mur, comme si elles étaient en trois dimensions. Ben l'avait accompagnée à l'accrochage. Dans le bar à bière où il l'avait emmenée après l'installation, il lui avait parlé en collègue et non en fils.

« C'est ce que tu as fait de meilleur.

— Je ne veux pas faire ma modeste, mais d'une certaine façon je ne peux pas m'empêcher de penser que le mérite revient à la personne qui a déposé les objets.

— Ne jamais refuser un compliment, avait dit Ben, redevenant son fils mangeur de fèves de soja. Qu'est-ce qui va se passer avec les affaires de Pop ?

— L'expert de la salle des ventes vient demain pour examiner le tout. Je le retrouverai là-bas.

— Et Sonya ?

— Elle retournera en Pologne dès que l'appartement sera vidé. »

Rebecca n'avait pas parlé de sa rencontre avec l'avocat ni du dispositif complexe qui faisait d'elle l'unique héritière de tout, aux dépens de sa mère ; Bebe avait été éliminée de la chaîne de succession aussi radicalement que si elle s'était déjà trouvée au cimetière de Green-Wood. Rebecca n'avait pas non plus parlé de sa discussion avec Sonya, plus tôt dans la journée, pendant laquelle elle avait essayé, avec délicatesse, de savoir si cette dernière désirait conserver certains objets laissés par Oscar Winter. La gouvernante avait balayé la question d'une main qui sentait l'encaustique parfumée au citron. Sonya avait tenu à préparer les meubles pour la visite de l'expert.

« Ton papa, c'était homme bon. Avec une tête pour les chiffres. Des gens disent que non (un regard féroce accompagné d'un mouvement brusque de la tête qui, avait supposé Rebecca, était censé désigner Bebe Winter, l'entreprise familiale ratée et une vie entière soumise à la critique), mais il est vrai. Il dit : "Sonya, tu achètes ça avec peu d'argent, deviendra beaucoup d'argent. Google, Apple, Toys R Us. Prometteur." (Sonya avait fait tourner le mot dans sa bouche.) Pas tout parfait, vrai. Kodak pas si bien. Parfois démodé. Mais le Google ? Très bon investissement. »

Rebecca avait invité Sonya au vernissage, mais celle-ci avait secoué la tête en haussant les épaules. « Pas beaucoup pour moi », avait-elle dit.

Rebecca aurait pu dire la même chose d'elle-même. Heureusement, les invités la reconnaissaient ; il y avait eu des moments dans sa jeunesse où les gens parlaient de son travail à côté d'elle sans la reconnaître, situations qu'elle détestait car elle se sentait publiquement mise à nue. Elle préférait voir seule son travail exposé, tournant sur elle-même jusqu'à l'étourdissement, sans personne autour. Ce soir, juste avant l'arrivée des invités, un des serveurs lui avait dit doucement :

« Ces photos sont fabuleuses.

— Vous ne seriez pas acteur ? avait demandé Rebecca.

— Scénariste », avait répondu le serveur en essuyant un plateau.

Paige lui tendit un verre de champagne. Maddie l'embrassa sur la joue.

« Voilà ce qui se dit, expliqua-t-elle en hurlant à cause du bruit alentour : une nouvelle Rebecca Winter pour une nouvelle génération. Adieu l'ancienne équipe, bienvenue à la nouvelle. Et à une œuvre incroyablement dense.

— Un prêtre épiscopalien m'a dit qu'il la trouvait sacramentelle.

— Il y a un prêtre ici ?

— Tout le monde est ici, affirma Paige. Je crois

que personne ne s'est désisté. En tout cas pas les grands collectionneurs, ni les critiques importants. »

Il y avait du saumon fumé sur du pain noir, de minuscules crêpes fourrées et des *crab cakes*. Les Greifer jouèrent des coudes jusqu'à Rebecca pour lui dire combien ils aimaient la photo du muret qu'ils avaient accrochée dans l'entrée de leur maison sur l'île de Tortola. On lui présenta la fille de l'oligarque russe, qui la gratifia d'une jolie révérence et d'un « C'est un honneur » sans aucun accent, sinon celui d'un pensionnat britannique. Pourquoi alors se languissait-elle si étrangement du cottage, du chien, des grands espaces, des arbres immenses, de la solitude, du calme ? Elle était en ville depuis trois jours, rien n'avait changé et pourtant tout était complètement différent. Ce n'était pas tant à cause de la distance qui la séparait de son ancienne vie, ni du fait que, quelqu'un d'autre habitant son appartement, elle logeait dans un hôtel d'un quartier du centre de Manhattan qui lui était étranger. La veille, elle s'était rendue à un dîner où tout le monde lui avait demandé sur le même ton affecté : « Mais où étais-tu passée ? » Elle n'avait pas su comment répondre. À la campagne ? En haut d'un arbre ? Avec un couvreur ? Dans un univers parallèle qui, subrepticement, était devenu plus réel que la foule rassemblée dans cette pièce laquée ? À la fin du dîner, la tête lui tournant un peu à cause du vin, elle s'était sentie comme chaque fois qu'elle voyageait : elle appréciait l'attrait de la nouveauté, mais aurait préféré la contempler depuis sa maison et dans des vêtements confortables.

Elle se faufila discrètement dehors pour prendre une

bouffée d'air frais. À travers la grande vitrine, elle observa tous ces gens à l'intérieur qui prêtaient une attention soutenue à leurs interlocuteurs. Elle savait, pour avoir été à leur place de nombreuses fois, que tous pensaient à autre chose, ou à rien du tout. Les visages semblaient flotter au-dessus des corps parce que presque tous portaient du noir, à l'exception d'un grand homme qui, la tête inclinée, examinait de près une des photos, celle de la croix avec l'instantané de la femme et de la fille. Il portait une vieille veste de velours côtelé couleur or et se tenait là, presque immobile. Quand il passa sa main dans des cheveux pâles rendus presque invisibles par les lumières de la salle, Rebecca le reconnut et se précipita à l'intérieur. Mais il lui fut impossible de se frayer un chemin ; il y avait tant de gens qui désiraient la saluer, la féliciter, l'interroger sur certaines photos et lui expliquer ce que celles-ci signifiaient, ou paraissaient signifier. Quand elle arriva enfin à l'endroit où elle avait vu Jim Bates, il était parti. En se retournant, elle crut voir une veste couleur or passer devant la vitrine, puis disparaître.

En délégation

« Jim, je te jure, il faut que tu y ailles, avait dit Sarah.

— Où ça ? avait-il demandé en attendant son café et son scone cannelle-noix de pécan au comptoir.

— Je meurs d'envie d'y aller moi-même ; je veux dire, je n'arrive pas à croire qu'elle m'ait envoyé une invitation, mais c'est le soir où Tad a promis à sa mère de l'emmener au bingo et il ne peut pas se défiler, tu n'imagines pas quelles misères elle lui a faites quand il a essayé. Et je ne peux pas aller toute seule en voiture à New York, je ne peux simplement pas, et j'ai demandé à Kevin et lui, ç'a été du style : "On va pas à Brooklyn, j'ai déjà été à Brooklyn, c'est pas le genre d'endroit où je vais à cette heure de la nuit." »

Jim Bates avait regardé l'invitation au vernissage, avec l'image de la croix accompagnée du trophée sur un lit de feuilles. Il avait lu la légende puis de nouveau regardé la photo.

« Je peux garder ça ? avait-il demandé à Sarah.

— D'accord, mais tu pourras me la rendre ? Je

veux la montrer à ma mère, pour lui dire que j'étais invitée. Autrement, elle ne me croira pas. J'en suis malade de ne pas pouvoir y aller, tout simplement malade. Alors, tu voudras bien me la rendre ? Et tu iras ? En délégation, pour faire savoir que ça nous importe ? »

Mais Jim n'avait pas répondu. Il avait glissé l'invitation dans la poche de son blouson et était parti avec son café, en oubliant son scone.

« Ça alors, c'est bizarre », avait dit Sarah.

Frappé par la foudre

Allongée dans son lit, Rebecca tendait l'oreille vers les bruits qui lui parvenaient depuis les combles. C'était moins fort que la dernière fois, ou peut-être l'idée d'un animal courant au-dessus de sa tête était-elle moins surprenante et bizarre. Elle regarda son réveil digital ; en plissant les yeux, elle parvint à déchiffrer 5:40, ce qui était tôt pour se lever mais pas inenvisageable.

Le chien soupira. Tout en lui était d'une telle sensibilité qu'il pouvait faire la différence entre un humain endormi et un humain somnolent, entre des paupières ouvertes ou fermées. Il roula sur le côté.

Un écureuil. Cette fois-ci, c'était peut-être un écureuil. La veille, en rentrant, elle s'était promenée autour de la maison et avait découvert une étrange pièce de bois trapézoïdale devant la porte arrière. Ça la gênait de vivre dans une maison sans savoir comment tout marchait. Dans un appartement, le gardien était là pour ça.

Quel soulagement d'arriver devant le cottage, d'être accueillie par le chien qui émergeait de la remise et par le mélange devenu si familier d'odeurs de fumée de bois, de moisissure et de soupe aux légumes… Lors d'une de ses balades, elle s'était demandé si, dans le courant de l'année passée, elle était devenue quelqu'un d'autre, peut-être à cause de ce que Paige avait dit sur les photos de chien. En y réfléchissant, elle avait dû se rendre à l'évidence : pendant longtemps, elle était constamment devenue quelqu'un d'autre sans s'en rendre compte, ou en attribuant le changement à son humeur, ou au mariage, ou à la maternité. Elle avait toujours pensé qu'un jour elle serait un produit fini. Considérant le nombre de fois où elle avait été certaine d'avoir atteint ce stade et combien elle avait chaque fois été dans l'erreur, à quoi le produit fini pourrait-il bien ressembler ?

Elle sentit le poids au pied du lit. Durant combien d'années avait-elle affirmé ne pas vraiment aimer les chiens ? Comme quoi… Elle ne savait pas bien ce que cela voulait dire, c'était son père qui utilisait toujours cette expression : « Comme quoi, chérie ! »

« Viens, on sort », finit-elle par dire au chien, qui soupira à nouveau avant de se laisser glisser au sol.

Dans la forêt, de jeunes pousses de fougère commençaient à percer le tapis de feuilles mortes, et le sol s'était déjà beaucoup assoupli. Sous le feuillage, le ciel bleu clair du début de journée ressemblait à un napperon de dentelle. L'écureuil dans les combles (s'il s'agissait bien d'un écureuil dans les combles) partirait-il sans demander son reste, une fois que les nuits printanières encore fraîches se seraient réchauffées ? Son tas de bois avait diminué, et les bûches qu'elle brûlait dans la cheminée émettaient une sorte de bourdonnement, comme de joyeuses abeilles. D'après Jim Bates, cela signifiait que le bois n'était pas assez sec. Mais bientôt elle n'aurait plus besoin de bois.

« Où donc se trouve ce magnifique endroit ? » lui avait demandé un autre photographe lors du vernissage en désignant les photos de croix, et Rebecca était restée évasive.

Le chien partit en avant et se jeta sur le sol, où il traîna son derrière dans les billes brillantes de crottes de cerf. Si sa sensibilité particulière aux comportements humains lui permettait de prévoir un coup de pied en gestation dans un cerveau embrumé par l'alcool, elle n'allait pas jusqu'à reconnaître l'état d'esprit de sa maîtresse actuelle, ni le dilemme qui l'habitait quant à son avenir à lui, quand elle retournerait en ville. Rebecca avait envisagé de le donner à Sarah, pour accompagner les photos de chien – la quatrième série était actuellement exposée au café, contribuant à l'amélioration de sa situation financière. Mais au souvenir du pâle visage de Jim Bates s'assombrissant à la mention du mari de Sarah, et du petit sourire narquois avec lequel celui-ci lui avait vendu du bois, elle avait décidé qu'il valait mieux ne pas le faire. Et elle pensait savoir que Tad n'était pas très porté sur les chiens.

(En fait, Tad adorait les chats et il avait toujours voulu avoir un siamois, peut-être même deux.)

Le chien disparut et elle l'entendit aboyer une fois, deux fois, puis il revint pour repartir aussitôt. Elle suivit une piste de cerfs qui traversait un ruisseau et aboutissait à une clairière. Là, elle découvrit une échelle posée contre le tronc d'arbre qui menait au mirador. Jim Bates y était assis, et son regard passa du chien à Rebecca. Elle aurait pu prétendre que cette rencontre était purement accidentelle, mais elle n'avait plus de temps à perdre avec des faux-semblants. Pendant des mois entiers, elle l'avait évité, mais depuis le vernissage, elle avait pris la décision de le voir, bien que de façon non délibérée.

Ni l'un ni l'autre n'était pressé de combler le silence, alors, pendant une minute ou deux, ils se dévisagèrent. Dans l'intervalle, tous deux prirent conscience de leurs colères respectives.

« Il y a une échelle ? demanda Rebecca.

— Il y a toujours eu une échelle. Parfois je m'en sers, parfois pas.

— Alors j'aurais pu l'utiliser au lieu de me rendre ridicule en grimpant à l'arbre ?

— Vous ne vous êtes pas plainte, que je sache.

— Est-ce que j'ai été virée ?

— Je ne suis pas en train de travailler.

— Vous n'avez pas répondu à ma question. Et vous me devez des lasagnes. »

Rebecca regretta ses paroles au moment où elles sortaient de sa bouche. Elle se souvint de ce qui s'était passé après cette promesse, et aussi de ce qui s'était passé avant. Mais même cela n'expliquait pas pourquoi il l'avait évitée pendant des semaines après, ni pourquoi il était venu au vernissage, ni pourquoi il l'avait évitée, là aussi.

« Vous avez aimé les photos ? » demanda-t-elle de but en blanc, surprise par sa propre témérité.

Il regarda ses mains pendant un long moment avant de répondre :

« Non. »

Le chien piétina au pied de l'arbre ; s'il avait pu, il y serait monté. De loin leur parvint un grondement de tonnerre.

« Vous devriez descendre avant d'être frappé par la foudre.

— Vous êtes devenue une experte en météo ?

— Vous êtes dur. Je croyais qu'on était amis.

— Amis ? Vous croyiez qu'on était amis ?

— De toute évidence, je me suis trompée. Allez, viens, le chien.

— Il s'appelle Jack.

— Qui ?

— Le chien. Il s'appelle Jack. C'était le chien de ma sœur. »

En un seul horrible instant, Rebecca se sentit submergée par la tristesse. Tous les événements douloureux et durs, l'exil, le manque d'argent, son père, l'exposition, son chagrin lié à Jim Bates, pour ce qui s'était passé entre eux et ce qui ne s'était pas passé, formèrent comme une carte météorologique dont les taches rouges éparpillées finissaient par se rejoindre pour engendrer une tempête monstrueuse. Pendant un moment, elle évita de bouger afin de rassembler ses idées, et même elle ne fut pas certaine de pouvoir parler. Elle était trop secouée pour lever les yeux, et c'était tant mieux : si elle avait vu le regard avec lequel Jim Bates scrutait son visage doux et tremblant, elle aurait été totalement perdue.

Les yeux toujours baissés, elle finit par déclarer : « Je suis tellement désolée. Je ne savais pas.

— J'aurais pu vous dire que c'était son chien.

J'aurais pu lui dire que vous l'aviez. Je n'en ai rien fait. C'est ma faute.

— Je veux dire que je n'ai appris sa mort que longtemps après. Je vous ai écrit un mot.

— Je ne l'ai pas eu.

— Je ne l'ai pas envoyé. Je n'avais pas votre adresse. Je suis tellement désolée.

— Ouais », dit-il.

La tristesse dans sa voix était comme une note musicale qui fit de nouveau suffoquer Rebecca, alors elle se retourna et s'en alla. Elle traversa des buissons épineux et des broussailles, se prit le pied dans un trou et se tordit la cheville, s'égratigna le visage avec une branche cassée. Lorsqu'elle aperçut enfin la maison à travers les arbres, elle se retourna et cria : « Jack ! » Le chien arriva en courant sur la piste de cerfs qu'elle aurait empruntée si elle avait eu toute sa tête.

Pas mystérieux

Une heure plus tard, Jim Bates frappa à la porte. Il entra sans la regarder en face et, quand il glissa la main dans sa veste, Rebecca soupçonna l'espace d'un instant qu'il allait en sortir une bouteille de Tullamore Dew. (L'autre bouteille était toujours remisée au fond du placard d'où, quand la lumière tombait au bon endroit, elle envoyait des reflets méchants.)

À la place, il sortit l'invitation au vernissage.

« Ces photos n'ont rien de mystérieux, dit-il.

— Ce n'est pas moi qui ai écrit le texte.

— Mais vous ne savez rien de ces croix, n'est-ce pas ? Vous ne savez pas qui a déposé ces choses-là et ce qu'elles signifient, n'est-ce pas ? Vous vous êtes contentée de prendre vos photos, puis vous les avez agrandies et d'autres les ont accrochées, et quelqu'un paiera beaucoup d'argent pour elles et ça s'arrêtera là. Leur signification ou leur provenance n'a aucune importance pour vous. »

À l'intérieur du carton, il avait glissé un morceau de papier plié en quatre ; quand il le déplia, Rebecca vit qu'il s'agissait de la liste des photos de la série des *Croix blanches*.

« *Trophée, deux vues*, dit-il brutalement, et lorsqu'il leva les yeux sur Rebecca, son visage était rouge. C'était le trophée de volley-ball qu'elle avait remporté au collège. Elle avait un smash terrible. Son équipe avait gagné tous ses matchs cette année-là, sauf celui qui les avait opposées à ces filles gigantesques que tout le monde avait accusées d'être des lycéennes se faisant passer pour plus jeunes. Je n'étais pas là à ce moment, mais elle m'avait envoyé une lettre avec une photo de l'équipe. Elle avait reçu le prix de la meilleure joueuse. Au lycée, elle a continué à jouer pendant un an, puis un gars l'a traitée de gouine parce qu'elle était dans l'équipe et elle a arrêté. En tout cas, c'est ce qu'elle m'a répondu après, quand je lui ai posé la question. (Il consulta de nouveau la liste.) *Annuaire*. J'ai entendu dire au vernissage que vous ne déplaciez jamais rien pour vos prises de vue, que tout ce qu'on voit sur l'affiche dont Sarah est si fière était exactement comme vous l'avez trouvé. Si vous aviez ouvert l'annuaire, vous auriez vu sa photo en première page. Sur le grand collage, c'est la fille en maillot de bain avec une couronne. La photo avait été prise au lac, pendant les journées sportives universitaires. Son amie Traci a écrit à côté : "Les meilleures années de notre vie !" Elle n'avait pas tort. Je ne sais pas ce qu'elle est devenue, Traci. C'est peut-être elle qui est hôtesse de l'air. Ou peut-être Brittany. Elle les a toutes perdues de vue quand elle a commencé à aller mal.

» Le ruban bleu était pour l'athlétisme. Il y a eu beaucoup de rubans. Je ne sais pas pourquoi elle avait gardé celui-là. C'était peut-être le seul qui lui restait. Elle faisait de la course de haies, puis une déchirure au genou l'a obligée à arrêter également. Ça se serait probablement fini même sans blessure, ça aussi. La carte d'anniversaire…

— Je suis désolée, dit Rebecca.

— La carte d'anniversaire ! s'écria-t-il en gesticulant avec l'invitation. De sa mère. Notre mère. Le 12 juin. Elle me disait : "Je suis Gémeaux, Jimmy, c'est pas étonnant que je sois schizo." Et la photo avec notre mère. Notre mère. J'ai dû regarder cette photo un million de fois en me demandant ce qui se serait passé s'il y avait eu d'autres photos comme ça : Polly dans sa robe de bal de fin de lycée avec maman, Polly dans sa toge de l'université avec maman. Mais il n'y en avait pas d'autres. Je ne sais pas si ç'aurait changé quelque chose. Les médecins disaient que c'était chimique. Je ne sais pas. Je ne sais pas s'ils savaient de quoi ils parlaient. (Il pointa sur elle l'invitation et la liste.) Vous voyez ? Regardez-les, voyez ce qu'elles sont réellement. Une fille vraiment très malade s'est promenée ici, probablement en chemise de nuit, blessant ses pieds nus sur le sol, et elle les a toutes disposées, et à la fin elle est montée sur le toit de la maison, elle s'est allongée dans la neige et elle est morte. Ce sont des lettres de suicide, pas une espèce de déclaration artistique ou, comme j'ai entendu un type l'affirmer, la lutte entre l'homme et la nature. Non mais, c'est qui ces gens-là ? Quelle bande de connards ! Ce sont des lettres de suicide, une façon de dire : "Je n'ai plus besoin de ces choses, je veux mourir."

— Je ne savais pas.

— Non, vous ne saviez pas. Vous avez juste pris les photos pour que tout le monde puisse les regarder.

— Je ne les vendrai pas, assura Rebecca.

— Comment ?

— Je dirai à la galerie qu'elles ne sont pas à vendre. Si quelqu'un a déjà fait un chèque, je lui dirai que j'ai changé d'avis.

— Pourquoi ?

— Parce qu'elles vous font souffrir.

— Je pensais les avoir toutes trouvées. Vous non plus, vous ne les avez pas toutes trouvées, vous savez ? Il y en avait une avec un chapeau décoré de fleurs, et une autre avec une petite plaque portant une prière qui commence par : "Et maintenant que je m'étends…". Ç'aurait fait une super photo, vous ne croyez pas ? *Et maintenant que je m'étends* ? Elle aurait fait un tabac.

— J'appellerai la galerie cet après-midi.

— Ce n'est pas ce que je veux vous dire. Je veux que vous compreniez ce que vous avez photographié. Je veux que vous sachiez ce qu'elles étaient vraiment. Ce ne sont pas juste des photos. C'est la réalité. Toutes ces choses étaient réelles. Il ne s'agit pas de vendre ou de ne pas vendre vos photos, mais de ce que ces choses signifient. Signifiaient. Pour elle, et aussi pour moi.

— Je suis tellement désolée.

— Je suis tellement fatigué, dit-il.

— J'aurais aimé la rencontrer.

— Que fallait-il que je dise : Voudriez-vous

rencontrer ma sœur la schizophrène ? Ou bipolaire, selon les médecins. Ils ne sont jamais tombés d'accord.

— Ç'a dû être très dur.

— C'était comme avoir un enfant qui ne grandit pas et n'apprend aucune règle. Je passais la voir tous les soirs pour vérifier que tout allait bien, et chaque putain de soir, elle me disait : "Je t'aime, Jimmy", sauf quand elle était dans les vapes à cause des médicaments. Je n'ai presque jamais manqué de soir, et puis…

— Je sais. »

Il avait manqué le soir où il était resté au cottage. Elle souleva le galet rond au bout de la table et lui tendit la petite enveloppe bleue avec son nom.

« Merci, dit-il après l'avoir lue.

— J'aurais dû me procurer votre adresse.

— Je suis content que vous y ayez pensé. (Il fit tourner le mot entre ses mains.) Je suis très fatigué. Je ne dors pas très bien.

— Allongez-vous sur le canapé », proposa Rebecca.

Elle le couvrit avec les plaids de sa chambre, puis elle alla ôter toutes les photos de croix dans la chambre du fond. Jim avait raison : elle les regardait différemment maintenant.

Certaines personnes prenaient des photos pour rester connectées aux événements de leur vie ; elle le faisait pour s'en éloigner. Elle n'avait jamais regardé la série du *Plan de travail* en pensant aux jours d'avant et d'après, aux courses et aux restes dans le frigo ; ni les photos des figurines en se rappelant lesquelles Ben préférait (les Tortues Ninja) ; ni celles du dos de son fils en se remémorant les fossettes en bas de la colonne vertébrale. Elle avait dénaturé des parties de son existence par des tirages et encadrements qui les avaient figées. En étant commentées, analysées et adulées par des étrangers, ces parties avaient été dénaturées plus encore. Parfois, elle avait cru elle-même que *Nature morte aux miettes de pain* illustrait le travail des femmes.

Rebecca scruta les photos des croix blanches, cette fois en sachant ce qui venait avant et après. Les images statiques semblaient se prolonger, comme si Polly Bates errait encore, pieds nus, pour se délester de son passé en vue d'un avenir écourté, enfonçant les croix dans la terre, déposant les rebuts chéris de sa vie, faisant ses adieux : adieu, carte ; adieu, ruban ; adieu, mère ; adieu, frère. Elle se demanda si les grands artistes avaient réfléchi à l'effrayante question de l'immortalité, de Vinci et la femme qui était devenue *Mona Lisa*, Sargent et *Madame X*... Elle-même ne pourrait pas prétendre avoir, par son travail, immortalisé Polly Bates : elle n'avait immortalisé que sa perte et son désespoir.

Les mots de Jim Bates, durs et palpitants, avaient finalement détruit le mur qui séparait son monde en deux dimensions de celui en trois dimensions. Il lui semblait qu'à tout moment une main blanche pourrait apparaître au bord de la photo pour repositionner le trophée ou redresser la croix. « Les images de croix représentent un défi », avait affirmé le galeriste, et elle avait hoché la tête. Maintenant, elle pourrait lui dire que le défi, bien réel, était : Retenez-moi si vous pouvez.

Quand elle revint dans le salon, l'invitation et son

mot de condoléances étaient tombés de la main de Jim, à présent posée sur la tête du chien endormi à côté du canapé. Elle s'assit dans un fauteuil pour les regarder ; quand lui vint l'impulsion de prendre son appareil, elle eut, pour la première fois de sa vie, profondément honte d'elle-même.

La série des Croix blanches
Les critiques

Pendant des décennies, les étudiants en photographie ont pensé que l'on se souviendrait de Rebecca Winter pour sa série du Plan de travail. *Mais la série des* Croix blanches *surpasse en puissance les images domestiques qui ont fait sa célébrité. Ces photographies, dans leur ensemble, constituent son chef-d'œuvre.*

ARTnews

[illegible] des [illegible]

[illegible]

La série des Croix blanches
Le présent

Elle ne vendit que trois photos, deux aux Greifer et une à la jeune femme russe, son décorateur ayant affirmé que c'était un bon investissement. Ce fut une surprise pour tous. « Je ne suis pas inquiète », commenta Paige Whittington, et elle avait l'air sincère.

Rebecca non plus n'était pas inquiète, à cause de l'appel de l'expert et à cause du bureau. Et parce qu'elle savait qu'*ARTnews* avait raison.

La série des Croix blanches
Beaucoup plus tard

Le Centre international de la photographie est heureux d'annoncer que la succession d'Edward et Sylvia Greifer lui a fait don de la série complète des Croix blanches, *les photographies de Rebecca Winter unanimement saluées.*
Une exposition itinérante des photographies aura lieu aux États-Unis et en Europe pendant l'année 2018 ; elles seront ensuite exposées à Beijing avant d'intégrer de façon permanente la collection du centre.
Jessica, James et John Greifer ont fait l'acquisition de deux autres photographies originales auprès d'autres collectionneurs afin de pouvoir faire don au CIP de tous les tirages originaux de la série de Mme Winter.

Enfin des lasagnes

Au début du mois de juin, Jim et Rebecca passèrent un dimanche matin à travailler dans le mirador. Ce soir-là, Jim arriva au cottage avec un plat de lasagnes et un pack de bière.

« C'est de la bière très ordinaire, dit-il en semblant s'excuser.

— J'ai toujours aimé la bière, le rassura Rebecca, ce qui était vrai. (Sans savoir pourquoi, elle avait fermé la porte de la chambre quand elle avait vu arriver la camionnette.) Ces lasagnes sont délicieuses.

— Elles viennent du Ranch de Mario, à Bentonville. Vous y êtes déjà allée ?

— Il existe vraiment un endroit appelé Le Ranch de Mario ? »

La bouche pleine, il se contenta de hocher la tête, leva un doigt, en l'occurrence son index auquel il manquait une phalange, prit son temps pour avaler avant de dire :

« Il se prétend le meilleur, et pas pour rien. Leur cuisine mexicaine et italienne est excellente.

— Alors comme ça, vous passiez dans le coin et vous rapportez un plat entier de lasagnes ?

— Je répare leur toiture.

— Ah.

— Buddy, c'est pas le genre à accrocher des photos gratuitement. Buddy, c'est le propriétaire. Il a mis des photos partout, mais toutes le montrent lui, en compagnie de gens célèbres qui ont mangé là-bas. Quand je dis célèbre, je parle de la fille de la météo sur Channel 12 et d'un boxeur lambda qui n'a jamais gagné qu'un combat. Des célébrités comme ça. Ce serait facile pour vous d'investir ce mur.

— Je ne suis peut-être pas son genre de célébrité.

— Il a proposé de m'accrocher, pour la toiture.

— Est-ce qu'il a gardé le drapeau ?

— Quoi ?

— Le drapeau blanc que vous posez après avoir réparé un toit. Est-ce qu'il l'a gardé ? »

Jim Bates se leva pour aller chercher deux autres bières.

« Je n'ai fait ça que sur votre maison. Pour ma sœur. J'ai mis le drapeau blanc comme un signe que rien ne clochait chez vous. Elle pouvait voir votre maison de chez elle. Quand elle en était capable. Peu importe. Elle se mettait des idées bizarres en tête au sujet des gens, qu'ils la surveillaient et l'écoutaient. Elle observait votre maison avec des jumelles à la recherche des méchants. Il y avait toujours des méchants. Je ne voulais pas qu'elle vous prenne pour l'un d'eux, alors je lui ai dit que j'avais inspecté votre maison et que tout allait bien. J'ai mis le drapeau pour qu'elle le voie et sache qu'il n'y a pas de méchants ici.

— Le drapeau n'arrêtait pas de tomber.

— Ça n'a plus d'importance maintenant, n'est-ce pas ? »

Pendant un moment, ils mâchèrent en silence, puis ils reprirent la parole en même temps et s'arrêtèrent tous les deux. Pour finir, il demanda :

« Que s'est-il passé ?

— Je ne comprends pas.

— Je ne vous ai plus revue après cette nuit-là.

— Vous n'êtes jamais revenu.

— Comment ça ? Je suis venu trois fois pour vous déneiger.

— Vous n'êtes jamais entré.

— Vous, vous n'êtes jamais sortie.

— J'ai pensé que vous regrettiez, dit Rebecca en se sentant rougir.

— Moi aussi. »

Pendant de longues minutes, ils gardèrent le silence, puis Jim Bates dit doucement, avec regret :

« Il vendit sa montre pour lui acheter des peignes, et elle vendit ses cheveux pour lui acheter une chaîne de montre. »

Rebecca sourit. Il la regarda, tout son cœur se reflétant dans ses yeux, et elle se détourna.

« J'aime bien ce conte, déclara-t-elle.

— Ma mère nous faisait lire cette histoire en cinquième. Je la trouvais trop triste, mais ma mère disait qu'elle ne l'était pas, pas du tout. »

Il se leva encore pour ajouter des bûches dans le feu, bien que la pièce fût déjà surchauffée, et s'arrêta pour regarder la peinture sur le manteau de la cheminée.

« C’est un très beau tableau », dit-il.

Rebecca se tourna sur sa chaise branlante et contempla la toile comme pour la première fois depuis longtemps.

« J’ai toujours été de cet avis », acquiesça-t-elle.

La robe de la femme était blanche, avec une jupe ample, et celle de la fillette, blanche avec de petites fleurs roses. Peut-être étaient-elles assises sur l’herbe, mais l’arrière-plan était quasiment inexistant. Les deux personnages étaient un peu flous ; néanmoins, Rebecca, depuis qu’elle était petite, avait toujours eu le sentiment que la mère aimait son enfant et que cet amour était réciproque. Toute sa vie, le tableau avait comblé un manque, bien que, pour sa mère, sa provenance fût plus importante que son contenu. « Ah oui, un Mary Cassatt, mais un petit », annonçait-elle à ses invités d’un ton dégagé ; elle n’omettait jamais de le mentionner d’une façon ou d’une autre.

« Ce n’est pas un Mary Cassatt », avait dit l’expert d’une voix attristée.

Rebecca avait été choquée, déçue, mais elle n’avait pas mis son avis en doute ; au fond d’elle-même, elle l’avait toujours su. Bien sûr que le Cassatt de sa mère n’en était pas un, juste quelque chose qui pouvait passer pour tel, aussi mensonger que la phrase : « Bebe est une merveilleuse pianiste. » Bebe était une pianiste passable. Cela ne devait toutefois jamais être dit, ou reconnu, ou même pensé, à aucun prix.

Bebe était une merveilleuse pianiste. Elle jouait tous les jours, pendant des heures. Elle ne cessait jamais de répéter jusqu’à maîtriser le morceau. Encore aujourd’hui.

« Mais j'ai aussi une bonne nouvelle », avait dit l'expert.

« Tu te souviens du vieux bureau de Pop, sur lequel il travaillait toujours ? avait demandé Rebecca à Ben quand elle lui avait téléphoné depuis la station-service.

— L'énorme qui ressemble à une grosse boîte ?

— L'expert dit qu'il vaut 400 000 dollars.

— Putain de merde ! s'était exclamé Ben.

— Exactement. »

(Pour finir, il atteindrait 548 000 dollars lors de la vente aux enchères.)

« Le Mary Cassatt est un faux. C'est probablement l'œuvre d'un admirateur devenu imitateur.

— Waouh ! Hallucinant. Tu crois que Pop le savait ? »

Rebecca se souvenait des discussions entre ses parents, l'art contre le commerce, avec, le plus souvent, Bebe qui résistait et son mari qui insistait :

« Quel genre de personne fait estimer la valeur de sa propre maison ?

— Une personne qui veut être assurée !

— C'est tellement trivial, un étranger qui met son nez partout. Je ne le tolérerai pas.

— Cela doit être fait. Tôt ou tard, cela doit être fait. »

Cela avait été fait, et Oscar Winter avait découvert que le tableau était un faux, mais il ne l'avait jamais dit à sa femme. Celle-ci avait refusé de l'inclure dans l'expertise, parce qu'elle avait des soupçons et ne voulait pas connaître la vérité, ni que personne l'apprenne. Un peu comme dans le conte de la montre et des peignes, en plus cynique.

« Il me rappelle la photo de Polly et de ma mère, on peut vraiment ressentir leur lien, dit Jim Bates.

— C'est un faux.

— Un faux quoi ?

— Il appartenait à mes parents, qui ont toujours prétendu qu'il était l'œuvre d'une célèbre artiste et qu'il valait beaucoup d'argent. Mais ce n'est pas le cas.

— Mais il est très beau, alors ça n'a pas d'importance, si ? »

Cela en aurait pour des connaisseurs, et pour son conseiller financier. Pour elle. En fait non, pas pour elle. Elle avait les moyens de garder le tableau parce que c'était un faux. Elle avait les moyens de retourner à son ancienne vie parce que le bureau de son père était un authentique meuble américain du XVIIIe siècle. Mais quand elle s'était trouvée en ville, sur le chemin de l'hôtel minimaliste où le galeriste lui avait réservé une chambre (et où elle avait dû appeler la réception pour se faire expliquer le fonctionnement de la douche), cette ancienne vie lui avait semblé pareille à une boule à neige, une chose qu'elle avait aimée un jour mais dont elle s'était lassée. À moins que ce fût cette vie qui s'était lassée d'elle. Tout le monde était si jeune, les jupes si courtes, les talons si hauts. Tous les regards si affamés, en manque.

« Trois photos ont trouvé preneur, dit-elle.

— Seulement trois ? Je pensais que vous les vendriez toutes.

— Je crois que mon nouvel agent le pensait aussi.

— Je dois admettre que j'ai vraiment apprécié que vous proposiez de les retirer de la vente. Ce n'est pas là que je voulais en venir quand je vous ai parlé de tout ça, mais le fait que vous l'avez proposé compte beaucoup pour moi. »

Il inspira profondément, tel un plongeur avant l'immersion, puis il posa sa main sur celle de Rebecca et inspira de nouveau. Lorsqu'il baissa la tête, il lui parut très jeune, et quand il leva les yeux pour la regarder, elle vit les marques laissées par la vie, et de la tristesse. Sa main était dure et rugueuse. Elle n'avait jamais été avec un homme qui avait des cals.

« Sarah dit que vous allez partir à Pittsburgh.

— J'y vais pour un semestre, en tant que professeure associée.

— N'y allez pas, dit-il.

— Je m'y suis engagée.

— N'y allez pas. »

Il porta la main de Rebecca à sa bouche, embrassa le bout de chaque doigt, et elle se sentit littéralement défaillir.

« Je peux rester ici cette nuit ? demanda-t-il.

— Oui.

— Pas sur le canapé.

— Pas sur le canapé, dit-elle.

— Une seconde chance, soupira-t-il, et il s'agrippa à sa main et la tint serrée. Merci. (Il leva les yeux au plafond, aux combles, au ciel et répéta :) Merci. »

Une seconde chance

Rebecca fut réveillée par l'odeur du bacon frit venant de la pièce d'à côté. Le chien avait décidé d'attendre près de la cuisinière ; quand il ne levait pas la tête dans l'espoir d'une petite gâterie, il léchait la graisse qui tombait sur le sol en vinyle défraîchi.

« N'y pense même pas, mon pote », entendit-elle dire Jim.

C'est complètement fou ! pensa-t-elle. Pour s'en convaincre, elle le répéta à voix haute. L'affirmation conserva son caractère indéniable.

« Le petit déjeuner est prêt, vint annoncer Jim, ses cheveux mouillés presque transparents collés sur son front.

— Il est tôt », protesta-t-elle en rabattant la couverture tandis qu'il passait son tee-shirt par-dessus sa tête.

(« Ce vilain chien a probablement mangé tout le bacon, dirait Rebecca.

— Il en reste », la rassurerait-il.

Mais ça, ce serait plus tard.)

Plus tard

Tad décrocha un travail dans un restaurant de New York où tous les serveurs chantaient des airs d'opéra. Il s'avéra que son talent était intact. Quand il interprétait l'aria de *Pagliacci* en costume de clown, il pleurait sans même s'en rendre compte, et certaines femmes d'un âge avancé se tordaient les mains et les posaient sur leur cœur. Ses pourboires étaient faramineux.

Il habitait un petit mais coquet appartement au premier étage d'un immeuble de Brooklyn, qu'il partageait avec un chat burmese qui chantait toujours avec lui. Il avait aménagé un carré d'herbes aromatiques à partager avec ses voisins, qui l'adoraient également pour les animaux en ballon qu'il fabriquait pour les fêtes d'anniversaire de leurs enfants. Il avait même joué l'entremetteur entre une jeune femme qui habitait un peu plus loin dans la rue et un des cuisiniers du restaurant.

Il pensait souvent qu'il aurait dû emménager à New York depuis longtemps. Quand il rendait visite à sa tante et à sa mère, il apportait toujours une bouteille d'huile d'olive ou de vinaigre balsamique pour Rebecca.

Sa mère, persuadée à tort que Rebecca avait passé des mois à convaincre son fils de déménager, n'appréciait guère cette influence. « Elle a déchiré notre famille », disait-elle parfois. Sa sœur, la tante de Tad, estimait que sa confrontation avec Rebecca au supermarché avait été la chose la plus courageuse qu'elle eût faite de sa vie, bien que Rebecca ne sût toujours pas de quoi il retournait.

Kevin Ashby fut retrouvé mort, écrasé par un grand arbre, une tronçonneuse près de son corps. De l'avis général des clients du bar de Ralph, il essayait d'abattre l'arbre – l'arbre de quelqu'un d'autre, évidemment – pour en faire du petit bois, sans trop savoir comment s'y prendre. La police mena une enquête superficielle, mais c'était le genre d'accident qui arrivait de temps en temps, comme la foudre qui frappait ou un satellite qui s'écrasait.

Pendant des mois, Sarah resta inconsolable, mais elle ne se laissait aller que dans sa cuisine parce que Jim Bates avait assuré que pleurer devant les clients aurait des conséquences néfastes sur son affaire.

« Je ne dirais pas que ça m'attriste, dit Jim à Rebecca après l'enterrement par ailleurs peu suivi. Ce gars était une vraie ordure. Je me souviens d'un soir où il a essayé de voler de l'argent dans le coffre-fort du café.

— Tu es sûr que c'était lui ?

— Les flics l'ont attrapé. Il a prétendu qu'il venait chercher quelque chose qu'il avait oublié, mais c'était du n'importe quoi vu qu'il n'allait jamais au café, sauf de temps en temps pour prendre un sandwich. Il s'était emmêlé les pédales, il ne se souvenait pas des deux derniers chiffres du code. Pour te dire, le code, c'était la date d'anniversaire de Sarah. »

Un an après la mort de Kevin Ashby, Sarah adopta un bébé, une petite fille guatémaltèque appelée Alice, d'après *Alice au pays des merveilles*. En l'emmenant au cabinet de médecins généralistes situé dans le même cul-de-sac que le vétérinaire, elle rencontra un infirmier qui lui aussi, s'appelait Jim. Il portait parfois un tee-shirt où on pouvait lire : « SI VOUS TROUVEZ DRÔLE D'AVOIR AFFAIRE À UN INFIRMIER MÂLE, ATTENDEZ DE VOIR MA PIQÛRE DE TÉTANOS ». Il ne le portait pas au travail, de peur d'effrayer les enfants qui savaient lire et qui seraient venus pour un vaccin. Mais il l'avait quand il vint au Tea for Two acheter des mini-quiches et, par la même occasion, jeter un œil aux rougeurs que la petite Alice avait dans le pli du coude et qui, assura-t-il, n'avaient rien de sérieux.

« Quel homme gentil, dit Rebecca, attablée avec l'éditeur qui publiait son livre de photos de chien.

— Ce n'est pas mon genre », rétorqua Sarah.

Rebecca se retint de dire que Jim Bates n'était pas non plus son genre à elle, mais plutôt celui de Sarah, c'est-à-dire le genre à problème.

Sarah commença quand même à sortir avec Jim. Tout le monde l'appelait « l'autre Jim » et il l'accepta avec le sourire parce qu'il aimait bien le Jim original, qui lui avait appris à chasser. L'autre Jim disait qu'il sortait avec Sarah et Alice. Sarah continuait à affirmer qu'il n'était pas son genre, mais passait son temps à brailler dans la cuisine *You make me feel like a natural woman*.

Dorothea prit un tel plaisir à leur rendre visite dans

leur petite ville qu'elle décida d'acheter une maison pas très loin, avec une grande cheminée en brique dans le salon et ce qui s'avéra une fosse septique défectueuse. Un mois après son retour de Venise (« Plus jamais d'eaux troubles ! » dit-elle à Jim Bates quand il lui demanda comment c'était), elle alla dîner au Ranch de Mario avec Rebecca. Ce soir-là, Jim jouait au base-ball avec les pompiers volontaires.

« Même ici, cette fichue affiche est au mur, dit Dorothea.

— Leurs lasagnes sont extra, répondit Rebecca en haussant les épaules.

— Tu es superbe. Tu as travaillé ?

— Non.

— C'est cet homme.

— Eh oui.

— Quel âge a-t-il ?

— Il est assez grand, dit Rebecca.

— C'est le sexe, alors.

— Je suis heureuse.

— Il était temps. Comment diable as-tu fini avec lui ?

— Je n'en sais rien, avoua Rebecca, la bouche pleine de guacamole. (Elle fit mine de réfléchir.) Je m'en fiche.

— Qu'est-ce qui t'est arrivé ?

— Je n'en sais rien, et je m'en fiche.

— Je suis jalouse », dit Dorothea.

(Par la suite, Dorothea raconterait que c'était à cet instant qu'elle avait décidé d'acheter une maison dans le coin. Les empanadas de Mario n'y étaient pas pour rien non plus.)

La mère de Rebecca fut victime d'un infarctus et ne put plus jouer que d'une main. Cela ne semblait faire aucune différence. Les aides-soignantes affirmèrent qu'elle vivrait jusqu'à cent ans, et elles avaient raison.

Ben réalisa un petit film indépendant qui fut primé dans un festival. Rebecca craignait que lui et Maddie ne déménagent à Los Angeles.

« Il n'en est pas question, assura Maddie lors de la fête donnée pour la sortie du livre de Rebecca. Comment peux-tu avoir une si médiocre opinion de moi ? »

Le livre s'intitulait *Un chien par accident*. La fête se déroula dans un refuge animalier de la 125e rue.

« Dieu me protège des livres sur les chiens, dit le rédacteur en chef du *New York Times Book Review* à Rebecca. Mais un livre sur les chiens par Rebecca Winter, ça, c'est complètement autre chose.

— Merci.

— J'entends que vous avez abandonné la ville ?

— Je vis surtout à la campagne, l'informa-t-elle tandis que Jim la prenait par les épaules.

— Et ça, c'est… ? s'enquit le rédacteur en chef.

— Jim, dit Jim Bates.

— Et vous êtes… ?

— Avec Rebecca.

— Je veux dire, vous travaillez comme… ?

— Couvreur.

— Couvreur ?

— Vous avez une maison ?

— Non, un appartement.

— Alors, laissez tomber, répliqua Jim. Heureux de vous avoir rencontré.

— Tu viens d'envoyer balader le rédacteur en chef du *New York Times Book Review*, l'informa Maddie.

— Il n'a pas l'air d'un rédacteur en chef.

— D'après toi, à quoi ressemble un rédacteur en chef ?

— À quelqu'un de plus grand », dit Jim Bates en attrapant une autre crevette sur le plateau qui passait.

Nature morte au toit de zinc

À quel moment avait-elle commencé à envisager l'achat du cottage ? C'était peut-être pendant son séjour à Pittsburgh, qu'en fait on pouvait rallier en cinq heures de la maison de Jim Bates, à condition de rouler tard dans la nuit, de connaître la position des radars et de foncer sur l'autoroute. L'université la logea dans une charmante petite maison typique qu'elle avait choisie sur photo. Cet endroit la fit réfléchir à ce qu'elle pourrait faire du cottage, comment l'arranger pour le rendre accueillant et confortable. « Oui, oui, c'est chouette », dit Jim en se promenant sur la véranda couverte et dans la petite bibliothèque tapissée de boiseries, les mains dans les poches, les yeux furetant dans chaque recoin.

C'était peut-être quand son bail prit fin, au bout de deux ans, et que le propriétaire du cottage fit mine de vouloir augmenter son loyer. Il avait certainement appris par les journaux qu'elle avait de l'argent, maintenant. Beaucoup d'encre avait coulé sur la série des *Croix blanches*, et du livre sur le chien ; tous deux avaient fait renaître l'intérêt pour son travail. Il y avait eu aussi un petit article dans la section Maison et Jardin sur la vente du bureau de son père. Rebecca vérifiait toujours quotidiennement son compte en banque, sans grande inquiétude toutefois. Mais la prudence ne la quitterait jamais.

« Il essaie de t'arnaquer, dit Jim qui entassait du bois à côté de la porte.

— Et si je lui proposais d'acheter la maison ?

— Moi, ça me va », fit Jim avec un sourire.

L'architecte prétendit qu'il ne voulait pas vendre, que l'endroit abritait trop de souvenirs, qu'il faisait partie de lui. Rebecca savait exactement ce qu'il voulait dire, puisqu'elle ressentait la même chose au sujet de son appartement new-yorkais ; pour cette raison, elle savait aussi qu'il finirait par accepter.

« Le prix qu'il demande est ridicule, commenta Jim sans pouvoir cacher le plaisir qui le fit rosir comme un lever du soleil printanier, et Rebecca sut qu'il était heureux. (Parfois, quand il passait la porte, c'était comme un paquet cadeau à déballer.)

— Je pense qu'il baissera », dit-elle.

Là encore, elle eut raison. Curieusement, elle ne le rencontra jamais. Ce fut son notaire qui s'occupa de la transaction, et lorsqu'elle invita l'architecte à déjeuner pour lui permettre de regarder une dernière fois et d'emporter des souvenirs, il soupira et répondit qu'il valait mieux ne pas remuer le passé.

Dans un placard fermé à clé, Rebecca découvrit un vieux service en porcelaine au décor japonais, une boîte contenant ce qui semblait être des notes de cours d'histoire datant de l'université, un album avec deux photos de la maison, ainsi que de la pornographie gay assez convenue. Elle ne garda que le service et brûla le reste dans un grand feu.

En avril, trois bulldozers arrivèrent pour creuser les fondations d'une nouvelle maison qui serait construite en verre, cèdre et poutres d'acier, avec un grand espace ouvert au premier étage et trois chambres. Il y aurait une citerne de propane enterrée pour permettre à Rebecca d'utiliser une cuisinière à gaz. Jim avait suggéré un toit de zinc.

« Ç'a belle allure, ce n'est pas trop cher et ça fait un joli bruit quand il pleut. Mais c'est ta maison, c'est toi qui décides.

— Je pense qu'un toit de zinc serait très chouette, dit Maddie qui gardait un secret qu'elle mourait d'envie de partager mais ne pouvait pas, pas encore, et qui lui faisait penser que tout serait très chouette.

— Un nouveau toit pour la vieille maison ne serait pas du luxe non plus, fit remarquer Jim.

— C'est là qu'ils nous mettront, chérie, dans la vieille maison », dit Ben.

(C'était bizarre, la circonspection dont Ben faisait preuve vis-à-vis de Jim. Il n'avait jamais eu cette attitude envers les femmes de son père, peut-être parce qu'il savait qu'elles étaient éphémères et sans importance. Il savait aussi que Jim Bates n'était ni l'un ni l'autre. Et il était beaucoup plus bricoleur que lui.

« Il est trop jeune pour elle, disait parfois Ben à Maddie.

— Oh, arrête », répondait toujours Maddie.)

« La vieille maison sera sympa, affirma Jim.

— J'ai l'intention de l'utiliser comme studio », précisa Rebecca.

Et c'est ce qu'elle ferait, une fois que les amis de Jim qui travaillaient dans le bâtiment auraient placé de grandes fenêtres et démoli quelques murs pour laisser entrer la lumière. Toutefois, Rebecca garderait la chambre. Elle avait un faible pour cette pièce. Dans les années à venir, son petit-fils, Oliver, dormirait dans cette chambre et se sentirait tout à fait comme une grande personne, parce que toutes les grandes personnes dormiraient dans la grande maison et qu'il serait tout seul ici. Il ne dormirait pas beaucoup, ces nuits-là, à cause de tous les bruits étranges, des bruissements dans les arbres, des grincements dans les combles, du sifflement d'un train. Il préférerait les nuits où Alice dormirait avec lui, donnant par la même occasion un peu de répit à ses parents.

Mais ça, ce serait plus tard.

En regardant la carte du cadastre avant d'acheter la maison, Rebecca découvrit qu'un grand terrain faisait partie du lot. Parfois elle s'y promenait avec Jim, et ensemble ils essayaient de définir les limites de ce terrain. Pas loin du mirador se trouvait un affleurement rocheux ; vu de face, il avait l'air solide, un muret naturel, mais pendant longtemps il y eut une ouverture d'un côté, masquée par des fougères.

La taille de la caverne cachée derrière était insolite : un homme aussi grand que Jim Bates aurait été obligé de se baisser, mais une femme aurait pu s'y tenir debout. Même avec les bras écartés, Rebecca n'aurait pas touché les parois.

Dans la caverne, deux croix blanches étaient posées côte à côte contre une paroi ; à leur pied, une boîte de clous et un vieux marteau rouillé. Il y avait aussi un sac de couchage bleu marine doublé de tissu écossais, une bible usée à la reliure racornie et une photo encadrée d'une fille en robe longue, bleue avec de la dentelle autour du cou et des épaules. Près d'elle se tenait un jeune homme en uniforme militaire. Les cheveux de la fille étaient d'un blond terne, mais ceux du jeune homme étaient très clairs et se distinguaient nettement à travers la couche de moisissure qui obscurcissait la photo.

Un jour de décembre, une ourse trouva l'entrée de la caverne, où elle hiberna en se blottissant dans le fond. En se retournant dans son sommeil, elle écrasa les croix et en fit des débris, puis des éclats pour, à la fin, ne laisser que de la poussière. Ses deux petits virent le jour sur le sac de couchage.

Quand les trois ours quittèrent la caverne, il ne restait que quelques bouts de tissu, des morceaux de métal argenté qui, auparavant, avaient fait partie d'un cadre, et des fragments de bois. Ce printemps-là, la caverne s'effondra : un peuplier tomba, arrachant ses racines en même temps qu'une partie du plafond de la caverne, la pluie s'introduisit, et le reste suivit son cours. Ne subsistèrent que quelques fragments pour toujours enfouis dans le sol.

C'était dans la nature des choses ; comme il était dans la nature des choses qu'un jour, après la construction de la grande maison, après que Ben et Maddie avaient eu Oliver, que Sarah et l'autre Jim avaient donné une petite sœur à Alice, Jim et Rebecca se retrouvent au sommet du monticule qui occupait la place de la caverne. Il était dans la nature des choses qu'il se tourne vers elle, l'enlace et pose une main sur ses fesses. Son front s'était un peu dégarni et il avait une grande cicatrice sur l'avant-bras, là où douze points de suture avaient refermé la plaie ouverte par le zinc du toit. Rebecca avait eu très peur, avec tout ce sang et l'hôpital et tout le reste, mais il avait dit : « Calme-toi. Il y a des choses pires que ça. »

« Ils font du poulet ce soir à la caserne des pompiers, dit-il.

— La dernière fois que nous y sommes allés, la femme qui l'organise m'a regardée bizarrement. Et j'ai déjà décongelé le saumon.

— Alors, c'est décidé.

— On pourra encore le manger demain si tu préfères le poulet », dit Rebecca.

Le chien dressa les oreilles. Lui aussi vieillissait, mais son ouïe était toujours bonne. Il connaissait bien certains mots : promenade, dehors, en bas, ouste, Jim, Jack, Ben, Oliver, poulet, steak, bacon, os. Le livre lui avait conféré une certaine célébrité, et le vétérinaire avait accroché une photo de lui, signée, dans sa salle d'attente.

« Regarde ça, dit Jim tandis qu'une file de dindes traversait la piste de cerfs devant eux : deux adultes disgracieux et une flopée de petits. Les dindes sont stupides.

— Tu dis toujours ça.

— C'est vrai.

— Je suis sûre que tu as raison, déclara Rebecca en lui prenant le bras pour le serrer contre elle.

— Et si on restait à la maison pour manger du saumon ? demanda-t-il.

— Parfait », répondit-elle.

POCKET N° 15636

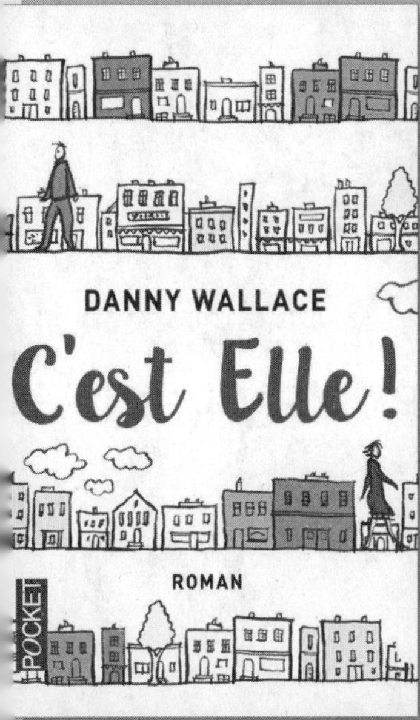

« Danny Wallace emmène le lecteur dans un jeu de piste survitaminé dans les rues de Londres où les personnages hauts en couleur grouillent et les situations cocasses s'enchaînent. »

Côté Mag

Danny WALLACE

C'EST ELLE !

De commun avec la star de la série Beverly Hills, Jason Priestley n'a que le nom. Sa vie n'a rien d'un feuilleton. Depuis sa rupture avec Sarah, Jason vit en colocation avec un fou de jeux vidéo et peine à lancer sa carrière de journaliste.
Jusqu'au jour où, au détour de Charlotte Street, il a le coup de foudre pour une inconnue. Mais d'elle, il n'a ni le nom ni le numéro de téléphone. Son seul indice : un appareil photo jetable qu'elle a laissé tomber. De cliché en cliché, il se lance dans un véritable jeu de piste pour la retrouver...

Retrouvez toute l'actualité de Pocket sur :
www.pocket.fr

Composition et mise en pages
FACOMPO, LISIEUX

MIXTE
Papier issu de sources responsables
FSC® C003309

Pocket, une marque d'Univers Poche,
est un éditeur qui s'engage pour la préservation
de son environnement et qui utilise du papier fabriqué
à partir de bois provenant de forêts gérées
de manière responsable.

Imprimé en Allemagne par
GGP Media GmbH
à Poessneck
en décembre 2017

POCKET – 12, avenue d'Italie – 75627 Paris Cedex 13

Dépôt légal : janvier 2018
S27117/01